源氏物語の〈記憶〉

Hashimoto Yukari
橋本ゆかり

翰林書房

源氏物語の〈記憶〉◎目次

Ⅳ　〈声／まなざし〉〈身体／言葉〉

Ⅴ　舞台と物語

凡例

本文中の『源氏物語』の引用は、『新編日本古典文学全集』小学館により、適宜表記は改めた。引用本文末には、（巻名、冊 - 頁数）を記すことを原則とする。その他の引用も、原則として『新編日本古典文学全集』小学館によっている。

序

言葉は、力を持ちえるのだろうか。その力は、どんな質の力なのだろうか。語るように書かれた物語は、どんな声色を発しているのだろうか。語るように書かれた物語の語らいはどこにあるのか。言葉と視線と語る行為の力を、見つめてみたい。

『源氏物語』冒頭は、圧倒的他者の視線と他者の言葉の力を語り示して始まる。秘め事であるはずの二人の愛が、世間に伝播されて、視線を集める。『源氏物語』は徹底的にその他者の視線と言葉の力を見つめていく物語であるといえる。また、物語に登場する女君は邸の中の奥まった所に暮らしており、自分の思いは《女房》たちがいて初めて具現化する。だが、この《女房》たちが自分の思いと解離して、自分の思いを実現しなくなった時、彼女たちにはさまざまな分裂が生じてくる。何を指して「現実《リアル》」というのか。

本書は、山里という空間、住居としての建築空間、噂、会話、しぐさ、身体など、物語に語られているメディアを微分しながら、さまざまな境界線上の葛藤やその質を明らかにする。自己と他者、内部と外部の関係やその変容を明らかにしていく。メディアは他者の言葉や視線を受ける場所であり、その言葉や視線に託されたメッセージを、あるものからあるのものへ繋ぐと同時に、繋がれていないものを意識化させる。ノイズが新たな物語を生む機微にも本書は注目する。

本書の概要を簡単に示しておく。

Ⅰ「パロールとエクリチュールと記憶」では、『源氏物語』が語るように書かれた物語であることと、『竹取物語』を引用することとに注目して、『源氏物語』に変奏していく〈かぐや姫〉が何を語るのかの一端を示した。『竹取物語』引用と、『源氏物語』が「語るように書かれた物語」であることは、今後さらに論を展開していきたい。Ⅰは、本書に収めている論文の中で、最も新しい論文である。『源氏物語』の物語世界にあるさまざまなメディアを微分して論じた先に、改めて『源氏物語』が口承を装って書かれた物語であるという問題に向かい合った。真実でも無いことが噂で流布して、一方で真実が噂にならないことで、世間では無かったことがあったことに、あったことが無かったことになる。噂になるというのは、ある意味出来事の記憶の分有をも意味する。出来事の〈記憶〉の分有と〈リアル〉の在り方が『源氏物語』には示されていく。「リアル」が揺らぐ様相をあぶりだしながら、『源氏物語』は「言葉の力」や「眼差しの力」や「リアル」とは何かを問いただしていく物語といえる。本書の書名は、この章に由来する。私が辿りついた新しい重要なテーマの一つであるからだ。

Ⅱ「建築空間とメディア」では、長押と塗籠という住居の一部をメディアとして、あるいはメディア空間として論じた。

長押と塗籠は物理的な機能においては対極にある。この二つを通じて、『源氏物語』における男と女、主人と従者、自己と他者の葛藤を考察した。Ⅱ-3「物語の塗籠」は、『源氏物語』における塗籠をめぐる物語を読むために、王朝物語における塗籠の用例をたどり、物語史における塗籠をめぐる言説の特徴を明らかにした。〈塗籠に籠もる人〉〈籠もりを破ろうとする人〉《籠もりを守る人＝その二者の間に立つ人》の三者をめぐる葛藤の話型をも確認し、『源氏物語』の塗籠の物語を物語史の中に位置づけた。

Ⅲ「噂との攻防」では、女三宮の出家をめぐる光源氏と朱雀院の会話と、光源氏と紫の上の会話が、それぞれ噂の力に緊縛される様子を明らかにした。Ⅲ‐3「語られた会話と心内語――『源氏物語』をフィールドにして」は、書かれた物語の会話について視点を変えて論じたものでⅡ‐2「噂と会話の力学」を補う。

Ⅳ「〈声／まなざし〉〈身体／言葉〉」では、宇治十帖論を展開した。大君、浮舟が他者の言葉、他者の視線とどのように格闘したのかを明らかにした。Ⅳ‐1「声を聴かせる大君物語――〈山里の女〉と〈思ひ寄らぬ隈なき男〉の語らい」では、大君が山里に住むことと、『源氏物語』には類稀な対話する女であることに注目している。「山里に住む女」への憧れは『更級日記』の女性作者によって語られているが、『源氏物語』では登場人物の男性のみが憧れを持って語られるという偏差があることを確認し、「山里に住む女を発見する」という男たちの欲望幻想の話型＝〈山里の女〉が『源氏物語』の中にあることを確認した。さらに、大君物語を〈山里の女〉の物語と位置づけて、その物語がどのような異議申し立てをしているのかを明らかにした。Ⅳ‐2「抗う浮舟物語」では、浮舟の「抱かれる」「臥す」しぐさが反復されることに注目し、その差異を含めて考察した。そこには、浮舟が他者の視線と言葉の侵略に対して格闘する軌跡があることをこの論文で示した。さらに、〈他者の他者〉としての〈私〉を奪おうとする他者の視線・言葉に抵抗し続けながらも、浮舟のリアリティは他者の視線・言葉によってしか保証されないことが語られていることを明らかにした。浮舟が言葉を発しないで沈黙することが重視されてきた研究史に対して、浮舟のしぐさや身体において、浮舟が多弁に語られていることを新しく示した。Ⅳ‐3「身体メディアと感覚の論理」では、宇治十帖において、身体メディアと感覚を論じることの意義を述べた。

Ⅴ「舞台と物語」は、シンポジュウムの観戦記と舞台の感想である。私は『源氏物語』世界を、舞台を見るように読むことを試みてきた。書かれた物語を研究対象にしながらも、舞台や口承への眼差しも持ち続けて、今後も〈物語〉について考えていきたいという気持ちを込めて、最後に本書に収めた。舞台については、今後も学んで、それをまとめてみたい。

結語　以上のように、本書で『源氏物語』を論じた。以後も続けて、〈物語〉と言葉の力とを見つめて考えていきたい。

I　パロールとエクリチュールと記憶

1　『源氏物語』における挑発する〈かぐや姫〉たち
——パロールとエクリチュールと記憶

はじめに——偽装する語らい、永遠の欠損と補塡

『源氏物語』は「語るように書かれた」文学である。[*1] 文学である以上、「語るように」の「ように」は永遠にはずせない。『源氏物語』の虚構性は、書かれていく内容とともに、書くという行為の中にも生み出されている。「書かれた」が出来事の結果的事実であり、「ように」はフリであり、ワザである。エクリチュールは痕跡であり、パロールは消えていく声と現前性をその生命とする。[*2] そして、物語において、重要なのは、エクリチュールであれ、パロールであれ、そこにその言葉を受け止める他者が存在しなければ、物語は生成しえないということである。[*3] 言葉を受け止める他者があって、物語は出来事として立ち現れる。読むとはその痕跡をたどる行為に他ならず、その痕跡をメディアとしてテクストを織り成して物語は生成する。読む行為は、文字となって書き記された言葉を媒介にして、遠くにある他者に出会っていく行為ともなる。ゆえに、「語るように書かれた」『源氏物語』は、永遠に欠損を

抱え、その補塡を求め続ける。『源氏物語』は語らいの希求をし続けて、今、千年の時を迎えるのだ。

二、他者の言葉、他者の視線との葛藤

『源氏物語』桐壺巻は、次のように圧倒的他者の眼差しと言葉の力から語り始まる。『源氏物語』には剣や弓で血を流して死ぬ者は登場しない。しかし、言葉と眼差しの力が人を殺すことを語り示すことから始まる。〈噂〉というメディアの負の方の力をまずは示す。

いづれの御時にか、女御、更衣あまたさぶらひたまひける中に、いとやむごとなき際にはあらぬが、すぐれて時めきたまふありけり。はじめより我はと思ひあがりたまへる御方々、めざましきものにおとしそねみたまふ。同じほど、それより下臈の更衣たちはましてやすからず。朝夕の宮仕えにつけても、人の心をのみ動かし、恨みを負ふつもりにやありけん、いとあつしくなりゆき、もの心細げに里がちなるを、いよいよあかずあはれなるものに思して、人の譏りをもえ憚らせたまはず、世の例にもなりぬべき御もてなしなり。上達部、上人などもあいなく目を側めつつ、いとまばゆき人の御おぼえなり。唐土にも、かかる事の起こりにこそ、世も乱れあしかりけれと、やうやう天の下にも、あぢきなう人のもてなやみぐさになりて、楊貴妃の例もひき出でつべくなりゆくに、いとはしたなきこと多かれど、かたじけなき御心ばへのたぐひなきを頼みにてまじらひたまふ。

（四 - 一八）

傍線部と網掛け部には、桐壺帝と桐壺更衣への人々の厳しい非難の眼差しと非難の言葉のありようが語られている。「楊貴妃の例」の引用はその内容が物語世界の噂に導き入れられた時、その物語世界での桐壺帝と更衣の愛のあり方への眼差しと言葉との葛藤の度合いが示される。この「楊貴妃」の引用は、桐壺帝と桐壺更衣の愛の結末の内容についての期待の地平を、物語世界の人々と、そして読者とに示すことばかりが重要なのではない。物語は、そうした例を示され、期待の地平が導きいれられていく噂の力の度合いを示していくことが重要なのである。『長恨歌』と『源氏物語』の差異は、『長恨歌』では、楊貴妃は玄宗皇帝の眼前で血を流して死ぬのであるが、『源氏物語』では言葉と眼差しに更衣は追い詰められて殺されるのである。ここに大きなずれと重なりがある。『源氏物語』冒頭は、この圧倒的他者の視線と言葉の力をこそ、示し、その他者の視線と言葉の力に対する、桐壺帝と桐壺更衣の二人の戦いを宣言するのである。

益田勝実は「日知りの裔の物語」[*4]で、『源氏物語』冒頭を次のように言う。

　桐壺の帝と更衣の物語を、光の系図を語る前置き以上のものとして、深く描くことによって、紫式部は、光の血の系図と同時に、生き方の系図を語ろうとしたのであろう。

と。廣田収は『『源氏物語』の系譜と構造』[*5]で、この箇所を引いて次のように述べる。

　私は、益田氏のいう「血の系図」を本来の意味でいう系図と捉え、「生き方の系図」を存在の本質的同一性 identity を襲うという意味で系譜と呼んで区別したい。物語の根幹にあるのが系譜であり、系図は表層を担う。

物語にとって伝えられるべきは系譜であり、系譜を世俗的な人間関係をもって説明するのが系図である。益田氏の論考に従って言い換えれば、皇位継承権は夜御殿における神婚において生を享けて誕生したものに存するといいうる。こうして誕生したものは天皇の単なる落胤とは区別される。

系譜ということからいうと、光源氏は、天皇の神聖性を犯しかねない、「親の生き方」を継ぐ存在であることにおいて異教性を負うのである。

廣田は、益田の論考を受けながら、「生き方の系図」を「系譜」と呼んで、光源氏がどのように制度を逸脱した恋をしていくかを、歴史資料に照らして考察していく。本書では『源氏物語』冒頭を、他者の視線と言葉との格闘を宣言するものとして理解し、それがどう語られていくかを論じていくこととする。

物語は親の系図から語るのを常としてきたが、『源氏物語』の新たな到達は「生き方の系図」を語ることにあると益田は言う。この「生き方の系図」について益田は具体的に述べていないが、「生き方の系図」を本書では、この物語冒頭の圧倒的な他者の視線と言葉との闘争＝逃走と解する。光源氏はその中に生み出される。そして、その彼と関わる人物たちもまた同じく。

三、地上の魔力〈噂〉というメディア――『竹取物語』から『源氏物語』へ

『源氏物語』が「物語の出で来はじめの親」と評した『竹取物語』は、『源氏物語』が自身繰り返し物語を紡ぐのに引用する物語でもある。

帳の内よりもいださず、いつきやしなふ。
（『竹取物語』一八）

部屋の奥まった場所に大切に育てられ、街を自由に闊歩することもない、そんな女君が多くの男性たちに求婚されることになる。生身の女君が人目に触れることもないままに、都中の視線を集める。『竹取物語』の不思議の一つはそこにあるはずだ。宝物は箱の中に入ったままであれば、それは宝物であって宝物では無い。ここに宝がある、という他者への吸引力と、蓋を開けた時の他者の納得があって初めて、宝物は宝物として成立する。かぐや姫が多くの男たちの視線を集め、求婚されることになったのは、かぐや姫が持ってきた天上の魔力があって、地上の男たちが呼び寄せられたのでは無い。ましてや、地上にも魔力があって天上から来たかぐや姫のもとに男たちが呼び寄せられたのでも無い。

世界の男、あてなるも、賤しきも、いかでこのかぐや姫を得てしかな、見てしかなと、音に聞きめで惑ふ。
（『竹取物語』一九）

さて、かぐや姫のかたちの、世に似ずめでたきことを、帝聞こし召して
（『竹取物語』五六）

「会いたい」「見たい」。世界中の男を魅惑させ、邸を囲む塀まで呼び寄せ、果てには覗き穴まで掘らせる。ついには帝の心までをも呼び寄せてしまった。その地上の魔法と言える力こそは、「音に聞き」「聞こし召す」と語られる「噂」というメディアの力なのである。[*6]『竹取物語』はまずそれが力であることを語り示すのである。垣間見による

恋の衝撃力を語るのが『伊勢物語』初段であるなら、男たちの恋を掻き立て、垣間見しようとする男を呼び寄せる〈噂〉の力の魔力の大きさから語り始め、男たちの欲望がいかに遅延され続けていくのかを示すのが『竹取物語』である。『竹取物語』は求婚譚や、結婚拒否の話型を持つ物語の典型としてしばしば紹介される。しかし、あの奇想天外な求婚譚も、国家の武力を挙げて天と戦おうとする壮大なスペクタクルも、あの〈噂〉が無ければ、そこに至り付きはしなかったのである。だから、男たちの欲望が遅延され続けて壮大な物語が紡がれ展開されるほどに、「几帳の内よりも出ださず」に居たかぐや姫と男たちを繋げるメディアの重大さが浮き彫りになる。

〈噂〉に乗るということは、生身のかぐや姫が多重化し[*7]、邸の内に居ながらにして〈かぐや姫〉が都を浮遊して歩くということである。

「語るように語る」偽装の口承である『竹取物語』は、口承の一つの形である〈噂〉の力を自己言及していくのである。その物語を引用する『源氏物語』は、桐壺巻冒頭からまずその力を示し、言葉の力を試していくのである。

三、口承を装う『竹取物語』と『源氏物語』

さて、口承を装いつつ書かれた物語である『竹取物語』と『源氏物語』。研究史においては、口承と書承の違いは、音声と文字の比較から、消えるもの、消えないものと言う特徴が指摘されそこから論が展開されてきた[*8]。また、語り手には聞き手があるということで、語り手と聞き手の場についても注目されてきた[*9]。本稿では、口承においては語り手と聞き手、書承においては書き手と読み手の、言葉の共犯関係のありようの差異にも改めて注目しておきたい。

口承では語り手の眼前の他者の相槌や反論や反感や笑いやあるいは沈黙など、その他さまざまな反応によって語りの言葉が引き出されたり、吐き出されてテクストが織り成されていく。書く行為には引用があり、そこに他者が刻まれていくということが言えるが、口承の場で「語り手」と「聞き手」が共有する言葉＝テクストが織り成されて行く時には、引用とはまた異なる質の他者が、その場で織り成されていく言葉に刻まれているのである。聞き手は聞き手であると同時に半ば、語り手の位置にも立たされていると言ってもよい。聞き手は相手の言葉を引き出して引き出された言葉を解釈するという二重化された時間を生きる。その点が、口承と書承の大きな違いなのである。その解釈は読者に委ねられている。読まれることでテクストは立ち上がると言われるが、聞き手は読者の位置に当たり、語り手と聞き手の共犯で織り成された言葉をどう解釈するかという時点においては、その立ち上がりが大きく違うのが口承と書承なのである。ただ、口承は音声で消えて、書承は文字で残されて消えないという違いがあるだけではない。テキストが生成される時のシステムが違うのである。

よって、「偽装の口承」とは、すなわちこの聞き手による共犯関係を偽装するということである。語りには聞き手があることはすでに言われているけれど、その聞き手があるという場の力学について、付け足しておきたい。「口承を偽装する」とは、「聞き手がある」という場に働く力学、言葉を紡いで織り成していく行為への共犯関係が偽装されていることを意味するのである。一方的に与えるのではなく、紡がれる言葉に対して共犯であることを意識化させようとする装置なのである。よって、噂などの無署名の言葉にも、その言葉に立ち会ったという語り手と聞き手の共犯は刻まれ、その噂の力に否応なく加担していることになる。聞き手もまた噂という言葉の力に巻き込まれつつ加担させられることは、聞き手にとっては愉しみであることもあれば、暴力にさらされる不快にもなる。その意味作用は、また別に論じるとして、噂の受け止め手であることには、半ば共犯の位置に常に立たされてしまう緊張のあることを、ここに確認しておきたいのである。言葉の責任者は発言者である。しかし、その場に居合わせることの作用や重さは、その言葉に刻まれているのである。[*10]

四、変奏する〈かぐや姫〉たち

『源氏物語』の中で『竹取物語』引用の指摘されている場面における人物＝〈かぐや姫〉は、桐壺更衣・夕顔・玉鬘・落葉の宮・紫の上・藤壺・大君・浮舟・光源氏であることがこれまで指摘されている。[*11]これらの登場人物たちを仮に変奏する〈かぐや姫〉たちと称することにする。[*12]

ところで、「山里」の語とかかわりを持って語られる女君には、夕顔（二例）・玉鬘（二例）・明石の君（十例）・若紫（一例）・落葉の宮（五例）・大君（三十一例）・浮舟（十二例）がいる。Ⅳ-1「声を聴かせる大君物語――〈山里の女〉と〈思ひ寄らぬ隈なき男〉の語らい」で詳細は述べたが、『源氏物語』の中では男の欲望幻想の話型＝〈山里の女〉が変奏していくのであるが、その〈山里の女〉と〈かぐや姫〉とに重なりがいくつかあることになる。[*13]

『源氏物語』には「山里に隠れ住む女を発見する」物語が男たちによって、欲望幻想の話型として語られている。『源氏物語』には「山里」の語と関連して語られて登場する女たちがいて、『源氏物語』は入れ子型に〈山里の女〉の物語を語り紡いでいる。〈山里の女〉への憧れが女によって語られるのは、『更級日記』の作者以降である。男の欲望の眼差しに対して女たちがどのように闘争（＝逃走）するかを『源氏物語』は〈山里の女〉を変奏しながら語っていく。変奏する〈かぐや姫〉と〈山里の女〉との重なりを確認するならば、夕顔・玉鬘・落葉の宮・若紫（紫の上）・大君・中の君・浮舟がそれである。『源氏物語』の中で変奏する〈かぐや姫〉には、〈山里の女〉のテーマを持つものと、そうでない光源氏・藤壺・桐壺更衣の〈かぐや姫〉とがあり、その二つの〈かぐや姫〉が『源氏物語』に重奏していることになる。

今回は、〈山里の女〉と〈かぐや姫〉の重なりの中で、玉鬘・落葉の宮・浮舟に注目して、その〈かぐや姫〉の変奏をたどって読み解いていく。語るように書かれた物語で、変奏するかぐや姫たちは何を告発し、異議申し立てをいくのか。パロールを装いつつ書かれたその世界に、〈かぐや姫〉たちがパロールとエクリチュールと記憶の問題を投げかけていくことについて考えてみたい。

五、変奏する〈かぐや姫〉1

1、『竹取物語』と『源氏物語』の展開は久富木原玲論文[*14]によれば、次のようになる。

A発見・養育・求婚譚・拒否・帝との別れ（昇天）

しかし、「地上の魔力――〈噂〉」で先述したように、『竹取物語』には、〈噂〉が自己言及されていることが重要であると、本稿では考えるので、この久富木原論文を参考に、さらに細分して次のように整理したい。

B発見→養育→噂の力→噂で都を歩く〈かぐや姫〉→求婚譚→帝からの求婚→塗籠における「本当」の攻防→羽衣を着る（かぐや姫自身の記憶の消去）→帝とかぐや姫の手紙の消去

この分類にしたがうと、玉鬘は求婚譚において、落葉の宮は「塗籠」における本当の攻防、浮舟は天の衣の場面において、『竹取物語』の引用がある。

確認すれば、玉鬘の物語においては、次の箇所がそれに当たる。

懸想人は夜に隠れたるをこそよばひとは言ひけれ、さま変へたる春の夕暮れなり（玉鬘、三 - 九六）

翁びたる心地して、世間の事もおぼつかなしや（常夏、巻三 - 二二四）

かやうの中に厭はれぬべき齢にもなりにけりや（常夏、巻三 - 二二七）

まほに、「恋しや、いかで見たてまつらん」などはえのたまはぬ親にて、げにいかでかは対面もあらむとあはれなり。（真木柱、三九二）

光源氏は玉鬘を自分の娘であると偽り、その噂を聞いた求婚者が集まる。偽りが発覚しないように情報を操作することで、光源氏は玉鬘に言い寄る若き貴公子たちを覗き見し、自らも玉鬘に言い寄る楽しみを得る。光源氏は藤壺との恋も玉鬘への恋も、人々の噂にならないように情報操作できていた。物語社会では、恋も権力も情報戦であり、その情報戦の中で、光源氏は勝者の位置にあった。[*15] 光源氏の情報操作術の巧みさは、内大臣が近江の君という隠れた娘を見つけ出して、それが却って人々の笑いの種となる様子と対比されて、際立っている。

① 兵部卿の宮の、ほどなく焦られがましきわび言どもを書き集めたまへる御文を御覧じつけて、こまやかに笑ひたまふ。「早うより、隔つることなう、あまたの親王たちの御中に、この君をなむかたみに取り分きて思ひしに、ただかやうの筋のことなむ、いみじう隔て思うたまひてやみにしを、世の末に、かく、すきたまへる心ばへを見るが、をかしうもあはれにもおぼゆるかな。なほ、御返りなど聞こえたまへ。少しも故あらむ女の、かの親王より外に、また言の葉をかはすべき人こそ、世におぼえね。いと気色ある人の御さまぞや」と、若き人はめでたまひぬべく聞こえ知らせたまへど、つつましくのみ思いたり。（胡蝶、一七六）

②「…まろを、昔ざまになぞらへて、母君と思ひないたまへ。……」……

御前近き呉竹の、いと若やかに生ひたちて、うちなびくさまのなつかしきに、立ちとまりたまうて、

「ませのうちに根深くうゑし竹の子のおのが世々にや生ひわかるべき

思へば、恨めしかべいことぞかし」と、御簾をひき上げて聞こえたまへば、ゐざり出でて、

「今さらにいかならむ世か若竹の生ひはじめけむ根をばたづねん

なかなかにこそはべらめ」と聞こえたまふを、いとあはれと思しけり。さるは、心の中にはさも思はずかし。いかならむ折聞こえ出でむとすらむと、心もとなくあはれなれど、この大臣の御心ばへのいとありがたきを、親と聞こゆとも、もとより見馴れたまはぬは、えかうしもこまやかならずやと、昔物語を見たまふにも、やうやう人のありさま、世の中のあるやうを見知りたまへば、いとつつましう心と知られたてまつらむことは難かるべう思す。（胡蝶、一八一～二）

光源氏は①のように玉鬘への若々しい求婚者たちの手紙を読みながら、自らは玉鬘と文字でなく対話をし続け口頭で歌を交わした。②のように「自分を母と思って欲しい」などとも口にする。しかし、若き求婚者たちの恋文を批評し、その対応を伝授する光源氏の言葉には、求婚をしたことのあるかつての「若き光源氏」が透けて見えることになる。玉鬘は実父ではない光源氏の側に居て、恋の手ほどきを語られることで、「若き光源氏」の「恋した母」を疑似体験して生きていくことになる。すなわち、現在の生身の光源氏の向こうに、玉鬘は決して手に入らない若き光源氏を透かし見ることになるのである。玉鬘は、玉鬘巻冒頭で、夕顔の形見として光源氏に求められたことが語られている。しかし一方、玉鬘は少年ではなくなった光源氏の生身を相手に、母の恋を擬似体験して、玉鬘の失っ

た「母」を「恋する母」として記憶し直していくことになる。

求婚者のうち、乱暴に分け入って入ることのできた鬚黒だけが、玉鬘を得る。玉鬘には、光源氏との記憶が刻まれて、恋しく思い出される。その記憶は言葉にされないで誰にも流通しないすげかえのきかない彼女だけ・光源氏だけの記憶である。眼前に身体を置きながら触れるのは玉鬘の手だけで我慢して思いを打ち明けた光源氏。玉鬘の物語は、噂に始まり、噂にとりかこまれて収まりをみせるが、その物語には光源氏と夕顔と、光源氏と玉鬘という噂として流通されない恋の記憶が重奏していく物語である。玉鬘のもとに光源氏が手紙を送ると、鬚黒が代筆をして歌を返してくるところで、この物語は収まりを見せる。玉鬘は歌を書いて返せない〈かぐや姫〉であった。

あったけれど噂にならない出来事とすげかえのきかない二人の思い。それが『竹取物語』引用を通して語られていく。噂にならなかったものを、偽装する語りにおいて、偽装された聞き手として読者は受け止め、共有し、その言葉の共犯者の位置に立たされていく。偽装する聞き手として、閉じ込められた恋を語り手とともに「あったこと」として鎮魂していくことになるのである。

六、変奏する〈かぐや姫〉2

落葉の宮の『竹取物語』引用は、塗籠に籠もる場面においてあり、その箇所は次の③の場面である。

③かく心強けれど、今はせかれたまふべきならねば、やがてこの人をひき立てて、推しはかりに入りたまふ。宮は、いと心憂く、情けなくあはつけき人の心なりけりとねたくつらければ、若々しきやうには言ひ騒ぐともと

思して、塗籠に御座一つ敷かせたまて、内より鎖して、大殿籠りにけり。これも、いつまでにかは。かばかりに乱れたちにたる人の心どもは、いと悲しう口惜しう思す。男君は、めざましうつらしと思ひきこえたまへど、かばかりにては、何のもて離るることかはと（夕霧、四‐四六七〜八）

④「人は、いかに言ひあらがひ、さもあらぬことと言ふべきにかあらむ」（夕霧、四‐四二〇）

落葉の宮とこの「塗籠」の場面については、Ⅱ‐4「『源氏物語』の「塗籠」」で詳細に述べた。その結論だけを、ここに整理しておくならば、落葉の宮の物語は、夕霧と実事あり、結婚する気ありと、噂によって無かったことがあったことにされていく中で、はじめはおぼろげだった〈私〉の輪郭が鮮明になって生成されると同時に、〈他者の他者〉としての〈私〉が次第に奪われていこうとすることへの格闘の物語である。最後に塗籠で陥落させられるまでは、夕霧と実事は「無かった」のであり、その気も「無かった」のであり、それが彼女だけが知っている出来事と彼女のすげかえのきかない思いではあった。しかし、その彼女だけの知る出来事と思いは「あったこと」であるが、噂ではそれは流布しない。④は落葉の宮の母の言葉であるが、「人々の言葉にされて共有された出来事には抵抗できない」という考えが示されている。言い換えれば、人々の言葉にされる出来事こそが、社会の中では現実《リアル》となるのだという考えである。みなの言葉で共有されない彼女の思い、出来事は「無かったこと」とされていく。「無かったことがあったこと」として、「あったことが無かったこと」とされて現実《リアル》が形成していく。出来事とパロールの暴力性と記憶とリアルの関係が問われる物語なのである。

七、変奏する〈かぐや姫〉3

最後の女主人公浮舟にもまた、『竹取物語』引用がある。手習巻における浮舟最後のエクリチュール＝手習い歌の中にそれはある。それもまた、その歌を偽装する口承である語りが示すというアイロニカルな形の中に見ることができる。『竹取物語』のかぐや姫が天衣を羽織る場面の引用である。[*16] かぐや姫は、天の衣を羽織れば、地上での記憶を無くしてしまうという。

紅の桜の織物の袿重ねて、「御前には、かかるをこそ奉らすべけれ。あさましき墨染なりや」と言ふ人あり。
　あまごろもかはれる身にやありし世のかたみに袖をかけてしのばん
と書きて、　　　　　　　　　　　　　　　　　（手習、六 - 三六二）

浮舟の出来事でなく、浮舟の心の中が推測され噂され続ける浮舟物語において『竹取物語』は引用される。浮舟については、Ⅳ - 2「抗う浮舟物語」で論じた。浮舟は他者の言葉、他者の視線と格闘し続ける女君である。「あまごろも」には「尼衣」と「天衣」が、「かたみ」は「片身（互み）」と「形見」が掛けられている。浮舟は自分が死んだことになっていて、その自分の法要のための衣の準備を偶然にもすることになる。「出家して尼の衣を着ている自分が、在俗の頃の自身の形見として、紅の衣に向かい合い、尼の衣を着ているその自分の片方の身頃に在俗時を思わせる衣を羽織って、かつてをしのぼうか、いやしのぶことはしない」と浮舟は歌を詠む。かぐや姫は尼の衣を羽織れば地上を忘れるが、すでに尼衣を羽織っている浮舟は、地上ならぬ在俗の頃を思い出す衣を身半分に羽織って、「今と昔」の二つの時間のあわいを一瞬生きてみようとする。浮舟が何をしのぶのかより、「今と昔」の時間を揺れながらそのあわいを一瞬生きてみる、その行為、その思いこそが、浮舟の歌から読み取られる。浮舟のしのぶ思い出とは、誰にも奪われることのない、誰にも侵犯されることのない、彼女だけが所有したはずの自身の記憶に違いなく、その思いを彼女が持っていることを、この『竹取物語』引用は示している。他者の言葉を聞き続け、その言葉と格闘した彼女の書いた彼女だけが所有するはずの歌を、偽装する語りが示していくというアイロニーがそこにある。しかし、その語りは、彼女が〈他者の他者〉であろうとすることを奪い、彼女を追い詰める声であるのか。

おわりに

口承を装いつつ書かれた物語である『竹取物語』と『源氏物語』。口承は眼前の他者の反応によって語りの言葉が引き出されたり、その場に居合わす聞き手の沈黙によって、言葉が吐き出されてテクストが織り成されていく。偽装の口承とは、すなわちこの聞き手による共犯関係を偽装するということである。偽装の口承とはすなわち、共有させる言葉に対して共犯関係を結ばせていくことを偽装するのである。すなわち、紡がれる言葉に対して共犯であることを意識化させようとする装置なのである。また、『竹取物語』にも、『源氏物語』にも、無署名で消えることを根拠に、無責任のフリをすることができる噂の力が示されている。噂とは、ある意味出来事の記憶の分有を促す装置でもある。

『源氏物語』に語られていく物語世界には、言葉の暴力性と癒しの力が示されている。その二つの力をみつめる共犯者としての位置に読者を置きつつその緊張の中で、物語は共犯者であることを偽装して、語られた記憶の共有とその言葉の力を問いかけていくのである。[*17]

言葉を共有して追い詰めていく暴力性と、共有され得ないことによってあったことが無いことにされリアルが揺らぐ恐怖と悲しみの癒されない記憶を語ることで、その記憶の共有者へと読者を誘う。それによって、『源氏物語』は言葉の力を問いかけ続けていく。物語社会において、言葉で人々に共有されたものが「あったこと」になり、共有されないものが「無かったこと」になるなら、物語社会の中で「無かったこと」にされた出来事や思いの記憶を、語り手と聞き手が共有することが、その記憶に対し「あったこと」として鎮魂する行為になるのか。変奏する〈かぐや姫〉たちの物語は、言葉の力を問いかける挑発を読者にしていくのである。

注

＊1　近年の神田龍身『偽装の言説』（森話社、一九九九）、深沢徹『自己言及テキストの系譜学』森話社、二〇〇二）、同『『愚管抄』の〈ウソ〉と〈マコト〉』（森話社、二〇〇六）、兵藤裕己『物語・オーラリティ・共同体』（ひつじ書房、二〇〇二）の三者の仕事には沢山の刺激と教示を受けた。安藤徹『源氏物語と物語社会』（森話社、二〇〇六）も、早くから噂に注目し、論を展開している。

口承については川田順造『口頭伝承論』（河出書房新社、一九九二）、本田義憲・池上洵一・小峯和明・森正人・阿部泰郎編『説話の言説　口承・書承・媒体』（勉誠社、一九九一）など参照。

＊2　ウォルター・J・オング『声の文化と文字の文化』（桜井直文・林正寛・糟谷啓介訳、藤原書店、一九九一）、ジャック・デリダ『声と現象』（林好雄訳、ちくま学芸文庫、二〇〇五）。

＊3　本書は、読み手や聞き手があることで生まれる「語らい」の機能を重視する。

＊4　『火山列島の思想』（筑摩書房、一九六八）所収。

＊5　笠間書院、二〇〇七。
＊6　小嶋菜温子「階層を越境する求婚者たち」（『かぐや姫幻想――皇権と禁忌』森話社、一九九五年一一月、→新装版二〇〇二年一一月）。小嶋は「求婚者たちのストーリーは、男女関係を軸にするかにみえて、実はそれ以上に、「世」を規制するものとしての〈噂〉の力を語っている」と述べて、早くから、『竹取物語』における〈噂〉の力を指摘している。
＊7　多重化するリアルについては、香山リカ『多重化するリアル』（廣済堂出版、二〇〇二）参照のこと。
＊8　論考は多数あるが、＊1の神田論はその視点が強い。しかし、この視点もまた重要なものであり、別稿では、その視点でも論じてみたい。
＊9　＊1の『説話の言説』には、説話における語り手と聞き手の場について論じられていて参考になる。ただし、私がここで述べる語り手と聞き手の場とは、物語に登場する人物による実態的場だけを指すのではなく、読むことで語り手になり聞き手になることで生成される機能としての語りの場に特に注目している。
＊10　鷲田清一「〈聴く〉ことの力――臨床哲学試論」（TBSブリタニカ、一九九七）は、「聞き手がある」ということのプラスの大きな力を示している。
＊11　関根賢司「かぐや姫とその裔」（『日本文学』一九七四・四）、秋山虔・後藤祥子・三田村雅子・河添房江「共同討議　玉鬘十帖を読む」（『國文學』學燈社、一九八七・十一）、三谷邦明『物語文学の方法　Ⅱ』（有精堂、一九八九）、高橋亨「前期物語の話型」（『源氏物語の絵と遠近法』東京大学出版会、一九九一）、長谷川政春「浮舟」（『源氏物語必携Ⅱ』學燈社、一九八二）、小林正明「最後の浮舟」（『物語研究』有精堂、一九八六）、橋本ゆかり「源氏物語の「塗籠」」（『日本文学』、一九九九・九）（→改稿「源氏物語の塗籠――落葉の宮のリアルの生成と消滅――」『人物で読む源氏物語　花散里・朝顔・落葉の宮』勉誠出版、二〇〇六）、井野葉子「夕霧巻における竹取引用」（『論叢　源氏物語　三』新典社、二〇〇一）など参照のこと。
　小嶋菜温子『かぐや姫幻想』（森話社、一九九五）、『源氏物語批評』（有精堂、一九九五）は、『源氏物語』におけるかぐや姫引用の問題を先鋭的に切り拓いてきた。河添房江「源氏物語の内なる竹取物語」（『源氏物語表現史』翰林書房、一九九八）も早くから『竹取物語』引用に注目し、『源氏物語』におけるかぐや姫の変奏を読むべきだとする。河添は『夜半の目覚め』との関わりも繰り返し論じ、文学史的拡がりを示していく。久富木原玲「天界を恋うる姫君たち」（『人物で読む源氏物語　大君・

中の君』勉誠出版、二〇〇六）にもまた、新しく学ぶところが大きい。

＊12　なお、断っておくが、本書は『源氏物語』に話型を発見することを目的としていない。話型を読むための道具とする。先行の物語と同じ話型や表現を発見することは、さらにそれがどのように物語の中で変容していくのかを気づくためにある。その反復と差異による変容にこそ、新しさが紡ぎ出されるのだから。益田勝実「説話におけるフィクションとフィクションとしての説話」（『国語と国文学』一九五九・四）参照。型を壊して新しい型に読むことで出会うとき、語らいの場の呼吸が確認されるといえるかもしれない。

＊13　本書Ⅲ-1「声を聴かせる大君物語――〈山里の女〉と〈思ひ寄らぬ隈なき男〉の語らい」で詳しく論じる。高田祐彦「『山姫』としての大君――宇治十帖の表現構造――」（『源氏物語文学史』東京大学出版会、二〇〇三）は「山里」に住む女に注目し論じた先行研究である。

＊14　＊11久富木原論文に同じ。

＊15　三田村雅子「源氏物語の世語り」（源氏物語講座6『語り・表現・ことば』勉誠社、一九九二）は、「光源氏は冷泉帝の父という公表できない闇の権力者故でなく、「世語り」というきわめて世俗的な論理を操って、巧みにこれを懐柔することによって、ライヴァルである内大臣や鬚黒家を突き放して圧倒的な優位に立つに至るのである。」と述べる。玉鬘が光源氏に出会うまでの噂を論じたものに、安藤徹「玉鬘と筑紫〈うわさ〉圏」（『源氏物語と物語社会』森話社、二〇〇六）がある。

＊16　東原伸明「尼衣かはれる身にや」（『國文學』第四五巻九号、二〇〇〇・七）がこの場面の浮舟の歌の研究史を整理していて参考になる。本稿は、浮舟のこの歌に浮舟の解脱や救済を読まない。長谷川政春「さすらいの女君（二）」（『物語史の風景』若草書房、一九九七）や原岡文子「境界の女君（『解釈と鑑賞　別冊人物造型から見た源氏物語』至文堂、一九九八・五）と同じく、浮舟の歌に揺らぎを読んで、そこに浮舟の存在のありようを見る。

＊17　高橋哲哉『デリダ――脱構築』（講談社、二〇〇三）、林好雄・廣瀬浩司『デリダ』（講談社選書メチエ、二〇〇三）など参照のこと。また、出来事と記憶の分有について論じたものには、岡真理『記憶／物語』（岩波書店、二〇〇二）がある。
なお、野田秀樹脚本（『新潮』二〇〇七年一月号掲載）・演出「ロープ」には次のような台詞があり、言葉の力と記憶とリアルが問いかけられていた。

入国管理局ボラ　無茶というのはね、無かったことをあったことにするのを言うんだ。……ね、あったことを無かったことにする。」……（中略）……
タマシイ　私は、このリングの下に「力」を語る為に棲みついたのじゃないのよ。「無力」という力を語るために棲みついているの。人はいつも、取り返しのつかない「力」を使った後で「無力」という力に気づく。でもね、ミライから来たタマシイが言っているんだから。まだ、遅くはないのよ。

2 『源氏物語』における〈記憶〉と〈恋の鎮魂〉

——玉鬘の初恋

はじめに

眼前の人を、手に入れられない人の「形代」として愛すとは、手に入れられない人への思いを鎮魂する作法ともいえて、『源氏物語』では物語を突き動かす方法ともなっているといわれるが、[*1] 視点を変えれば、生きて残されている人々の心の傷を鎮めていく物語でもある。玉鬘の物語は、亡くなった夕顔の鎮魂の物語であり、失った人々の過去の記憶である。眼前の出来事の中に手に入れられない時間を重奏させて生きる。鎮魂されるのは、眼前の身体を前に喪失を癒して、果たせぬ思いを鎮魂させていくとき、眼前の所有もまた永遠になく、喪失を紡ぎ続ける。

一方、記憶は言葉に語り合わされることで、「あったこと」として共有されていくが、言葉に出来ない記憶もまたあり、物語は物語社会内で言葉にして共有できない記憶を、聞き手としての読者に語る。玉鬘の恋における、〈記憶〉と〈今・ここ〉のリアルの争奪について、考察する。

一、記憶の所有――欠損の在り処

玉鬘の物語は光源氏の夕顔回想と右近の夕顔回想、玉鬘の乳母の夕顔回想から語り始まる。玉鬘十帖は玉鬘の登場を前にして、その母から語り始まるが、その母は人々が「失った人」として改めて語り起こされて登場するのである。

① 年月隔たりぬれど、飽かざりし夕顔をつゆ忘れたまはず、心々なる人のありさまどもを見たまひ重なるにつけても、あらましかばとあはれに口惜しくのみ思し出づ。右近は、何の人数ならねど、なほその形見と見たまひて、らうたきものに思したれば、（玉鬘、三―八七）

② 心の中には、故君ものしたまはましかば、明石の御方ばかりのおぼえには劣りたまはざらまし、……飽かず悲しくなむ思ひける。（玉鬘、三―八七～八）

③ かの西の京にとまりし若君をだに、行く方も知らず、ひとへにものを思ひつつみ、また、「いまさらにかひなきことによりて、わが名もらすな」と口がためたまひしを憚りきこえて、尋ねてもおとづれきこえざりしほどに、（玉鬘、三―八八）

④ 母君の御行く方を知らむとよろづの神仏に申して、夜昼泣き恋ひて、さるべき所どころを尋ねきこえけれど、つひにえ聞き出でず。さらば、いかがはせむ若君をだにこそは、御形見に見たてまつらめ（玉鬘、三―八八）

⑤ 幼き心地に母君を忘れず、（玉鬘、三―八九）

玉鬘の物語は、玉鬘ではなく、彼女の母・夕顔への人々の思いから語られ始める。夕顔を「失った」という各々の追憶から語られ始めるのである。

光源氏十七歳の夏、秘密の恋を惑溺したその瞬間、目の前で恋人の夕顔を死なせてしまう。光源氏は冷たくなったその人を、自身ではどうすることもできず、現場からただ立ち去ることしか出来なかった。①のように、光源氏はその恋を全く忘れることが無い。六条院にいる女君たちを見るにつけて、恋しく思い出される。その失った夕顔の「形見」として、夕顔の侍女右近を身近に置いて、かわいく思うことを慰めとしている。その右近は、自分の主人であった夕顔が生きていたら、この六条院の女君たちの中の明石の君くらいの寵愛は受けていたと、夕顔のことを思い起こしている。しかし、③にあるように、右近は光源氏に口がためをさせられてその恋を漏らさずにいる。夕顔を失って、その恋を語れないでいることは、光源氏と右近の心の欠損であることを示す。右近は、光源氏と夕顔の恋と、夕顔に子供がいたことを知っており、夕顔と光源氏と玉鬘のそれぞれが抱え持つ物語を統括する位置にある。夕顔を失った思いと玉鬘を失ったことへの思いは、語ることのできない彼女の欠損としてあり続けている。

また、④では、夕顔の遺児の乳母は、夕顔の死を知らないままにいて、主人であった夕顔の形見として玉鬘を主として仕えようとする。それは、主を失った侍女の後悔と欠損を補うことになるだろう。⑤は、玉鬘が幼い心に「母」を求める気持ちが語られる。

以上から確認できるのは、夕顔についての記憶が登場人物ごとにそれぞれに語られるが、それぞれに夕顔想起のあり方が違うことである。「夕顔を失った」という出来事を共有していながら、それぞれに夕顔を想起する仕方は異なっており、夕顔を失ったという出来事の記憶は互いに語り合わされることが出来ずにある。夕顔の記憶はそれぞれに所有されたままにあり、その記憶の所有のあり方はそれぞれの欠損の在り処、心の傷のあり様を示す。「夕顔を失った」という出来事はみなにとって同じでありながらも、同じでないことを、玉鬘冒頭は語り起こしていく。玉鬘の物語は夕顔の鎮魂の物語であるとも言われるが、鎮魂されるべきは、夕顔を失った人々の心にあるそれぞれの心の傷であり欠損であることが、示されている。

浮舟の物語が人々の思惑から語られ始めるように、玉鬘の物語は「夕顔を失った」という空白によって、人々の思惑が統括されていく語りになっている。零記号のような浮舟と浮舟を喩えて言えるならば[*3]、それぞれの記憶の語りの統括をする零記号としての夕顔と言えるかもしれない。統括されて見えてくる夕顔の記憶は、物語に失ったままである読者の持つ欠損ともなる。

失った夕顔の形見を求める大人たちの欲望は、玉鬘に転移され集約されていく。浮舟が欲望の媒介装置[*4]であるといえるならば、玉鬘もまたそのように言うことが出来る。みなの失った夕顔とは、「恋する夕顔」であり、玉鬘の知らない「恋する母」の記憶が、生身を持つ彼女に新たに期待され具現化されることで、「恋する夕顔」を失った心の欠損が埋められていくことになる。癒されるのは生き残った人々である。「恋する母」を玉鬘はまなざされていくが、玉鬘の求める「母」の喪失には代替がない。

玉鬘は光源氏と出会うことで、母を「恋した母」として、記憶し直すことになる。光源氏が父として玉鬘を引き取った時、光源氏と玉鬘は夕顔を失ったまま擬似家族を生きる。ねじれた擬似家族を生きることで、夕顔の失った「母」が「恋する母」として記憶し直されていく。

二、〈記憶〉と〈今・ここ〉

眼前の人を、手に入れられない人の「形代」「形見」として愛した時、失った人への思いは慰められていくが、それは眼前の人を失い続けているということでもある。眼前の出来事の中に手に入れられない時間を重奏させて生きる。眼前の身体を前に喪失を癒して、果たせぬ思いを鎮魂させていくとき、眼前の所有もまた永遠になく、新たな喪失を紡ぎ続ける。「形見」「形代」として愛するとは、その恋の始まり中に終わりを持つということである。光源氏は玉鬘を自分の娘と世間に偽って六条院に迎え、彼女を夕顔の形見としてそばに置きながら、次第に玉鬘に恋心を打ち明けるようになる。光源氏は、恋を喪失し続ける恋の装置を手にしてしまったとも言える。六条院に迎えた玉鬘を自分の実子であるかのように装うことは、眼前の美しい生身の玉鬘への欲望を限りなく遅延し続けることになるからだ。

ところで、玉鬘には失えるものはあったのか。

玉鬘は光源氏と出会った時、失えるものが無い人であるはずだった。玉鬘の周囲の人たちが、夕顔を失ったという傷を埋めるために彼女を大切にしているだけで、周囲の人々の思惑をはずせば、彼女は父も母も無い孤児に過ぎない。だから、彼女の所有するものがあったとしたなら、それは、彼女に被せる周囲の人々の夕顔への思いだけなのだ。彼女をくるむ周囲の人々の欲望を失えば、彼女は社会的には、何も無いただの捨て子同然である。玉鬘が母の死を知り光源氏に引き取られた時、彼女の「母」に会いたいという希望が、「父」に会えるかもしれないという希望に変わった以外、彼女自身に所有らしきものは無い。六条院に引き取られ、光源氏に向き合っている間、しばしば「父に会えるかもしれない」という希望が繰り返し語られるのは、彼女のただ一つの所有の確認に過ぎない。その希望が、彼女の失えるただ一つのものであるはずだったからだ。求婚譚のただ中にあっても、玉鬘は「父の子になる」という家族の物語の中にあった。

三、〈噂〉と〈本当〉

物語は突然に鬚黒が玉鬘と逢瀬を持ったことを示す。膨大な恋の求婚譚と光源氏の欲望の遅延が語られた後、鬚黒が玉鬘を得た詳細は語られない。人々の落胆のみが語られる。Ⅱ-4「『源氏物語』の「塗籠」」で考察したように、夕霧巻で落葉の宮が夕霧の執拗な求愛に陥落する経緯が詳細に語られるのに対して、玉鬘にはその仔細は無い。焦点化される問題が異なるのである。

光源氏が実父であるか否かも、光源氏の玉鬘への恋心も、人々の噂にはならなかった。それは光源氏が情報操作術の長けていることを示すが、鬚黒が玉鬘と結ばれた出来事は、

⑥「内裏に聞こしめさむこともかしこし。しばし人にあまねく漏らさじ」と諫めきこえたまへど、さしもえつつみあへたまはず。（真木柱、三-三四九）

と、光源氏の諫めも虚しく、玉鬘を得た鬚黒は隠すことが出来ない。

⑦かう忍びたまふ御仲らひのことなれど、おのづから、人のをかしきことに伝へつつ、次々に聞き漏らしつつ、ありがたき世語にぞささめきける。内裏にも聞こしめしてけり。

（真木柱、三 - 三五一）

と、あっけなくも玉鬘が新たに人々の噂となることが語られる。それに対して、

⑧殿も、いとほしう人々も思ひける筋を、心清くあらはしたまひて、わが心ながら、ねぢけたることは好まずかしと、昔よりのことも思し出でて、紫の上にも、「ア思し疑ひたりしよ」など聞こえたまふ。

（真木柱、三 - 三五三）

光源氏は、この件により、玉鬘とあやにくな関係を疑われていたことへの潔白が晴れたとして、紫の上に⑧の傍線部アのように「あなたも疑っていらしたね」と潔白を確認する。このことは、世間の噂、言い換えれば「ニュース」になったことが物語社会内では真実であって、噂にならなかったことは、無かったこととなることを意味する。噂は無署名で、無責任な言説であるが、しかし、噂となることは、世間の承認をも意味していることにもなる。この光源氏の⑧傍線部アの言葉は、次の紫の上の揶揄を指している。

「いでや。我にても、また忍びがたう、もの思はしきをりをりありし御心ざまの、思ひ出でらるる節ぶしなくやは」とほほ笑みて聞こえたまへば、

（胡蝶、三 - 一八四）

紫の上は自分が母を失って北山に居た時に、実父に無断で光源氏のもとに連れ去られて養女のように育てられ、光源氏の妻へと移行した経緯を思い起こして、光源氏を揶揄していたのであった。

あの時、光源氏は紫の上に自身の欲望を言い当てられて、光源氏は「かつはひがひがしうけしからぬわが心のほども、思ひ知られたまふ」（胡蝶、三‐一八四）と、改めて自身の欲望を自覚することになる。光源氏は玉鬘への恋心を歌にして、[*5]「なほえ忍ぶまじけれ（やはり、堪えられません）」（胡蝶、三‐一八六）と、彼女の手を取る。玉鬘は初めての男性からの至近距離の告白に、驚きと戸惑いを持つも、頑なには拒否を示さない。「むつかしと思ひてうつぶしふしたる」（胡蝶、三‐一八六）とあり、顔を解釈されることを拒んではいるが、光源氏に握られた手はそのままに光源氏の中にある。うつぶしている玉鬘の様子は光源氏の視線によって語られている。夏の衣に透けて見える玉鬘の肌のこまやかなきめをまなざすにつけても、堪えきれずに、いつもより恋心を「聞こえ知らす（分かってもらえるように、伝える）」（胡蝶、三‐一八六）のであった。我慢できずに、自分の衣をそっと脱いで玉鬘に添い臥した、その恋心は世間に流通しなかったため、無かったこととなったのである。

玉鬘がその母夕顔の身代わりとして、夕顔が得たはずの幸せを得ることで、侍女たちは主人を失ってしまったという欠損の痛みを鎮魂していく。光源氏は眼前の玉鬘に夕顔に似ていると堪えられないと、思いを打ち明ける。彼女に夕顔を被せることで、自分の恋心を伝えるのは、言い寄る常套句であるが、その彼の手にある生身の玉鬘は、夕顔には無い感触を光源氏に与える。「かやうなるけはひは、ただ昔の心地していみじうあはれなり」（胡蝶、三‐一八八）とは、〈今・ここ〉にある玉鬘と夕顔が行きつ戻りつする中で、光源氏の恋情が掻き立てられていた有り様を示す。

玉鬘は、鬚黒と結ばれてから、光源氏を恋しく思い出す。その記憶は言葉にされないで誰にも流通しないすげかえのきかない彼女だけ・光源氏だけの記憶である。眼前に美しい生身の身体を置きながら手だけで我慢して思いを打ち明けた光源氏がいた。玉鬘の物語は、噂に始まり、噂にとりかこまれて収まりをみせるが、その物語には光源氏と夕顔と光源氏と玉鬘という噂として流通されない恋の記憶が重奏していく物語である。玉鬘のもとに光源氏が手紙を送ると、鬚黒が代筆をして歌を返してくるところで、この物語は収まりを見せる。文字による交通は消されるのである。

おわりに

玉鬘の物語には、玉鬘と光源氏による物語論が埋め込まれている。その物語論をそのまま「紫式部」の物語論とナイーブに直結することはできないが、物語に自己言及する物語であることはやはり注目される。

「……（略）……そらごとをよくし馴れたる口つきよりぞ言ひ出すらむとおぼゆれどさしもあらじや」とのたまへば、「げにいつはり馴れたる人や、さまざまにもさも酌みはべらむ。ただいとまことのこととこそ思うたまへられけれ」とて、硯をおしやりたまへば、「骨なくも聞こえおとしてけるかな。神代より世にあることを記しおきけるななり。日本紀などはただかたそばぞかし。これらにこそ道々しくくはしきことはあらめ」とて笑ひたまふ。

（蛍、三-二一一～二）

玉鬘は母のかつての恋人であった光源氏に見出され、世間には娘として六条院に引き取られる。その玉鬘と光源氏の会話の中に、光源氏の物語論が現れるのである。光源氏がウソを言いなれた人の口からでまかせだろうが、そうでもないのかと物語に夢中になっている玉鬘に語りかけると、玉鬘はウソを言いなれた人はいろいろとそのようにも解釈するのであろうが、マコトだとしか思われないと反発する。光源氏は玉鬘を戯れに挑発したのであって、物語そのものを否定はしていなかった。「日本紀などはただそばぞかし（正史などはほんの一面に過ぎない）」といい、続けて「これらにこそ道々しくくはしきことはあらめ（物語にこそ政道に役立つ詳しいことが書かれてあるだろう）」という。

光源氏が玉鬘を娘として世間に理解させてあることを、玉鬘は「ウソ」を言うと光源氏を暗に非難し、その続きとして物語の「マコト」が話題にされていることに注目しておきたい。光源氏のウソを言い馴れるとは、言い換えれば〈噂〉の操作術を言う。

玉鬘は、失うものの無い女君であったが、光源氏と恋をすることで、失えるものを手に入れた。それは、噂になってはならない光源氏との恋の思い出である。あったことは世間には無かったことになったけれど、彼女のすげかえのきかえない恋の記憶は、偽装の口承によって語られて、あったこととして承認を創っていく。それが、封印された恋の鎮魂となっていくのだ。人々の思惑に翻弄されているようでいて、その実、玉鬘は初恋の原型を光源氏に得ていた。玉鬘は見られるばかりの女ではなくて、男たちを見る女であり、見る技術を得た女になった。

「玉鬘の物語は藤壺の強烈なパロディ、逆転の物語である。光源氏の側から眺められるのが常であった物語の流れを断ち切って、玉鬘の側から逆に眺め返された時、この二人の関係はどう映っているのか。物語は女たちの側から捉え返された物語が光源氏の物語のこちら側に確かにあることを実感させた」[*6]と、三田村雅子は言う。「不動の真実などというものはなく、立場の違いによって、真実は常に偽りに反転し、偽りもまた真実に反転する」とも言う。確かに、出来事の「真実」は多面体である。

しかし、〈噂〉になるならないで、あったことが無かったことに、（無かったことがあったことに）一義的に決め付けられてしまう物語社会がここには示されている。無かったことになることで、救われることもあれば、Ⅱ‐4「『源氏物語』の「塗籠」」の落葉の宮のように、永遠に言葉にできずに封印されてしまう彼女だけの〈本当〉の傷みも生まれる。『源氏物語』は、口承を装いつつ、口承の一つである噂の力に自己言及する。光源氏の会話に出てくる日本紀などの正史にはのらない真実とは、こうした記憶を指すのか。

今後、改めて、蛍巻物語論を含めて考えていきたい。

注

＊1　日向一雅「源氏物語の継子譚」（『源氏物語の主題』桜楓社、一九八三）、同「玉鬘流離譚の構造」（『源氏物語の準拠と話型』至文堂、一九九九）など。一方、藤本勝義は「〝ゆかり〟超越の女君――玉鬘」（『人物造型からみた『源氏物語』』至文堂、一九九七）で「だから、玉鬘物語を表層的に捉えてさすらいの物語とか、ゆかりの物語などといったところで、本質を捉えたことにはならないのである。玉鬘の夕顔の陰である点を仰々しく捉えるあまり、玉鬘にアイデンティティを見出しえないとしたら、玉鬘ならびに玉鬘物語の本質を見誤っているといえよう」と述べて、玉鬘の力強い独自性を読むことを促す。

＊2　三谷邦明「玉鬘十帖の方法――玉鬘の流離あるいは叙述と人物の造型の構造」（『物語文学の方法　Ⅱ』有精堂、一九八九）に玉鬘の物語は回想の連鎖から新たな物語が紡がれるという叙述方法に、「源氏物語の古代小説としての特質が露呈している」という。

＊3　零記号は、時枝誠記の文法用語を指す。

＊4　神田龍身『源氏物語＝性の迷宮』（講談社、二〇〇一）。

＊5　高木和子「玉鬘十帖論」（『源氏物語の思考』風間書房、二〇〇二）は、玉鬘十帖を〈記憶〉の反芻と再生の物語と述べる。

そして、光源氏が玉鬘に夕顔への追憶を重ねながら恋心を打ち明けるのは、『古今集』などにも見られる古代からの恋の表現に倣っており、そこに個別性は無いと言う。二人のありようが古歌の常套的表現に倣って普遍化しているところに「マコト」があるという。本稿では、二人が共有する出来事を〈噂〉との関わりから見て「マコト」を考えてみたい。

＊6　「ただいとまことのこととこそ思ふ給へられけれ」（『國文学』第四五巻九号、二〇〇〇・七）。なお、物語と噂については、安藤徹『源氏物語と物語社会』（森話社、二〇〇六）も、重視して論じている。

Ⅱ　建築空間とメディア

1 『源氏物語』の「長押」としぐさ
——葛藤と抑圧の音色

はじめに

王朝物語に登場するヒロインたちは、囲いのある邸の中で、さらに幾重もの隔てに囲まれながら、暮らしている。その実態的姿を見ることが出来るのは、彼女の思いを具現化するために立ち働く女房たちくらいであろう。そのヒロインたちを囲い込んでいる平安時代の住居の具体的な様相については今なお謎がある。その空間を、かつてのままの姿でわれわれが体感することは出来ない。しかしながら、王朝物語において登場する貴族女性たちは、邸の奥深くに閉じ籠って暮らしており、必然的にその住居である邸が舞台となる。

『源氏物語』の物語世界は、さまざまなメディアが関係しあって意味を生んでいく。[*1] たとえば、地の文、語り手の言葉、会話文、心内語、といった幾種類かの言葉のメディアはもちろんのこと、しぐさや身体、そして舞台背景ともいえる住居や家具や小道具の一つ一つに至るまで、互いに共鳴しあったり、反発しあったりしながら、そこに意味を生み出していく。本稿では、「長押」を一つのメディアとして論じる。

「長押」とは、建物の柱と柱の間に横に渡した材木のことである。[*2] 柱の上部に渡したものを「上長押」、下部に渡したものを「下長押」という。母屋と廂との間、また廂と簀子との間にある。部屋に段差がある場合には、「下長押」を境界にして邸の内側は高くなる。長押は居住空間の内と外、上と下に仕切る境界線に図らずもなるといえる。『源氏物語』における「長押」の用例は、全六例の全てが「下長押」を指す。一方、Ⅱ-3「物語の塗籠」とⅡ-4「『源氏物語』の「塗籠」――落葉の宮の〈本当《リアル》〉の生成と消滅――」で論じる「塗籠」とは、母屋や廂に設けられた空間を指す。入り口に妻戸をつけて出入り口とし、外周は屋根裏まで土壁で塗り込め、外部ときっぱり隔てる組み入れ天井まであった。普段は納戸として使われていたらしい。[*3] その用例は『源氏物語』に七例ある。

当時の邸は、几帳や御簾などで仕切られた可変的空間であった。たとえば、几帳は移動可能な仕切りである。しかもその几帳にはわざと縫わずにある覗き穴が施されていた。御簾は風や人の出入りで微妙に揺れる。その小さな穴や隙間は、その仕切りの具を隔てた内と外とで互いに、見る／見られる、見せる／見せられる視線の攻防が呼び込まれる場所となる。したがって、邸の中の全空間は、それらの仕切りの道具によって、内部と外部を隔てつつ、繋げられていくといえる。その意味で、邸の空間は可変的なのである。オートロックで守られ、プライベートルームと称して鍵もかけられる個室を備える日本の近代的西洋建築の家屋とは大きく異なる。そして、だからこそ、当時の邸の空間の中で、四方を壁で塗り込めた「塗籠」は、唯一の密閉空間であり、特殊なのである。

対して、「長押」は、互いの視線を隔てるための道具でもなく、空間でもなく、内部と外部の境界線としてある材木に過ぎない。辛うじて作られる段差を示す線でしかないといえる。なんら物理的障壁とはならない線を示すのである。本章では、この対照的な建築的特質を持つ「長押」と「塗籠」との二つを論じる。本稿ではまず「長押」に注目していく。

居住空間とメディアを論じるには二通りの論じ方がある。一つは、物語社会のさまざまなメディアが居住空間の持つ意味をどう変容させるのかと言う論じ方である。もう一つは、物語を語るメディアとして論じていくものである。本稿ではその後者で論じていくことにする。[*4]

一、虚構世界の長押というメディア

「しぐさや身体、住居や家具などをメディアとして論じると言っても、結局それらは言葉で語られるものではないか」という批判が想定される。[*5]もちろん、物語文学は言葉で語られていく。だから、物語社会の中の噂もしぐさも身体も、住居も家具も小道具も、結局言葉というメディアを通したメディアでしかない。その言葉も文字というメディアを通したものでしかない。したがって、言葉を扱い論じるということには変わりないだろう。しかし、読むことで立ち上がっていく物語世界に、舞台や現実空間で、登場人物などの言葉やしぐさや身体、住居が奏でるのを読むように、その意味を読み解き、物語における現実世界のリアルを見出し論じていきたい。

本稿では書かれた物語以外の、口承文学や演劇やバレエやオペラなどの舞台芸術への眼差しを含みながら、書かれた物語について考えたいのである。そこで、書かれたものとそうでないもとのとのしぐさや身体や居住空間を論じることが、口承文学やオペラを聴く・観ることとどのように同じで、どのように違ってくるのかをここで述べておきたい。

例えば、舞台形式で上演されたオペラやオペレッタならば、それぞれの人物が、互いに笑顔で仲良く手を取り合いながら、同時に、実は互いが互いを裏切るたくらみに胸弾ませるといった心内語を、二重唱三重唱するということが可能である。[*6] しぐさと音楽と心内語を表す歌詞それぞれの情報が、一度に、同時間に、聴衆（観衆）に与えられていく。この時、これらのメディアを通した情報のうちどれかが聴衆（観衆）にとって特権的であるということはない。むしろ、どれかを特権化して聴く（観る）ということは可能であり、もちろんそのような愉しみ方はあっていい。それは聴衆（観衆）の自由であろう。

しかし、どれかを特権的に扱ってこの「場面」を「理解する」ことは難しい。なぜなら、先の例でいえば、しぐさを特権化して理解すれば、この場面は登場人物が仲が良い場面ということになる。一方、心内語である二重唱、三重唱を特権化すれば、仲が悪い場面ということになる。どちらかだけを特権化してこの場面を理解すれば、全く違う物語になってしまうのである。

この場面を理解するのに重要なのは、しぐさや音楽や歌詞などが示すものがどのように共鳴しあっているのか、分裂しているのかであろう。この場面は、登場人物間で共有されるしぐさでは仲が良いけれど、登場人物間で共有されない心内語では裏切りあっていることが聴衆（観衆）には示されているのであり、どちらかが真実を示しているというのではなく、この矛盾した状況の葛藤こそが、この場面の真髄であり、まさに醍醐味なのである。

ところで、今述べてきたことは、舞台形式で上演されたオペラについてである。オペラの愉しみ方には、舞台形式のオペラを会場で聴く（観る）、コンサート形式（＝舞台装置など置かず、歌手の簡単なしぐさを伴った歌とオーケストラの演奏の競演）のオペラを会場で聴く（観る）、ビデオ、ＤＶＤを部屋で聴く（観る）、ＣＤを聴くという方法がいくつもある。同じオペラでも、どのようなスタイルを選ぶかで愉しみが異なっていく。

例えば、ＣＤでオペラを愉しむ場合には、しぐさや舞台装置は無い。楽器と旋律と登場人物の声のポリフォニーを愉しむことになろう。このとき、オペラを楽器や声や旋律や歌詞やしぐさが作り出す物語として愉しもうとすれば、やはり、音だけで愉しむCDの場合、あらかじめ物語を先験的に知っていて聴くという聴き方をしなければ、物語を理解する仕方が変わる箇所が生まれる。

つまり、しぐさや舞台装置があってこそ、物語が聴衆（観衆）に伝わるのであり、言葉だけ、音楽だけを取り出して聴いていては、どんな物語（オペラ）であるかが理解できないということになる。言い換えれば、言葉と音楽などの聴覚に関するメディアのみでは違う物語（オペラ）になってしまうということなのである。しぐさや舞台装置などの視覚を無視することはできない。

一方、文字を辿って読むという直線的時間軸に縛られた物語文学の場合には、語られていく順に、会話文、心内語、しぐさ、舞台背景（自然、住居）などのメディアが並べられて物語世界が示されていく。すなわち、現実空間に居る時しているように、幾種類もの情報を一度に読者は得ることができない。読むという行為においては、会話文や心内語といった言葉もしぐさも舞台背景も、一つ一つ読むという読者の時間軸に沿って並べられていくため、それらを物語の中で平行しているものとして扱うことを読者が主体的にしなければ、言葉やしぐさや舞台背景はばらばらの物語の時間の中にある情報になる。だから、読者がそれらのメディアを関係づけて読まない限り、二重唱、三重唱……は聴くことが（読み取ることが）できない。そこで、物語文学はオペラとは異なって、文字という言葉のメディアで書かれているがゆえに、登場人物の心内語や会話文のみを特権的に扱って理解してしまい易かったのではないだろうか。このためかつては、しぐさや身体や住居に至る舞台装置や小道具が、あまり注目されずに読まれてきたという歴史がある。[*7] どれかを特権的に扱うのでなく、あくまで、それぞれが共鳴、反発しあってこそ意味を生むのであり、そのどれかを取り上げたとしても、それを絶対化するつもりはない。本稿は「長押」という物語世界における舞台装置を、一つのメディアとして取り上げて論じてみたい。

二、葛藤と抑圧の線上

『源氏物語』の「長押」の用例は全部で六例あり、その用例すべてに男のしぐさが伴って語られている。物語における「長押」と男の「しぐさ」の反復と差異を確認し、個々の場面と、反復と差異が語るものとを、読み解いていくことにする。一九九五年九月九日ミラノ・スカラ座日本公演リリアーナ・カヴァーニ演出「椿姫」のように、リアルを追及したゴージャズな舞台もあれば、一九九七年一一月九日ベルリン国立歌劇場日本公演ハリー・クプファー演出「ワルキューレ」、一九九八年二月二日ベルリン・ドイツオペラ日本公演のゲッツ・フリード・リッヒ演出「さまよえるオランダ人」などのように、やや抽象的な舞台もある。リアルでゴージャスな舞台も、抽象的な舞台も、結局は登場人物のしぐさを伴ってこそ多義的な意味を発生していた。『源氏物語』の物語世界においては、単なる抽象的線であるかのような「長押」もまた、同じである。

① 「そよ、などかうは」とてかい探りたまふに息もせず。……物にけどられぬるなめりと、せむ方なき心地したまふ。紙燭持て参れり。右近も動くべきさまにもあらねば、近き御几帳を引き寄せて、「なほ持て参れ」とのたまふ。例ならぬことにて、御前近くもえ参らぬつつましさに、ア長押にもえのぼらず。「イなほ持て来や。所に従ひてこそ」とて、召し寄せて見たまへば、ただこの枕上に夢に見えつる容貌したる女、面影に見えてふと消え失せぬ。昔物語などにこそかかることは聞け、といとめづらかにむくつけけれど、まづ、この人いかになり

ぬるぞと思ほす心騒ぎに、身の上も知られたまはず添ひ臥して、「やや」とおどろかしたまへど、ただ冷えに冷え入りて、息はとく絶えはてにけり。

（夕顔、一-一六六～七）

①は夕顔巻のクライマックス、もののけ出現の場面である。光源氏は夢を見た。自分の枕元に女が現れて、側にいる夕顔をかき起こそうとする夢である。はっと目を覚ませば火も消えて全くの闇になってしまう。そのうちにも夕顔は正気を失ってぐったりとしていく。光源氏が闇の中で夕顔を探ってみたときには、既に彼女の息がない。あっという間の出来事に光源氏は「せむ方なき（途方に暮れる）心地」がする。怪奇が起こる闇の中に、滝口が紙燭によって明かりを運んで来た。この時、滝口は傍線部アのように、とっさには「長押」に上ることが出来ないでいる。それに対して光源氏は傍線部イのように叱責する。とっさの滝口のしぐさには、滝口の生きる日常の論理が刻まれている。それを叱る光源氏の言葉は、日常の論理から滝口を解き放たせるものになる。

このやりとりからわかるのは、「長押」が従者にとって通常は内部に居る主人の許可なしには容易に越えることの許されない境界であり、守るべき上下の秩序を表象し、物語に葛藤を生み出していくということである。光源氏に叱責されて、滝口が「長押」を越える瞬間とは、まさに日常の秩序が破壊されていく非常時の瞬間である。この直後、もののけが出現し、夕顔の体は冷たくなっていく。この「長押」をめぐる描写は日常の秩序が壊れる緊張を表出している。

次の三例は全て、男が女に会いに来て、「長押」に寄りかかるしぐさをとっている。

②「こなたは、簀子ばかりのゆるされははべりや」とて、上りゐたまへり。……榊をいささか折りて持たまへりけるをさし入れて、「変らぬ色をしるべにてこそ、斎垣も越えはべりにけれ。さも心憂く」と聞こえたまへば、
神垣はしるしの杉もなきものをいかにまがへて折れるさかきぞ
と聞こえたまへば、
少女子があたりと思へば榊葉の香をなつかしみとめてこそ折れ
おほかたのけはひわづらはしけれど、御簾ばかりはひき着て、長押におしかかりゐたまへり。
（賢木、二 - 八七～八）

③今日は、簀子にゐたまへば、褥さし出でたり。……柏木と楓との、ものよりけに若やかなる色して枝さしかはしたるを、「いかなる契りにか、末あへる頼もしさよ」などのたまひて、忍びやかにさし寄りて、
「ことならばならしの枝にならさなむ葉守の神のゆるしありきと
御簾の外の隔てあるほどこそ、恨めしけれ」とて、長押に寄りゐたまへり。「なよび姿、はた、いといたうたをやぎけるをや」とこれかれつきしろふ。この御あしらひ聞こゆる少将の君といふ人して、
「柏木に葉守の神はまさずとも人ならすべき宿の梢か
うちつけなる御言の葉になむ、浅う思ひたまへなりぬる」と聞こゆれば、げにと思すにすこしほほ笑みたまひぬ。
（柏木、四 - 三三七～八）

④「北面などやうの隠れぞかし、かかる古人などのさぶらはんにことわりなる休み所は。それも、また、ただ御心なれば、愁へきこゆべきにもあらず」とて、長押に寄りかかりておはすれば、例の、人々、「なほ、あしこもとに」などそそのかしきこゆ。
（宿木、五 - 三九三）

⑤　涙を拭ひつつ、弁の尼君の方に立ち寄りたまへれば、いと悲しと見たてまつるにただひそみにひそむ。長押にかりそめにゐたまひて、簾のつま引きあげて物語したまふ。几帳に隠ろへてゐたり。　（東屋、六-八五）

②は野宮にいる六条御息所を光源氏が訪問する場面である。「簀子だけは許されますか」と光源氏は簀子に上る。簀子と六条御息所のいる廂の間の間には上下の「長押」があり、そこに御簾が下げられて境界が演出されている。「神垣をも越えて参ったのです。なのに、こうもつれないおあしらいで」と言って、光源氏が御簾の内に榊を差し入れた後、六条御息所と光源氏の歌の応酬がある。この時、光源氏は御簾に上半身を入れて廂の間に侵入し、下半身は「長押」に寄りかかり、廂の外・簀子側に押し出されている。

③では、柏木の死後、夕霧が喪中の落葉の宮を見舞い、柏木の遺言を楯に落葉の宮に迫る場面である。この時、夕霧は「長押」に寄りかかっている。

④は匂宮との結婚生活を嘆く中の君のもとに訪れた薫が、「長押」に寄りかかって、もっと親しい場所へ招いて欲しいと言う場面である。

⑤は薫が亡くなった大君への思いをもてあまして、大君の思い出を共有して語り合える弁の尼のもとを訪ねた場面である。几帳の奥に身を隠す尼君ににじり寄って、心の距離を近づけるかのように、「長押」に寄りかかる。続けて、尼君に要望を出すのである。薫より弁の尼君が身分は下であるとしても、「長押」を勝手に越えることなく、外部にいることで、要望をお願いする形を取るのである。

特に、②〜④の用例はすべて、禁忌性を帯びた男女の対面の場面である。「長押」はいわば壁の無い枠である。すなわち、単なる内側の空間と外側の空間を区切っている線に過ぎないのであり、実際にはなんら物理的隔てにはならないはずの、越えようとすれば越えられる障壁である。にも関わらず、男はそれを越えていかない。「長押」は物語社会において、「演出された」境界としか言いようのないものなのである。「長押」を越える／越えないは「女の許し」があって越えるものだという社会の約束ごとのために、男は容易に「長押」を越えられないのである。「長押」はそこに寄りかかる男のしぐさを伴って、この「社会コード」、すなわち「女の許し」を顕在化させる。

「長押」は物語に葛藤を生み出す。女の許しを得たい、越えたい男のジレンマと、男を越えさせない、男に支配させない女の誇り高さをそこに示していく。②にしても、③にしても、男が女の許しを請う形が踏襲されることで、女は男に対して優位な役回りをその場で割り振られている。しかし、もののけとなって姿を見られた六条御息所や、未亡人となって後見もない落葉の宮の方が、実は、男に対して劣位の立場にあるのが実情である。彼女たちの誇りもその場における優位な役回りも、「長押」をめぐる「社会コード」があって初めて実現されるものなのである。「長押」をめぐる男女の場面には、許しを請う男たちの言葉としぐさとは裏腹の内実へと、いつでも反転されてしまう危うさがある。「長押」は物語に葛藤と、緊張と、アイロニーとを響かせていくのである。

三、「長押」と反転する葛藤

さて、『源氏物語』の「長押」の用例の中で、唯一、「長押」を「越えること」に葛藤が生み出されていない場面がある。それは、光源氏が空蟬の寝所に侵入する次の場面である。

⑥　女君は、ただこの障子口筋違ひたるほどにぞ臥したるべき。「中将の君はいづくにぞ。人げ遠き心地してもの

恐ろし」と言ふなれば、長押の下に人々臥して答すなり。……乱りがはしき中を分け入りたまへれば、ただ独りいとささやかにて臥したり。なまわづらはしけれど、上なる衣おしやるまで、求めつる人と思へり。「中将召しつればなむ。人知れぬ心地して」とのたまふを、ともかくも思ひ分かれず、物におそはるる心地して、「や」とおびゆれど、顔に衣のさはりて音にもたてず。

（帚木、一‐九八〜九）

⑥では、空蟬が「長押」を挾んで一段高くなった部屋である母屋に寝ているのに対して、女房たちは「長押の下」に位置する廂の間に寝ている。この「長押」は空蟬の住む邸の秩序の境界を表象し、「長押」をめぐる描写は空蟬の住む邸の秩序が守られていたことを示している。この描写の後、母屋に空蟬と襖一枚隔てて寝ていたはずの光源氏が、やすやすと空蟬の部屋に侵入したことが続けて語られる。前に考察したように、他の場面では、「長押」は男と女の葛藤を示すのだが、この場面では「長押」を越えること自体には葛藤がない。光源氏は他の場面のように、女に「長押」を越える許しを請うこともなく、邸の秩序を配慮することもなく、やすやすと「長押」を越えていく。邸の中の仕切りの具など光源氏には無いに等しく、外部も内部も主も無いフラットな空間なのである。このことは、光源氏が中の品の空蟬の邸内の秩序をはみ出した異人であることを印象付けて、この後の空蟬の嘆きと響きあっていく。光源氏がやすやすと「長押」を越える行為は、女と恋愛をするときの社会コードを逸脱しているのである。他の「長押」をめぐる場面と比べるならば、彼女は光源氏が許しを請わねばならない「女」なのではなく、その必要の無い「相手」であったことが、改めて浮き彫りになる。彼女はこのような出会いを光源氏とすることによって、「自分が入内をのぞめるような境遇のときに、光源氏と出会いたかった」と、以後、嘆き続けることになる。彼女は許しを請うという手続きのいらない「相手」なのである。

光源氏は「長押」を越えることに葛藤はしない。しかし、それを受ける空蟬の心には抑圧感と葛藤とが生み出されているのである。身分差においては、「長押」の内側にいる空蟬より外側にいる光源氏が上であるから、光源氏に「長押」を越えることに葛藤が無くて当然である。しかし、身分差はあっても「恋」のルールは踏まえられなければならない。この場面の「長押」は光源氏と空蟬の関係が、「恋」のルールを踏まえられないで一方的に作られたものであることを示す。すなわち、「恋」ではなくて「身分差」で乱暴に起こる関係でしかないことを、この「長押」は語っているのである。

おわりに

以上のように、「長押」は登場人物のしぐさや言葉を伴って、物語社会の身分や性差の力学を露にし、物語に葛藤と緊張を生み出し、その音色を視覚化して示していく。「長押」は登場人物が生きる社会をただ単に具体化するだけの舞台装置ではない。舞台背景としてリアルを創出するのではなくて、葛藤を語るメディアであることで、物語にリアルを創出するのである。

ところで、小林康夫は、今世紀の西洋哲学者ウィトゲン・シュタインが設計に関与したストロンボー邸について、次のように述べている。「ストロンボー邸の実現におけるウィトゲン・シュタインの寄与は、ある意味では、ただ一つの要素、すなわちまさに内部と外部とが一致する場所である開口部の形式の発見に集約される」と。内と外とが限りなく一致して「住む」ことを断念した建築と小林は評す。では、『源氏物語』に見られる邸についてはどのように言えるであろうか。そこには、日本の平安文化独自の哲学や批評が、見えてくるに違いない。また小林は建築について次のようにも言う。

かつてミッシェル・フーコーが、さまざまな水準において鮮やかに示したように、空間の構成は直接的に権力や社会的な諸力の組織化に結びついている。権力というものは本質的に空間的であり、またその限りで根源的な意味において建築的である。国家的な、マクロな権力がみずからの表現として巨大な建築物を要請するのはその意味では必然的なのだが、しかしそれは、また、社会を構成している無数のミクロの権力関係についても同じようにいえることなのだ。すなわち、建築とは、周辺領域を含めてその場における既存のさまざまな力がそのつどまったく新しい仕方で組み換えられ、組織化し直されるような、すぐれて政治的な出来事なのである。[*8]

建築物は都市の中で位置づけて権力関係を見ることができる。一方で、その内部に住む主人と、そこに訪れる外部の者とによって、内部と外部の境界や意味が常に揺らぎ変容していく力学もまた見ることができるのである。次節から改めて、日本の平安時代に生まれた『源氏物語』の夕顔巻の「長押」と、夕霧巻の「塗籠」を論じることにする。

注

＊1　このメディアとは、物語世界内の登場人物にとってのメディアであり、読者にとってのメディアである。

＊2　池田亀鑑『源氏物語大事典』（東京堂出版、一九六〇）、池浩三『源氏物語――その住まいの世界――』（中央公論美術出版、

一九八九)、秋山虔・室伏信助編『源氏物語必携事典』(角川書店、一九九八)、安原盛彦『源氏物語空間読解』(鹿島出版会、二〇〇〇)など参照。なお、本稿初出後の建築に関する論考として、倉田実編『王朝文学と建築・庭園』(竹林舎、二〇〇七)がある。

＊3 ＊2の池論文に詳しい。

＊4 『源氏物語』研究でメディアに注目することは、藤井貞和が提唱し始め、その後、井上眞弓・高橋亨・藤井貞和・三谷邦明・高木史人・深沢徹らの「〈紙上座談会〉物語というメディア」(『物語とメディア』有精堂、一九九三)で討論された。源氏物語研究において、メディアが論じられるのは、「大きな物語」を撃とうとしてきた王権論に対してどのように距離をとっていくか、あるいは批判していくかというところから始まっている。物語世界の細部について論じることについては、松井健児「生活内界の射程」(『源氏物語の生活世界』翰林書房、二〇〇〇)、メルロ・ポンティ『知覚の現象学』(法政大学出版局、一九八二)、鷲田清一『メルロ=ポンティ』(講談社、一九九七)に学んだ。

＊5 安藤徹「身体論なんて知らないよ――あるいは『源氏物語』研究における身体の「語り方」――」(『源氏物語研究会会報』第二八号、一九九七・八)は、「身体論」と呼ばれる論文の問題点を述べる。その中で、「身体」を絶対化しようとすることに危惧を述べる。もちろん、私もまた、身体を絶対化する立場を取らない。逆に言葉を絶対化することもしない。言葉も身体もそして舞台装置としての小道具も、それぞれに表現の手段であり、メディアであるとして論じていく。その相互連関がハーモニーを作り、物語を奏でると理解する。

＊6 たとえば、ヨハン・シュトラウスのオペレッタ「こうもり」など。ワーグナーのオペラ「トリスタンとイゾルデ」などのように、しぐさだけでなく、歌詞の内容は幸せな二人であるのに、不吉な「愛と死のテーマ」が重奏して言葉と音によって意味を二重化するということもある。

＊7 葛綿正一は登場人物ばかりが物語の主題を担うのではないとして、「車と舟」「橋と端」「足と柱」(『源氏物語のテマティスム』笠間書院、一九九八)などで独自の切り口を提示し、学ぶところが大きい。また、三田村雅子は「中心ではなく、周縁に、〈ことば〉ではなく、〈身体〉の地肌に、私の興味の焦点は常にずれ続けているようである。」(『源氏物語 感覚の論理』有精堂、一九九六)として、早くから身体、衣、香りなどの「物語の微細な部分」とされがちな箇所に焦点を当てて論じてきている。

三田村は細部だけにこだわりを見せるのではなく、『源氏物語絵巻の謎を読み解く』（角川選書、一九九八）などのように『源氏物語』享受についても論じており、「小さな物語」と「大きな物語」の両面から研究をダイナミックに展開している。

＊8　小林康夫「建築のポリティクス」（『空間と身体』筑摩書房、一九九五）。

2 「なほ持て来や。所にしたがひてこそ」考

――メディア・コントロールの罪と罰

一、語られる生活世界の中のメディア

人は何者かであるのではない。何者かになるのである。では、人は何者でもなくなることはできるのであろうか。[*1]

夕顔巻の光源氏は身をやつして、普段は通うことのない五条界隈に出かけて夕顔と出会う。光源氏のした恋は「名乗り合わない恋」であったが、それははたして「身分を越えた恋」や「日常世界からの離脱[*2]」になるのであろうか。光源氏は「いつもの」自分を消し去ることができていたのか。あるいは、していたのか。その恋のクライマックスに、光源氏は次の傍線部イのように、滝口を叱責した。

紙燭持て参れり。右近も動くべきさまにもあらねば、近き御几帳を引き寄せて、「なほ持て参れ」とのたまふ。ア例ならぬ事にて、御前近くもえ参らぬつつましさに、長押にもえのぼらず。イ「なほ持て来や。所にしたが

ひてこそ」　　（一‐一六六〜七）

傍線部イの光源氏の叱責は、傍線部アに示される、とっさに「長押」を越えることができなかった滝口のしぐさに対するものである。「長押」とそれをめぐる滝口のしぐさと光源氏の「言葉」とは、相互連関することで、物語にどのような意味を響かせているのかを考えてみたい。Ⅱ‐1「『源氏物語』の「長押」としぐさ」では『源氏物語』の「長押」の全用例を辿って、「長押」をめぐって何が物語られるのかを確認した。『源氏物語』では一例の例外を除いて、「長押」を越えようにも越えられない葛藤が語られていることを明確にした。本稿では、夕顔巻の「長押」における葛藤の質を改めて『源氏物語』の中に位置づけて考えてみたい。

『源氏物語』においては、生活世界の細部が語られて、さまざまなメディアが溢れかえっている。もちろんこれらは、言葉・文字というメディアを通した物語世界の中のメディアである。この物語世界を覗けば、そこには、会話文、内話文、草子地という言葉のメディアもあるが、一方、衣、住居、車、音、身体、しぐさなどもメディアとして立ち現れている。[*3]

こうした物語の生活世界の細部に注目することは、藤井貞和が「〈表現世界〉物語の現象学」で積極的に提唱し、[*4]『物語とメディア』ではメディアの特集が編まれ、その意義が議論された。[*5] そこで藤井は次のように述べる。

> メディアについて取り立てて考えるのでないなら、それへの意識は伴わないで済む、という特徴もある。手段と言うものは、それを通り過ぎてしまえば忘れられる。メディアを問題に立てるということは、その意識からはずれやすい（しかし大切らしい）ことを意識化、目的化する、ある種の倒錯的な試みである、といえるかも

しれません。

『源氏物語』研究において、こうした物語の生活細部からの分析をしようという試みは、「大きな物語」を撃とうとしてきた、そして撃ってきた王権論とどのような距離をとっていくかという模索から始まった。本稿は王権論を批判する立場に立つことが目的ではない。「大きな物語」を撃つ王権論では論じきれない「小さな物語」を、『源氏物語』の細部から読み解くことが目的である。喩えていうなら、「大きな物語」の音色に対して奏でられるもう一つの「小さな物語」と言う音色を聞き取るのが本稿の目的なのである。

二、身体に刻まれた階級制度

さきに引用した光源氏が滝口を叱責するにいたった経緯を確認しよう。

光源氏は某の院へと逃避行し、夕顔との愛に耽溺してまどろんでいた。その束の間の光源氏の眠りの中に、恨みを述べる女が現れる。はっと目を覚ませば全ての明かりが消えていた。「灯も消えにけり」「『紙燭さして参れと言へ』」「渡殿の灯も消えにけり」「『紙燭さして参れ』」「『火危し』」と、闇であることと、明かりを求める声とが交互に語られる。光源氏が求める声は「言へ」という伝達を命じる声から、「さして参れ」と直接命じる声へと進む。また、「手を叩きたまへば、山彦の答ふる声いと疎まし」「『手を叩けば山彦の答ふる、いとうるさし』」「『随身も弦打ちして絶えず声づくれと仰せよ』」「滝口なりければ、弓弦つとつきづきしくうち鳴らして」と、不気味な静けさと声や音を求める声とが交互に語られてもいる。闇と静けさの中、明かりと声とが切望される緊迫した時と場に、滝口が明かりを持って、光源氏のもとに参上した。その場面が、冒頭に引用した箇所である。それにしても、滝口は何故、このような緊迫した場面においてさえ、光源氏に叱責されるまで、「長押」を上ることができなかったのか。

このとっさの滝口のしぐさには、滝口の生きる日常の論理、すなわち階級制度が刻まれている。「例ならぬことなれば」とあるように、身分の低い滝口が、高貴な光源氏の側に近寄ることは日常にはないし、許されてはいない。だから、滝口はとっさに、「長押」を上るしぐさができなかったのである。*6 長押は、滝口のしぐさと光源氏の言葉との相互連関によって、日常的に潜在する滝口と光源氏との境界を露にする。その境界を越境することの葛藤を、「長押」は顕在化させている。そして、「なほ持て来や。所にしたがひてこそ」という光源氏の言葉は、滝口を「日常の論理＝階級社会の論理」から解き放たせるものとなっていく。

三、〈私〉の変容——視線と聴線の支配

ところで、滝口はとっさに日常の論理を脱することができなかったが、一方、光源氏の「所にしたがひてこそ」という言葉には、ここが日常の論理が支配する場とは異なることが示されていた。この両者のズレは何を物語っているのだろうか。夕顔と出会う直前の場面から振り返ってみたい。

御車もいたくやつしたまへり、前駆も追はせたまはず、誰とか知らむとうちとけたまひて、すこしさしのぞきたまへれば、（一 - 一三五）

光源氏が「いったい私を誰だと分かるだろうか、いや分からないだろう」と匿名になった気分で気を許しているのは、自分とは日頃縁のない五条界隈に来ているからではない。光源氏が乗っている車が、いつもとは異なる「いたくやつし」た車だからである。

当時の車には形態で分類された呼称と、誰がどのように乗るかで分類された呼称とがある。[*7] 車の呼称が形態で分類されるのは、屋形の構えや、文様、色彩などが身分や階級や年齢によって制限されていたからである。だがその制限は、身分の低い者が乗る車に身分の高い者が乗ることはできても、その逆はないという意味あいのものであった。また、誰がどのように乗るかで分類された車は、たとえば「女車」は「女が乗った車」を、「出車」は「女が出衣をした車」を指すが、それは男だけが乗っていて「女が乗っているかに装った車」であっても構わない性質のものである。身分の低い者や女にとって、車は自分が何者であるかを印づけされる記号として機能するが、身分の高い男にとって、車は身分も性差も脱ぎ替え可能な〈私〉の表象として機能するのである。

『源氏物語』では、車は自ずと乗り主の素性や立場を如実に語るメディアとなり、どの車に乗るかがパフォーマンスとして機能する場合がある。[*8] たとえば、宿木巻で女二の宮が薫のもとに降嫁する場面では、次のように、女二の宮やお供の女房の車が羅列される。

その夜さりなん、宮まかでさせたてまつりたまひける、儀式いと心ことなり。上の女房、さながら御送り仕うまつらせたまひける。廂の御車にて、廂なき糸毛三つ、黄金造り六つ、ただの檳榔毛二十、網代二つ、童、下仕八人づつさぶらふに、また、御迎への出車ども十二、本所の人々乗せてなんありける。御送りの上達部、殿上人、六位など、言ふ限りなききよらを尽くさせたまへり。

（五 - 四八六）

高貴な者しか乗れない車の羅列は、「皇女」の「ただ人」への降嫁を印象づける。特にここでの檳榔毛車は、檳榔の葉を細かく裂いたもので車体を葺き覆った牛車で、檳榔は亜熱帯植物であり、貴重品であった。その車に乗れるのは、上皇・親王・摂関・大臣以下四位以上や女官・大僧都などである。ただ人や、身分の低い者たちが乗ることのできない車なのである。その車に、女二の宮に供奉する女房達が二〇台もの檳榔毛車を並べて乗っているのである。「皇女の格と誇り」を世間に知らしめるメディアの役割が、こうした車の羅列にあるのである。

また、車は乗る物が何程の者かを示すだけでもない。賢木巻では、斎宮の伊勢下向に伴う女房たちの出車の様子とそれを見る殿上人たちの切なく熱い視線の応酬が語られている。

出でたまふを待ちたてまつるとて、八省に立てつづけたる出車どもの袖口、色あひも、目馴れぬさまに心にくきけしきなれば、殿上人どもも、私の別れ惜しむ多かり。（二 - 九四）

出衣をした出車の質には、乗っている女の「趣味や教養」のほどが如実に現れる。それとともに、その出衣を、都と別れていくまさに「今・ここ」のために選んで、自分たちを見送る人々に見せる行為にも、彼女たちの旅立ちのさまざまな切ない思いが託されていく。

身体を隠蔽しつつもその延長としての衣の裾を簾の隙間から覗かせることで、その衣の裾に別れていく女を見送る男の熱い視線が呼び込まれ、女の衣に託されたメッセージが放たれていくのだ。この日の伊勢下向のために選ばれた「目馴れるぬさま」の衣装には、女たちの別れのさまざまな思いが託されていたに違いない。斎宮下向の出車をめぐる描写には、出車の衣の裾を媒介にした、見せる女と見る男との無言の別れの心模様が読み取られる。[*9]

このように、車はその車に乗る〈私〉の延長として機能して、積極的に見られることが期待され、見る／見られる関係において物語に意味が奏でられていくのである。

しかし一方、車は見られてその乗り主が何者なのかを意味づけされることが、常に期待されているわけではない。『源氏物語』において、積極的に見られることを拒む場面、視線によって何者かであることを意味づけされることを拒む場面には、網代車が語られる。網代車は無位の者や女も乗ることのできる車である。たとえば、須磨退去を前に、光源氏が人目を避けて左大臣邸に挨拶に向かう時の車は「網代車のうちやつれたるにて、女車のやうにて」と語られる。この時、光源氏は無位無官になり、網代車にしか乗ることができないのであり、それをさらに女車のように装うことで、「無位」かつ「女」、すなわち「男たちの権力の世界とは無縁の者」として自らを印づけして生き延びるしかなかったのである。

繰り返すが、車や衣や供人はそれを使用する人の階級や性差を社会に視覚的に示すメディアである。前駆の声はその前駆の雇用者を声という聴覚で知らしめるメディアである。律令はこうして視覚や聴覚を通じて人々を支配する制度といえるであろう。

さきに引用した夕顔巻の光源氏の車の場合、彼は「選んで」「いたくやつした」車に乗り、前駆を追わせないでいる。だが、これによって光源氏は人々の視線や聴線[*10]を拒絶しているわけではなかった。人々の視線や聴線に支配されないための振る舞いというより、むしろ人々の視線と聴線を積極的に支配する振る舞いだったのである。ここでの光源氏が「いたくやつした」車を「選んで」乗る（乗れる）という身ぶりは、何者でもないものとして人々の視線に装うということなのである。この車に乗る光源氏からは、「いたくやつした車」を選択できる者の優位や、フリによって人々の視線や聴線を支配できているという快楽を読み取るべきである。この快楽は階級制度があってこそ成り立つ快楽である。

ところで、『源氏物語』最後の主人公浮舟は、人々の視線や言葉によって自らを意味づけされることを拒み通した。自らが他者の視線や言葉によって支配されることを拒み、命がけで闘争（＝逃走）し続けた。[*11] こうした命がけの闘争（＝逃走）をする浮舟に対して、夕顔巻冒頭の光源氏は、いくつもの〈私〉の選択肢の一つとして、「何者でもない」〈私〉として他者の眼差しに受け止められるように装うことを選び、楽しんでいる。意味づけされることを拒むのでなく、意味づけを強要している。ここにみられる光源氏の「何者でもなくなる（フリ）」の楽しさは、制度の中に居つづけることによって味わえる快楽である。人々の視線と聴線とを支配しつつ、自らが階級を浮遊できるものの優位から生じる快楽なのである。

夕顔のもとに通うようになった光源氏は馬にも乗り、変装もする。これもまた、「いたくやつした」車に乗る光源氏の快楽の延長にあるとみるべきであろう。

四、分裂と揺らぎの快楽

ところで、光源氏は「いたくやつした」車から顔を覗かせている。さらに随身を同行してもいる。随身は勅命によって近衛将官に付けられた供人であり、それを同行させれば、いくらやつした車に乗っていても、その身分は明らかになってしまうのである。この点が古来疑問視されている課題としてあった。随身については、黒須重彦『夕顔という女』[*12]は自分と頭中将とを誤認している夕顔に自分の正体を示すためとする。鷲山茂雄「『源氏物語』「夕顔」巻の一問題――物語における随身のことなど――」[*13]は随身変身説を述べる。一方、なかなか解決を見ないこの問題について、藤井貞和「かの夕顔のしるべせし随人ならびに惟光の会話文の一節[*14]」は、光源氏がはじめて夕顔に出会った時に、夕顔からもらった歌の返歌の仕方に注目して、次のように言う。「そのうたは光源氏らしからぬ筆跡で書いたのだから、それを手渡した随身を連れて歩けば、自分は光源氏ではない、アピールになる。そういうことだろう。あらぬ筆跡の返歌をさっきの随身にもたせることによって、この随身が仕える人は女が考えるような光源氏ではない、というメッセージになる。」とする。

以上に紹介した論は、人は自分の欲望全てに自覚的であり、分裂などありえない、という近代的発想がもとにある。一貫して分裂のない意識的欲望を前提にして、この課題を考えるのではなく、むしろ、私はこの意識・無意識的境界の揺らぎの中にある分裂をこそ、積極的に読んでみたい。

この光源氏の分裂を、助川幸逸郎「中の品の男の物語――〈惟光物語〉としての夕顔巻[*15]」は「源氏の――おそらくは無意識的な――階級差別の現れ」と述べる。「隠す／顕わす」揺らぎの快楽が、階級差に保証されるものであるならば、そのようにも評すことができるであろう。「無邪気なかくれんぼ」は、そのように社会の中で意味付けされることにもなる。光源氏はあくまで身分を越境した「フリ」を楽しんでいたのであり、身分を越境「した」のではない。「フリ」の後ろにもう一つの顔を覗かせることが、光源氏の快楽を刺激してもいたのである。光源氏の快楽は、「日常世界からの離脱」には無い。分裂した揺らぎの中に生産される快楽であるのだ。

だが、この光源氏の快楽は、はたして光源氏の思いを常に具現化するために立ち働き、光源氏の分身のように供をする従者たちの快楽に、連動していたであろうか。

五、快楽を伴わない従者《メディア》の変身

光源氏が夕顔の宿を訪れるとき、従者の惟光は光源氏に自分の馬を貸して徒歩で行く。

いとわりなくやつれたまひつつ、例ならず下り立ち歩きたまふはおろかに思されぬなるべしと見れば、わが馬をば奉りて、御供に走り歩く。「懸想人のいとものげなき足もとを見つけられて侍らん時、からくもあるかな」とわぶれど　（一－一五一～二）

この時、惟光は「せっかくの懸想人が、こんな徒歩姿をだれかに見つけられるようなら、ガッカリしますなぁ」と愚痴をこぼす。また、さらに夕顔と光源氏の恋が進展していく頃には、

わがいとよく思ひよりぬべかりしことを譲りきこえて、心広さよ、などめざましう思ひをる。　（一－一六二）

「自分がきっと言い寄ることができたはずのことをお譲りして、（我ながら）寛大なことよ。」とも思う。すなわち、語り手の評は惟光の愚痴が「考えても仕方がないこと」であることを示している。それでも、惟光はそう思わずにはいられなかったのであり、その仕方のないはずの「声」が語り示されるのである。

助川幸逸郎は惟光と光源氏の分身関係を論じて大変刺激を受けた。[*16] しかし、惟光の心内語の解釈については、本

稿は別の解釈を試みたい。助川は惟光の心内語のなかで、「夕顔と自分が関係をもってもよかったのだ」という点に力点をおいて、夕顔を挟んで、光源氏と惟光がライバル関係に立つ可能性を読む。そして、惟光が光源氏との差異の解消を能動的に推し進めているとする。それに対して、本稿では惟光の心内語の中の「……関係をもってもよかったのだが、光源氏にお譲り申し上げた」と「こぼしている」点を重要視して解釈する。そこには、差異の解消ではなく、解消されることのない差異による抑圧を読み取るべきであろう。

光源氏は変装して、〈私〉が変容し、浮遊する感覚を楽しむことができるが、惟光の〈私〉は自ら選んだものではなかった。光源氏の変容にともなって、変容させられたものなのである。しかも、光源氏はいくらでも身分を下に偽ることができるが、惟光は上の身分には変身できない。そこで、光源氏の変身によって中の品の男惟光が、中の品のテリトリーを光源氏に譲ることになり、惟光は本来手に入れられるはずの女を譲り、しかも、下の身分のものとしてみられる屈辱を味わっている。つまり、光源氏の〈私〉の変容に連動する惟光たち従者の〈私〉の変容には、抑圧が隠されて働いているのである。惟光も滝口も、彼らの〈私〉を形づくる起点は、光源氏との関係性においてなのである。彼らは光源氏に連動して変身しても、光源氏との関係は逆転せず、その意味で、彼らはずっと日常の論理の中に生きていく。光源氏の快楽がいくつもの抑圧を働かせていたことに、光源氏自身は気づいていなかった。

本稿冒頭に引用したもののけ出現の場面において、「所にしたがひてこそ」と叱責する光源氏の言葉は、そうしたズレを露にしている。「フリ」を愉しむ中にある恋のクライマックスで、光源氏はその無自覚な抑圧に、この暗闇と静けさの中で、復讐されたともいえる。

おわりに

光源氏は日常世界から離脱して、非日常の世界に降りて遊んでいたわけではない。彼は日常の論理に支えられて成り立つ遊びをしていたのである。だが、音もなく光もない闇は、人々からの視線・聴線（見られること・聞かれること）を奪い、全ての輪郭を消し去り、中心もない非日常を現出させる。

人は何者かであるのではない。何者かになるのである。では、何者でもなくなることはできるのであろうか。

衣服はそれ自体としてみれば、縫いあわされたただの布切れにすぎない。だれかに着られることによって、衣服となる。しかしここで私はさらに、だれかに見られることによって、と付け加えたい。衣服が何よりもまず〈私〉の可視性を変容されるものであるとするなら、それはそれをまなざす他者の視線を必要とするからである。見えるものと見えないものに関係づけ、見えるもののうちにうねりやざわめきを惹きおこす想像力の視線、それが衣服と共謀しなくてはならない。[*17]

衣・車というメディアは他者の視線と共謀することによって、それを着る人、それに乗る人の〈私〉を示す。前駆の声というメディアは他者の聞く行為と共謀することによって、その前駆を追わせる人の〈私〉を示す。だから、他者の視線や音を聞く他者の耳がある限り、何者でもなくなるのはむずかしい。しかし、光も音も無い闇においては、そうした共謀が成立しない。身をやつして変装して忍び歩きをしていた光源氏も、音も無く明かりも消えた闇の中では、もはや〈私〉の変容を楽しむ次元にはないのである。

光源氏は、闇の中で弓を鳴らして音を生み出しそれを聴くことと、明かりを灯して自分が照らされて人から視られることとで、視線と聴線を回復し、闇（非日常）との境界をはろうとした。それによって自分の輪郭を作り、邸における中心を作り、この世の日常の論理の中に住みつづけようとした。[*18] 光源氏は視線・聴線に支えられて成り立つメディアによって、〈私〉の浮遊を楽しんできた。その彼が「所にしたがひてこそ」と叱責するアイロニーに満ちたこの瞬間は、光源氏を取り囲みポリフォニックに交錯する境界と、それぞれの境界の意味とが問われる瞬間だったのである。

益田勝実は次のように言う。

> 桐壺の帝と更衣の物語を、光の系図を語る前置き以上のものとして、深く描くことによって、紫式部は、光の血の系図と同時に、生き方の系図を語ろうとしたのである。……そして、それが前期物語文学の伝統であった〈できごとを物語る物語〉を〈できごとのこころを語る物語〉に飛躍させたのである。[*19]

益田は「古代的に聖別された存在である天皇が、数々のタブーとの格闘に苦しみぬく姿の創造において、人間の愛の問題をより切実に描きうる」とした。本書でも、益田が言うように、桐壺巻冒頭は光源氏の生き方の系図が示されていると考える。『源氏物語』冒頭には桐壺帝と桐壺更衣が他者の視線、他者の言葉と格闘することが語られていた。タブーとは他者の眼差し、他者の言葉によって、監視され禁じられる事柄をいう。夕顔巻で光源氏が「長押」を上ることの出来ない従者を叱責するその瞬間は、光源氏を光源氏として成り立たせていく眼差しや耳が十把一絡げではなく、いくつもの位相をもち、そのいくつもの位相の中で葛藤を強いられていくことを光源氏に知らしめ、さらにはそれを読者に宣言する瞬間だったのである。

注

＊1　ロラン・バルト『モードの体系』（佐藤信夫訳、みすず書房、一九七二）、鷲田清一『モードの迷宮』（中央公論社、一九八九）は衣服と他者の視線と〈私〉との関係について述べていて、大いに啓発された。『源氏物語』の〈衣〉を身体の延長として理解して論じていくものに、三田村雅子『源氏物語　感覚の論理』（有精堂、一九九六）がある。ここからも多くの示唆を得た。

＊2　先学にしばしば使われた言葉である。例えば、秋山虔『源氏物語』（岩波新書、一九六八）、同「好色者と生活者」（『王朝の文学空間』東京大学出版会、一九八四）などで、光源氏と夕顔の恋が論じられる時に「日常からの離脱」などの言葉が用いられる。「日常」とは多義的なものであるが、小稿では、その「日常」「非日常」の質を改めて考察し、これまで論じられることのなかった、光源氏の色好みの内実を照らし出してみた。光源氏の色好みが「日常からの離脱」をしようとするものであることの意義は大きいが、その言葉で美化されるばかりであってはならないであろう。

なお、本稿で使う「日常」の語については、鷲田清一「日常の藪の中で」（『現象学の視線』講談社学術文庫、一九九七）を参考にしている。

＊3　メディアについては、マーシャル・マックルーハン『メディア論』（みすず書房、一九八七）が先駆である。本書全体は、それ以外の、ジャック・ラカンの精神分析学、メルロ・ポンティの現象学、ジャック・デリダの哲学の議論から示唆されることが大きい。

＊4　『國文學』（學燈社、一九九一・三）。

＊5　物語研究会編『物語とメディア』（有精堂、一九九三）。

＊6　しぐさや身体とそこに刻まれた制度との関係については、野村雅一『しぐさの世界――身体表現の民族学――』（日本放送出版会、一九八三）に教示を受けた。

＊7　池田亀鑑編『源氏物語事典』（東京堂、一九六〇）、秋山虔・室伏信助編『源氏物語必携事典』（角川書店、一九九八）参照。

＊8　衣や持ち物などのメディア・パフォーマンスの力と演出について早くから注目して記しているのは、『枕草子』である。特に、五節舞の一連の記事は、舞台演出の効果を詳細に述べて、興味深い。『枕草子』については、今後論を展開していきたい。

＊9　源氏物語の〈衣〉を身体の延長として理解して論じていくものに、三田村雅子『源氏物語　感覚の論理』（有精堂、一九九六）がある。ここから多くの示唆を受けた。

＊10　本稿では、「視線」に対して、音を聴く耳の働きや方向を「聴線」と呼ぶことにする。

＊11　本書所収Ⅳ-2「抗う浮舟物語」で論じている。

＊12　笠間書院、一九七五。

＊13　『静岡大学国文研究』二〇、一九八七。

＊14　『源氏物語論』（岩波書店、二〇〇〇）。

＊15　『源氏物語の鑑賞と基礎知識・夕顔』（至文堂、一九九九）。

＊16　＊15に同じ。助川は、惟光は光源氏の個人的無意識の表象にとどまる存在ではないとする。その点は私も今後考えてみたい。

＊17　鷲田清一『モードの迷宮』（中央公論社、一九八九）。

＊18　夕顔巻の光源氏と闇との関係については、小嶋菜温子「『源氏物語の〈闇〉とエロス――スサノオ・かぐや姫から夕顔・玉鬘へ――」（『季刊ｉｉｃｈｉｋｏ』三五号、一九九五）、小林正明「夜を往く光源氏」（『源氏研究』第四号、翰林書房、一九九九）などの先行研究があり、改めて考えてみたい。

＊19　「日知りの裔の物語」（『火山列島の思想』筑摩書店、一九六八）。

3　物語の塗籠

はじめに

物語には住居の細部がしばしば語られる。にもかかわらす、その細部が邸のどのくらいの位置でどのくらいの広さかという全体からの物理的位置づけはなかなか難しい。[*1]だが、逆にその用途、その空間の固有の意味性は物語の中で色濃く見えてくる。すなわち、邸やその細部はただ物語の舞台を具象化するためにだけ、そこに語られているわけでは、ないのである。

出歩くことをしないどころか、隔ての具で身を隠して生きる貴族女性たちの限られた空間の意味は、彼女たちのところにやってくる他者によって変容していく。この他者は、その空間に外部から訪れる「男」であったり、外部と繋いでくれる「女房」であったり、あるいは、「手紙」によってもたらされる他者の言葉であったりする。これらをメディアと考えれば、彼女たちの空間はこうしたメディアによって、日々刻々変容するのである。また、一方、こうして変容する空間、つまり邸の一つ一つの細部を、物語世界を構築して読者に情報を放つメディア、すなわち読者に対するメディアと捉えるならば、それらは、会話文、身体、その他のメディアとの相互連関によって、一回的な意味を物語に生み出していくメディアでもある。

本稿では、居住空間の中の塗籠を考察する。塗籠とは、母屋や廂に設けられた空間である。入り口に妻戸を付けて出入り口とし、外周は屋根裏面まで土壁で塗り込め、外部と隔てる組み入れ天井まであった。普段は納戸として使われていたらしい。[*2] Ⅱ-1「『源氏物語』の「長押」としぐさ」・Ⅱ-2「『なほ持て来や。所にしたがひてこそ』考」では、長押を考察した。長押は、部屋の上下にある横の柱のようなものである。部屋と部屋との境界線を示す程度で、部屋の内と外とを隔てる物理的障壁にはならない。にも関わらず、Ⅱ-1「『源氏物語』の「長押」としぐさ」で確認したように、『源氏物語』では、例外を除いて、登場人物がその長押を越えたいけれども越えられないことが、繰り返し語られていた。それに対して、塗籠は邸の中の唯一の密閉空間であるにも関わらず、最後にそこが開かられていくことが語られる。この塗籠をめぐって語られていく物語について、考えてみたい。

『源氏物語』などに出てくる王朝文学の世界の邸内における特徴を、現代の西洋的な建築と比較してみるならば、邸内が可変的空間である点が最も注目される。

現代の我々日本人が住む近代的マンションなどは特に、一戸一戸の密室性も、その内部の一部屋一部屋も、極めて密閉性が高い。しっかりとした壁やドアで区切られた密閉空間であり、その密閉空間を開閉するのは、その空間の主である。

それに対して、当時の邸の塗籠以外の他の空間は、揺れたり覗き穴があったり移動可能であったりする御簾や几帳などで仕切られて、内と外とが隔てられつつも繋がっている可変的で開放性のある空間であると、理解できる。

それに対して塗籠は、周囲を壁で塗り込めて屋根からも隔てられた、密閉性のある閉鎖的空間である点が、構造上最大の特徴で、日常の生活空間とは切り離された異質な空間である。後述するように、日常の生活に用いられるはずのないこの密閉空間が、特別に用いられ、閉ざされたり開かれたりしていくところに、物語における独自の機能がみえてくるのである。また、その空間を開閉するのは果たして、誰なのか。現代のように、その空間の主なのか。そもそも、空間の主は固定されたものなのか。

『源氏物語』における塗籠の用例は七例である。この七例を、王朝物語史の中に位置付けて考えてみたい。

一、塗籠と文学ジャンル

さて、王朝散文作品における「塗籠」の用例数は、三十四例であるが、そのうち、十七例が王朝物語にある。[*3]『竹取物語』二例、『大和物語』一例、『うつほ物語』五例、『落窪物語』一例、『源氏物語』七例、『狭衣物語』一例である。神尾暢子論文[*4]が詳細に追跡しているように、「塗籠」はこのように王朝物語に散見されるのであるが、一方、同時代の『土佐日記』、『蜻蛉日記』、『更級日記』、『讃岐典日記』などの日記文学には一例も無い。また、『伊勢物語』、『篁物語』、『多武峰少将物語』、『平中物語』、『和泉式部日記』などにもみられない。神尾はこれについては、「物語と日記との作品呼称が並存する作品にも、(注、橋本、「塗籠」は)共通して存在しない」と述べる。また後期物語では、『浜松中納言』、『夜の寝覚』、『堤中納言物語』などには用例がない。また、歴史物語、説話、随筆については、『栄花物語』五例、『大鏡』一例、『今昔物語集』十例、『枕草子』一例といった数になる。以上のことから、「塗籠」が文学の中に登場する時、ジャンルに偏りがあることが明確である。そして「塗籠」という空間の特質とそれによって表現される主題や語り方の問題があると想定されるのだ。また、神尾は次のように述べる。[*5]

用語「塗籠」が、「塗籠」の存在を指摘するだけの作品は皆無である。いずれも、登場人物と関係づけられるのが常例である。とすれば、「塗籠」は、その形態だけでなく、その部屋と関係づけることで、登場人物の立場や状況を示唆する表現機能が存在したと想定しうる。

この神尾の着目点は重要である。今回は、神尾の分析を辿りなおしつつ、新たな「塗籠と籠もり」の物語史を確認し、その物語史の中に、『源氏物語』の用例を位置付けてみたい。

二、物語の中の塗籠・塗籠の生み出す物語――塗籠の場所性

「塗籠」には何が入っているのか。誰が入る場所なのかという点にまず注目してみたい。三十四の用例を辿る中で、次のような描写を確認できる。

①乳母また来て、よろづの物とりしたため、さるべき物、塗籠に置きしたためつつ、（『狭衣物語』巻一、一二八）

②塗籠も、ことにこまかなる物多うもあらで、香の御唐櫃、御厨子などばかりあるは、こなたかなたかき寄せて、け近うしつらひてぞおはしける。内は暗き心地すれど、朝日さし出でたるけはひ漏り来たるに、埋もれたる御衣ひきやり、いとうたて乱れたる御髪かきやりなどして、ほの見たてまつりたまふ。

③上の御前は、かかる御思ひにて一条殿におはしまし、大宮も殿の御前も内裏におはしましける夜しも焼けぬれば、つゆ取り出でさせたまふ物なく、年ごろの御伝はり物ども、数知らず塗籠にて焼けぬ。

（『栄花物語』巻第十二、たまのむらぎく、八一）

（『源氏物語』夕霧、四‐四八〇）

これらの波線部の描写から、塗籠には代々の伝えられてきた財宝が収納されていることがまず分かる。また、

④東面の格子一間あげて、琴をみそかに弾く人あり。立ち寄り給へば入りぬ。「あかなくにまだきも月の」などのたまひて、簀子の端に居給ひて、「かかる住まひし給ふは、誰ぞ。名告りし給へ」などのたまへど。いらへもせず。内暗なれば、入りにし方も見えず。月やうやう入りて、

立ち寄ると見る見る月の入りぬれば影を頼みし人ぞわびしき

また、

入りぬれば影も残らぬ山の端に宿惑わして嘆く旅人

などのたまひて、かの人の入りにし方に入れば、塗籠あり。そこに居て物のたまへど、をさをさいらへもせず。（略）前なる琴を、いとほのかに掻き鳴らして居たれば、この君、「いとあやしくめでたし」と聞き居給へり。夜ひと夜ものがたりしたまひて、いかがありけむ、そこにとどまりたまひぬ。

（『うつほ物語』俊蔭、五二～四）

⑤アむかしより、親の伝はり住み給ひける所にこそありけれ。わが親の御時になくなりたるを、われ造らせて、母北の方に奉らむと思して、霜月ばかりに、むつましき人少し御供にておはして見給へば、このほどは、野中

のやうにて、人の家も見えず。さる所に、昔の寝殿一つ、巡りはあらはにて、イ塗籠の限り見ゆ。また、ウ西北の隅に、大きく厳しき蔵あり。
（『うつほ物語』蔵開上、二一-三二三）

とある。④の『うつほ物語』の用例は零落した俊蔭の娘が、若小君に見出されて契る場面である。彼女は零落した父の残した俊蔭の邸で琴を弾いていて、その音に導かれるようにして若小君がやって来る。琴と琴の音は俊蔭の娘が父から伝授されたものである。琴の音の主である女を求めて若小君が邸の中に入り、若小君が歌を詠みかける。女は彼が邸の中に侵入してくると邸の奥に逃げ込んだが、その逃げ込んだ場所が塗籠であったと、語られている。そして、この直後、「いかがありけむ、そこにとどまりたまひぬ」と二人の契りが婉曲に語られる。ここでの塗籠は、「男の侵入にあった女が逃げ込む場所」であり、「最終的に男と契りを交わした場所」でもある。

⑤の用例は『うつほ物語』蔵開上巻の冒頭部にある。この巻は俊蔭の残した邸の蔵が開かれて、俊蔭一族の抱える物語がその子孫の現在の現実の物語に変化をもたらしていく巻である。その蔵が⑤の波線部ウ「また、西北の隅に、大きく厳しき蔵あり」と語られる蔵である。そして、そのように俊蔭の遺品の入った蔵を描写する直前に、波線部ア「昔より、祖の伝はり住み給ひける所にこそあれ」・傍線部イ「塗籠の限り見ゆ」と語り、④の場面で示された俊蔭の娘の籠もっていた塗籠のみが残っていることが特別に示されるのである。俊蔭の遺品は蔵に入っているのだから、ここで特別に語られる塗籠は、この場面ではモノを入れる収納場所として重要であるのではない。「ここ（邸の中）に塗籠だけが残っている」と語られることで、この場面の邸と俊蔭巻の④の場面の邸と呼応する語りになっている点が重要なのである。呼応する二つの塗籠の描写は、「俊蔭一族の歴史」が〈今・ここ〉にあり続けているということを強調することになる。

次に、説話集の用例についてであるが、全十例の中で九例が次の怪奇譚の中にある。『今昔物語集』巻二十六第五話（一例）[*6]、巻二十七「川原院融左大臣霊宇陀院見給語第二」（一例）、巻二十七「仁寿殿台代御灯油取物来語第十」（一例）、巻二十七「幼児為護枕上蒔米付血語第三十」（一例）、巻二十七「三善清行宰相家渡語第三十一」（二例）、巻二十八「中納言紀長谷雄家顕狗語第二十九」（三例）がそれである。この怪奇譚の中の九例は全て、家の霊が塗籠に籠もっていてそれが何かのきっかけで出現する話が語られている。特に源融の霊が出現したことを語る巻は、

⑥然テ院ノ住セ給ケル時ニ、夜半許ニ、西ノ台ノ塗籠ヲ開テ、人ノソヨメキテ参ル気色ノ有ケレバ、院見遣セ給ケルニ、日ノ装束直シクシタル人ノ太刀帯テ笏取、畏リテ、二間許去キテ居タリケルヲ、院、「彼ハ何ニ人ゾ」ト問セ給ケレバ、「此ノ家ノ主ニ候フ翁也」ト申シケレバ、院「融ノ大臣カ」ト問ハセ給ケレバ、「然ニ候フ」ト申スニ、院、「其レハ何ゾ」ト問ハセ給マヘバ、「家ニ候ヘバ住候フニ、此ク御マセバ、忝ク所セク思ヒ給フル也。……」

（『今昔物語集』四 - 二六〜七）

とあり、波線部の融の発言は、自分が家の主人であることを繰り返し述べるものである。その主人と主張する霊が現れた場所が塗籠であるならば、塗籠は霊の出現する「怪奇な場所」というよりは、その「家の主人が籠もる場所」ともいえるのではないか。このことは、先に挙げた、『うつほ物語』④、⑤の呼応した塗籠の表現と関連しても言える。塗籠が家の主人の場所であるからこそ、『うつほ物語』の蔵開巻の冒頭場面で、塗籠と蔵のみが残っていることが語られることが、俊蔭の一族の琴伝授の物語がそこから噴出していくことを表象して、巻冒頭に静かな緊張をそこに生み出しているのだ。

もちろん、蔵と塗籠だけが時間の風化に耐えて残っているのは、その両者だけが壁で塗りこめた閉鎖的空間で、丈夫であったという物理的な理由もあるだろう。物理的に丈夫な邸内の一部である塗籠と邸の外にある蔵のみ残っていると語られることは、その邸が建てられ使われていた時代から、人が住まなくなってしまった現在に至るまでの時間の重さを示してもいる。

次の『源氏物語』の用例は、紫の上が法華経千部供養を二条院で行う場面である。

⑦いつのほどに、いとかくいろいろ思しまうけけん、げに、石上の世々経たる御願にやとぞ見えたる。花散里と聞こえし御方、明石なども渡りたまへり。南東の戸を開けておはします。寝殿の西の塗籠なりけり。北の廂に、方々の御局どもは、障子ばかりを隔てつつしたり。（『源氏物語』御法、四‐四九六）

⑧君達、北の方の局には、塗籠の西のはしをしたり。（『落窪物語』、二五八）

『源氏物語』の紫の上は「わが殿と思す二条院」で供養を行うのであるが、その時その二条院の塗籠を自分の席にしている。また、『落窪物語』では、女君の部屋を塗籠の西にしている。神尾は、この邸の女主人であるとされてきた継母北の方ではなく、継子の女君の場所がここに設置されたのは、「一時でも、落窪女君が女主人の場所を占有したことになる」と述べる。このことをもっと積極的に読んでおくならば、法華八講という行事の際に、女主人が誰であるかを世間に知らしめるパフォーマンスとしてこの場面を読むことができる。⑦の『源氏物語』の邸の用例と⑧の『落窪物語』の用例は、『うつほ物語』の用例と同じく、塗籠は主人のありかを示す重要な場所であり、女主人が誰かを晴れの日に世間に知らしめる大きな場所として語られているのである。

以上の三点からまとめるならば、塗籠は家の財宝が収納されているところである。また、家の霊が住む場所でもある。また、家の主が籠もる場所でもある。[*7] そしてそれ故に、塗籠にはモノにまつわる歴史、家の歴史、家の時間が宿っていて、現在という時間の中に過去からの時間が今なお流れて重奏している場所として、文学テキストの中に語られているといえる。

三、「籠もる・籠もりを守る・籠もりを破る」三者の話型

①〈女〉と《女》と〈男〉の最終戦地

ところで、文学テキストの塗籠の用例でもっとも注目されるのは、人が籠もる「最後の砦」として語られる点である。先に示した『うつほ物語』の③の用例と以下に示す⑨～㉔までの用例とは、全て「最後の砦」としての塗籠である。

⑨嫗ども番に下りて守らす。嫗、塗籠の内に、かぐや姫を抱かへてをり。翁も、塗籠の戸鎖して、戸口にをり。
……大空より、人、雲に乗りて下り来て、土より五尺ばかり上がりたるほどに、立ち連ねたり。
（『竹取物語』、六八～七一）

この用例はかぐや姫が月からの迎えが来るというので、かぐや姫が塗籠の中に籠もり（籠められ）、その戸口を翁が守っている場面である。しかし、続く場面で月からの使いが現れて、戸口は開かれてしまう。この塗籠をめぐる描

写には、塗籠に籠る人、籠もりを守る人、籠もりを破る人（点線）の三者の葛藤が語られている。用例④及び⑨～用例㉔には、引用文に、塗籠に籠る人には二重線を、籠もりを守る人には波線を、籠もりを破る人には点線を付していくことにする。

⑩「なほ尉の君に聞こえむ」といふ。さしのぞきて見れば、この家の女なり。胸つぶれて、「こち来」といひて、文をとりて見れば、いと香ばしき紙に、切れたる髪をすこしかいわがねてつつみたり。……「いとあさましきに、さらにものも聞こえず。みづからただ今まゐりて」となむいひたりける。かくてすなはち来にけり。そのかみ女は塗籠に入りにけり。ことのあるやう、さはりを、つかふひとびとにいひて泣くことかぎりなし。「ものをだに聞こえむ。御声をだにしたまへ」といひけれど、さらにいらへをだにせず。……男はよにいみじきことにしける。

（『大和物語』百三段、三二七、八）

この⑩の『大和物語』の用例は次に示す用例ⓐ『平中物語』三十八段と用例⑪『今昔物語集』巻三十「会平定文女出家語第二」と同じ内容の話である。

内容を要約するならば、平中（平貞文）が、市で車に乗った女を見かけて、歌を詠みかけた。その後、男は熱心に女に言い寄り、二人は逢瀬を遂げる。しかし、逢瀬の後、男は歌も女に贈らない。女に仕える人々は、さまざまに女を慰めたり非難したりする言葉を発し、それを聞く女は黙って籠もって出家してしまう。彼女に仕える人々は悲しむ。しかし、実は男は女を忘れていたわけではなかったが、事情があって女と連絡できなかったのだ。男が女のもとに手紙を贈ろうと思ったまさにその時に、女から手紙と女の切った髪が届けられる。男は涙に暮れながら、女に歌を返す、となる。

歌物語と説話では当然語り方が違うが、その中でも注目したい⑩ⓐ⑪の大きな違いは、物語の終わり方である。『平中物語』三十八段と『今昔物語集』巻三十「会平定文女出家語第二」の終わりは次のようになっている。

ⓐといへば、「尉の君に、もの聞えむ」といふを、さしのぞきて見れば、この女の人なり。「文」とてさしいでたるを見るに、切髪を包みたり。あやしくて、文を見れば、

天の川空なるものと聞きしかどわが目のまへの涙なりけり

尼になるべしと思ふに、目もくれぬ。返し、男、

世をわぶる涙ながれて早くとも天の川にはさやはなるべき

ようさり、いきて見るに、いとまがまがしくなむ。

（『平中物語』三八段、五三二）

⑪「早ウ御髪下サセ給ヒテキ。然レバ女房達モ極クナム泣キ喤リ侍ル。己ガ心ニモ、然許也シ御髪ゾ、ト見侍レバ、糸胸痛クナム」使モ泣ケバ、平中モ此レヲ見聞ルニ、涙落テ不開キ開敢ズ。然リトテ可有キ事ニ非ネバ、泣々ク返事、此ナム、

世ヲワブルナミダナガレテハヤクトモアマノカハヤハナガルベカラム

ト、「糸奇異クテ更ニ物モ不思エズ。自ラ只今参テ」トナム云タリケル。

其ノ後即チ平中行タリケレバ、尼ハ塗籠ニ閉籠リテ、何カニモ云フ事無カリケレバ、平中、仕フ女房共ニ会テゾ、泣々ク「此ル障リノ有ルヲモ知セ不給デ。奇異カリケル御心カナ」ト云テ返ニケル。此レモ男ノ志ノ無キガ至ス所也。何ナル事有トモ、「此ル事有リテゾ」ト云遣ラムハ安カルベキ事ナルニ、然モ不云ズシテ、五六

日ヲ経テ、女ノ心ニ、「疎シ」ト思ハム、理也カシ。
但シ女ノ前ノ世ノ報イ有リケレバ、此レニ依テ此ク出家シタルニコソハ有ラメ、トナム語リ伝ヘタルトヤ。
（『今昔物語集』巻三十「会平定文女出家語第二」四-四二九）

『平中物語』では男が自分を顧みずにいることを女が嘆いて出家する話で終わっているが、『大和物語』と『今昔物語集』では男が自分を顧みずにいることを女が嘆いて出家した後、さらに、女が塗籠に籠もる点が異なっている。女が出家をすることは、逢瀬のあとに女を放っていた男への抗議と拒絶とを示すことになる。しかし、そこにさらに塗籠に籠もるパフォーマンスが加わることによって、男への拒絶と断絶とを改めて強調することになる。そしてもう一つ、ここで注意しておきたいのは、この時、塗籠に籠もる女が拒絶しているものが、男だけではないことである。

『大和物語』の用例⑩、『今昔物語集』の用例⑪の波線部には女に仕えている女房たちの嘆きが語られている。すなわち、塗籠の戸口の外には、男だけではなく、女房もいることが示されているのである。女が髪を切るということは、女が主体的に男を捨てる行為でもある。女に仕えている女房の涙は、女が出家するに至る心情を思いやってのものかも知れない。あるいは自分たちの生活に変化をもたらす主人の出家だから嘆いているのかもしれない。どのような涙であるのか、女房たちの言葉が語られてはいないので、ここでは断定できない。しかしながら、その涙が、女の出家が原因でこぼしている涙であることは、動かない事実である。そして、こうした男や女房たちに対して、女は塗籠に籠り「さらにいらへをだにせず」（『大和物語』用例⑩）「何カニモ云フ事無カリケレバ」（『今昔物語集』用例⑪）と言葉も発しない。『今昔物語集』には、更に「女ノ心ニ、『疎シ』ト思ハム」と、女がそうした人々を疎ましく思う心内が語られている。すなわち、女の拒絶するものは、自分を放っていた男だけではなく、男を自分に媒介した女房たちの視線と言葉をも拒絶しているのである。

同じく、『源氏物語』の用例七例中六例もまた、塗籠の描写をめぐって、〈女〉と〈男〉と《女房》の三者の関係と葛藤を改めて想起させるものになっている。

⑫御なやみに驚きて、人々近う参りてしげうまがへば、我にもあらで、塗籠に押し入れられておはす。御衣ども隠し持たる人の心地どもいとむつかし。宮はものをいとわびしと思しけるに、御気あがりて、なは悩ましうさせたまう。（『源氏物語』賢木、二 - 一〇八）

⑬命婦の君などは、「いかにたばかりて出だしたてまつらむ。今宵さへ御気あがらせたまはん、いとほしう」などうちささめきあつかふ。君は塗籠の戸の細目に開けて、御屏風のはさまに伝ひ入りたまひぬ。めづらしくうれしきにも、涙落ちて見たてまつりたまふ。「なほ、いと苦しうこそあれ。世や尽きぬらむ」とて、外の方を見出だしたまへるかたはら目、言ひ知らずなまめかしう見ゆ。（『源氏物語』賢木、二 - 一〇九）

⑭かばかりになりぬる高き人の、かくまでもすずろに人に見ゆるやうはあらじかしと宿世うく思し屈して、夕つ方ぞ、「なほ渡らせたまへ」とあれば、中の塗籠の戸を開けあはせて渡りたまへる。（『源氏物語』夕霧、四 - 四二二）

⑮かく心強けれど、今はせかれたまふべきならねば、やがてこの人を引き立てて、推しはかりに入りたまふ。宮はいと心憂く、情けなくあはつけき人の心なりけりとねたくつらければ、若々しきようには言ひ騒ぐともと思して、塗籠に御座一つ敷かせたまて、内より、鎖して大殿籠りにけり。これもいつまでにかは。かばかりに乱

れたちたる人の心どもは、いと悲しう口惜しう思す。男君は、めざましうつらしと思ひきこえたまへど、かばかりにては何のもて離るることかはとのどかに思して、よろづに明かしたまふ。

（『源氏物語』夕霧、四‐四六七～八）

⑯かしこには、なほさし籠りたまへるを、人々、「かくてのみやは。若々しうけしからぬ聞こえもはべりぬべきを、例の御ありさまにて、あるべきことをこそ聞こえたまはめ」などよろづに聞こえければ、さもあることとは思しながら、今より後のよその聞こえをもわが御心の過ぎにし方をも、心づきなく恨めしかりける人のゆかりと思し知りて、その夜も対面したまはず。……など、この人を責めたまへば、げにとも思ひ、見たてまつるも今は心苦しう、かたじけなうおぼゆるさまなれば、人通はしたまふ塗籠の北口より入れたてまつりてけり。いみじうあさましうつらしと、さぶらふ人をも、げにかかる世の人の心なれば、これよりまさる目をも見せつべかりけりと、頼もしき人もなくなりはてたまひぬる御身をかへすがへす悲しう思す。

（『源氏物語』夕霧、四‐四七六～八）

⑰男は、よろづに思し知るべきことわりを聞こえ知らせ、言の葉多う、あはれにもをかしうも聞こえ尽くしたまへど、つらく心づきなしとのみ思いたり。「いと、かう、言はむ方なき者に思ほされける身のほどは、たぐひなう恥づかしければ、あるまじき心のつきそめけむも、心地なく悔しうおばえはべれど、とり返すものならぬ中に、何のたけき御名にかはあらむ。言ふかひなく思し弱れ。思ふにかなはぬ時、身を投ぐる例もはべなるを、ただかかる心ざしを深き淵になずらへたまて、棄てつる身と思しなせ」ときこえたまふ。単衣の御衣を御髪籠めひきくくみて、たけきこととは音を泣きたまふさまの、心深くいとほしければ、いとうたて、いかなればいとかう思すらむ……かくさへひたぶるなるを、いよいよ疎き御気色のまさるを、をこまがしき御心かなとかつ

はつらきもののあはれなり。塗籠も、ことにこまかなる物多うもあらで、香の御唐櫃、御厨子などばかりあるは、こなたかなたかき寄せて、け近うしつらひてぞおはしける。内は暗き心地すれど、朝日さし出でたるけはひ漏り来たるに、埋もれたる御衣ひきやり、いとうたて乱れたる御髪かきやりなどして、ほの見たてまつりたまふ。

（『源氏物語』夕霧、四 - 四七八～四八〇）

『源氏物語』の用例⑫、⑬は光源氏が藤壺への恋情を募らせて、とうとう里下がりしている藤壺の邸に侵入し、藤壺の寝所にまで入ってきた場面である。突然の光源氏の接近に藤壺は緊張で気分を悪くしてしまい、それがまた事情を知らない邸の人々を心配させ、人々が藤壺の側に集まってきて、事態をより緊張したものにしてしまう。この時、この場所で光源氏が人々に発見されれば、藤壺も光源氏も東宮も破滅に導かれてしまうという緊急事態である。しかし光源氏の来訪を手招きしてしまった王命婦の機転で、光源氏は塗籠に押し込められて、人々に発見されるという危険は回避される。この場面での塗籠をめぐる描写には、藤壺と光源氏と藤壺に仕えている女房たちの心内が語られて、三者の葛藤が示されている。⑬は、塗籠に閉じ込められていた光源氏が塗籠から出て、藤壺と改めて契ろうとする場面である。藤壺はこの直後、藤壺を求める光源氏から逃げようとするが、自身の長い髪を捕まれて、再び逢瀬を迎えさせられてしまう。

⑮～⑰は『源氏物語』夕霧巻で、夕霧が柏木の未亡人落葉の宮に求婚を迫る場面である。落葉の宮は夕霧の求婚を拒絶して塗籠に籠もるのであるが、女房たちが次第に主人である落葉の宮でなく外部者であったはずの夕霧に加担して、ついに、女房の手引きで塗籠は開かれて、落葉の宮は夕霧の侵入に遭い、夕霧と契らされる。

塗籠は女が男の侵入に遭って最後に籠もる砦である。その最後の砦を囲んで、塗籠に籠もる〈女〉と、塗籠の開閉を管理して〈女〉と〈男〉を媒介するもう一人の《女》と、籠もりを破ろうとする〈男〉との葛藤が物語には語られている。この葛藤の質についてはⅡ-4「『源氏物語』の「塗籠」――落葉の宮の〈本当《リアル》〉の生成と消滅――」で詳細に考察する。

恋する男たちは、女に手紙を送り、返事をもらうことで、女への一歩を踏み出す。最初は階まで、そして、次には長押に寄りかかるところまで、さらには女の声を聞かせてもらえる御簾の際までと、男たちは邸の外側から内側へと進んで女に近づいて行く。《女房》の《代返代筆》でなく〈女〉の筆跡の返事であることで、〈男〉は初めて女の身体の延長を手に入れる。御簾際で、《女房》でなく直接〈女〉の声を聞かせてもらうことで、〈男〉はさらにもっと生に近い〈女〉の身体の延長を手に入れる。塗籠は、そうして繰り広げられる男の挑みと女の否みの最終地点となる時がある。この時、塗籠は女が男を拒絶して逃げ込む空間であると同時に、拒絶する〈男〉に奪われてしまわなければならないアイロニーに満ちた空間へと変容してしまう。

②〈男〉と《男》と〈男〉の決戦場

塗籠を最後の砦とするのは、女だけではない。男たちもまた、外部と自分を断絶する空間として、塗籠に籠もることがある。

次の『うつほ物語』の用例では、

⑱君たちはよろづに聞こえたまふも、「すべて、われ、このこと聞かじ。人もいふな」とのたまひて、その日のつとめて、塗籠にさし籠りたまふ。大宮「われもなぜふにかかる目を見るべき」とて、もろともに入りたまひぬ

れば君だちは、左右の戸口に並み居、え去らで、泣き惑ひたまふこと限りなし。

（『うつほ物語』国譲下、三－三二一）

⑲「いかにぞ、誰か定まりたまひぬる」とのたまふ。少将、「いさ、え聞かず。おとどの御文ぞある」とうちわななきてのたまふ。君たち、「開けて見む」と騒ぎたまふ。少将、「御文をいかで」とて、塗籠の戸を叩きて、「近澄候ひはべり。取り申すべきことはべり」と言ふ声を聞くに、おとどはいとど覚え給はず。宮、「言ふべきことこそはあらめ」とて、開けてたまへば、君だち、押し込み入りて、御文を奉り給へば、おとど、御衾を引きかづきてうつ伏し臥して、

（『うつほ物語』国譲下、三－三二三）

と、正頼が塗籠に籠もっていることが示されている。立坊が決まる前夜、正頼は梨壺腹の皇子が立坊するという噂を聞きつけ、それに対する帝への抗議の意を表すパフォーマンスとして、塗籠に籠もったのであった。戸口には「君だち」が居り、帝と正頼との間を繋ぐ役割をしている。正頼のパフォーマンスの結果、帝から正頼の期待した内容の「御文」が来る。

また、『栄花物語』『大鏡』の用例のうち、

⑳「あさましきことなり。宮をさるべう隠したてまつりて、塗籠をあけて組入の上などをも見よ」とある宣旨しきりにそふ。

（『栄花物語』浦々の別、一－二四五）

㉑「御塗籠あけさせたまはむ。宮去りおはしませ」と、検非違使申せば、

（『栄花物語』浦々の別、一－二四五）

㉒今はずちなしとて、さるべく几帳など立てて、あさはかなるさまにて、おはしまさせて、この検非違使どもの

みにあらず、えもいはぬ人して、この塗籠をわりののしる音も、ゆゆしうあさましう心憂し。

（『栄花物語』浦々の別、一-二四六）

㉓かかるよしを奏せさすれば、「几帳ごしに宮の御前を引きはなちたてまつれ」と、宣旨頻れど、検非違使どもも人なれば、おはします屋にはえもいはぬ者ども上りたちて、塗籠をわりののしるだにいみじきを、

（『栄花物語』浦々の別、一-二四九）

㉔入道殿は、「いづくなりともまかりなむ」と申したまひければ、さるところおはします帝にて、「いと興あることなり。さらば行け。道隆は豊楽院、道兼は仁寿殿の塗籠、道長は大極殿へ行け」と仰せられければ、よその君たちは、便なきことをも奏しけるかなと思ふ。

（『大鏡』道長、三一八～九）

は全て、塗籠が邸の中で唯一の密閉性のある空間であるために、外部からの侵略に対して逃げ込む最後の砦となることを示している。⑳の用例は籠もりを破ろうとする検非違使が政治的に敵対する〈男〉と〈男〉を具体的に関係付けて、その籠もりを破る《男》として登場している。

以上から次のことがいえる。塗籠は外部からの危機的侵略から逃げ込む最後の砦として、繰り返し物語史の中で登場する。そうした塗籠をめぐる描写には、〈塗籠に籠もる人〉・〈籠もりを破ろうとする人〉・《その二者の間に立つ人》の三者を巡る葛藤が示されている。そして、塗籠はこの三者の葛藤を鮮明にする物語の装置であるともいえるのである。

五、おわりに――源氏物語の塗籠

以上、王朝物語に見られる塗籠の用例を辿ってきたが[*8]、最後に、『源氏物語』の用例をこうした塗籠の物語史の中に位置付けてみたい。

先に述べたように、王朝の物語史の中で塗籠は、その密閉性・閉鎖性ゆえに、人が外部からの侵犯を回避するために籠もる「最後の砦」として繰り返し現れる。その用例数は塗籠の用例全三十四例中十六例にもなる。殊に、女が男からの侵犯を回避するために用いられる例はその十六例中九例あり、そのうち六例が『源氏物語』にある。

ただし女が男からの侵犯を回避しようとする時、籠もる（籠められる）のは女に限らない。前節で述べたように、賢木巻の二例では、藤壺の寝所に侵入した光源氏が、藤壺を思う女房の機転によって、塗籠に押し込められる。しかし結局光源氏は脱出して、逃げる藤壺を捕えて逢瀬を迎える。また、夕霧巻の四例では、賢木巻とは逆に、求婚を迫る夕霧を避けて落葉の宮が塗籠に籠城する。しかし、夕霧の執拗な責めに根負けした女房たちの裏切りによって、塗籠はついに開かれ、落葉の宮は夕霧の侵入に遭い、陥落させられる。

重要なのは「籠もり」や「最後の砦」の質である。

小嶋菜温子は内裏清涼殿の塗籠が、天皇が剣と共寝する「聖所」であったという歴史理解の延長から、『源氏物語』の塗籠を「禁忌のメタファーとしての聖なる塗籠」ととらえ、賢木巻・夕霧巻の塗籠をめぐる両場面に「タブーの物語」の異化を読む[*9]。「禁忌のメタファーとしての塗籠」と規定して論じることで、物語の主題の変化が見えたことには意義がある。

本稿では塗籠の用例を辿ることで、塗籠をめぐる語りには、〈籠もる人〉《籠もりを守る人＝二者間に立つ人》〈籠もりを破る人〉の三者の葛藤の話型が見えることが明らかになった。この話型を発見することが最重要ではなくて、これを利用して、三者の葛藤の質を、今度は詳細に分析することが、実はさらに重要なことなのである。

夕霧巻の塗籠については、Ⅱ‐4「『源氏物語』の「塗籠」」において、邸における女主人の領域と女房や男との関係と、女主人の〈私〉の生成と消滅とをパラレルな関係としてとらえ、そこに発生する葛藤の質を問い、塗籠をめぐって女主人の〈私〉の生成と消滅とが語られていることを論じた。『源氏物語』の研究史において、女の髪については、その髪を誰が所有・管理するかという点から女のセクシャリティの所有や〈私〉の生成と消滅とが論じられてきたが[*10]、塗籠などのような空間からそうしたことを論じられることは無かった。しかし、塗籠の場合にも同じ問題を見出すことができるのである。男からの侵入に対して、その戸口を守ったり開いたりする女房と女主人との関係は無視できない問題である。

Ⅱ‐4「『源氏物語』の「塗籠」」においては、夕霧巻の塗籠の場面に『竹取物語』の塗籠の場面を重ねて読んでみた。改めて『源氏物語』の六例を読み換えるならば、今度は『伊勢物語』第六段の鬼一口の話が想起される。『伊勢物語』第六段は

ゆく先多く、夜もふけにければ、鬼あるともしらで、神さへいといみじう鳴り、雨もいたう降りければ、あばらなる蔵に、女をば奥に押し入れて、男、弓、やなぐひを負ひて戸口にをり、はや夜も明けなむと思ひつつゐたりけるに、鬼はや一口に食ひてけり。「あなや」といひけれど、神鳴るさわぎに、え聞かざりけり。やうやう夜も明けゆくに、見れば率て来し女もなし。足ずりをして泣けどもかひなし。（『伊勢物語』第六段、一一八）

とあり、ここにも「籠もる人・籠もりを守る人・籠もりを破る人（モノ）の三者」の話型を見出すことができる。本稿で塗籠をめぐる表現から発見した話型がここに当てはめられるが、『伊勢物語』のこの場面では、塗籠ではなく、蔵に女が男によって籠められ、その戸口を守るのは男であり、その籠もりの意味を破るのは女を食ってしまう鬼なのである。塗籠と違って蔵は邸の外に建てられたものである。

この『伊勢物語』の蔵の場面と『源氏物語』の塗籠の場面とのずれと重なりから、『源氏物語』の塗籠の場面を物語史の中に位置付けてみたい。

賢木巻の用例⑫⑬の場合、『伊勢物語』の第六段の鬼は光源氏、女を隠して戸口で守る昔男は女房、鬼に食べられた女は藤壺が対応する。夕霧巻の用例⑮⑯⑰では、鬼は夕霧、昔男は女房、食べられた女は落葉の宮が対応する。『伊勢物語』では女を奪われて、女を手に入れられなかった男の嘆きが焦点化されていたが、男に盗まれた女の嘆きは焦点化されていない。

それに対して、『源氏物語』の場合には、塗籠の戸口で女主人を守るはずの女房たちの心理や行動が描かれている。また男からの危険を回避しようと苦しむ女の様子も語られている。賢木の巻では光源氏の責めにあって困惑する王命婦のあり様が、そして夕霧巻では、夕霧の責めに負けて、遂に夕霧を導き入れて塗籠を開かせてしまう落葉の宮の女房のあり様が、男と女主人の葛藤の場である塗籠をめぐる描写の中に、織りこめられている。男と女との葛藤だけでなく、危険を回避しようとする女主人と、その主人を裏切って男の思惑の実現してしまう女房との葛藤がもう一つここにある。外部から侵入してくる男に対して、邸が女主人にとっての内部であり続けることができるのは、女房たちが女主人の思惑に従ってくれているからである。しかし、男を導き入れる女房はもはや、女主人の思惑を実現する人ではなく、男の思惑を実現してしまう人であるから、邸は男にとっての内部となり、その内部としての空間から隔絶した空間である塗籠は、男にとっての外部となる。邸における内部と外部が、女房の裏切りによって、反転してしまうのである。本稿一節でみたように、塗籠は家の主の場所であったのだが、家の主は男へと反転してしまうのであった。そして、男に加担する女房に塗籠が開けられれば、塗籠は邸の中のすべてと通じた空間となる。すなわち、男の思惑に満たされた空間へと変容してしまうのである。[*11]

しかしながら、こうしてみてきた時に、はたして邸の実質的な主人は誰なのであろうか。

邸を具体的に管理し、そこで展開される〈男〉と〈女〉との関係を管理して〈男〉と〈女〉の間を繋ぐメディアであるはずの《女房》が、実は邸の空間を管理・支配する、ある意味主人と言えるかもしれない。女には女主人と女房の二種類の階級の女がいる。最も抑圧されているはずの女が、実質的なところで、「出来事」を管理する支配者であるとも言えるのである。

こうして、『伊勢物語』では焦点化されない二人（二種類）の女の〈私〉の生成と消滅とそれをめぐる葛藤や嘆きが、『源氏物語』の塗籠をめぐって前景化され、『伊勢物語』の昔男の嘆きを相対化していくのである。

繰り返しになるが、塗籠は家の財宝が収納されているところである。また、家の霊の住む場所でもある。家の主人が籠もる場所でもある。それ故に、塗籠にはモノにまつわる歴史、家の歴史、家の時間が宿り、現在という時間の中に過去からの時間が今なお流れて、過去と現在の時間が重奏している場所として、物語の中に語られているといえる。

そうした家の時間が重奏する場所である塗籠は、男の挑みと女の否みの最終地点となる場合がある。この時、塗籠は女が男を拒絶して逃げ込む場所であると同時に、拒絶する男に陥落するアイロニーに満ちた空間へと変容する。

また、塗籠は男と女の恋の結末を語る場面だけでなく、男が外部からの危機的侵略から逃げ込む最後の砦としても、繰り返し物語の中に登場する。いずれにしても、籠もる人の固い決意を示すパフォーマンスの場でもあった。そして、ここには、〈籠もる人〉、〈籠もりを破ろうとする人〉だけでなく、《籠もりを守る人＝その二者間に立つ人》も同時に語られて、この三者における葛藤が示されていた。塗籠はこの三者の葛藤を鮮明にする装置として物語では機能するのである。

そうした塗籠の物語史の中で、『源氏物語』の塗籠をめぐる物語は、『伊勢物語』の昔男の嘆きやみやびを相対化して、『伊勢物語』では焦点化されない女の嘆きと、女と女に仕える女房との葛藤が焦点化されていくのである。

今後は他の物語の他の空間との連鎖をさらに考えてみたい。

注

＊1　池田亀鑑『源氏物語大事典』（東京堂、一九六〇）、池浩三『源氏物語――その住まいの世界――』（中央公論美術出版、一九八九）、安原盛彦『源氏物語空間読解』（鹿島出版会、二〇〇〇）など参照。

＊2　＊1池論文。

＊3　神尾暢子・細野由希子「王朝『塗籠』の表現機能」（『国語表現研究』第五号、一九九二・三）の示した数を追跡調査して確認した数である。

＊4　＊3論文に同じ。

＊5　＊3論文に同じ。

＊6　（　）内は「塗籠」の用例数である。

＊7　＊3論文に指摘がある。

＊8　三十四例の中で論じなかった用例二例は次の二例である。

夕つ方ぞ、「なほ渡らせたまへ」とあれば、中の塗籠の戸を開けあはせて渡りたまへる。(『源氏物語』夕霧巻、四 - 四二二)

五月の御精進のほど、職におはしますころ、塗籠の前の、二間なるところを、ことにしつらひたれば、例様ならぬもをかし。ついたちより雨がちに曇り過ぐす。(『枕草子』九五段、一八四)

右の『源氏物語』の用例については、次節で論じる。『枕草子』の用例は部屋の位置を示すために描かれた用例と理解できる。

＊9　小嶋菜温子「ぬりごめの落葉宮――夕霧巻とタブー」(『源氏物語作中人物論集』勉誠社、一九九一)。

＊10　河添房江『性と文化の源氏物語』(筑摩書房、一九九八)、吉井美弥子「源氏物語の「髪」へのまなざし」(『源氏物語と源氏以前　研究と資料』武蔵野書院、一九九四)、三田村雅子「黒髪の源氏物語」(『源氏研究』第一号、翰林書房、一九九六・四)、三田村雅子「浮舟物語の〈衣〉」(『源氏物語　感覚の論理』有精堂、一九九六)など。

＊11　詳細はⅡ - 4「『源氏物語』の「塗籠」」で論じている。

4 『源氏物語』の「塗籠」
——落葉の宮の〈本当《リアル》〉の生成と消滅

はじめに

落葉の宮は、外堀を埋めて自分を次第に追い詰めてくる夕霧を「拒絶して」、邸の中の唯一の密閉空間である塗籠に立て籠もるようになる。塗籠は物語史において、女たちが自分を追い求めてくる男を回避する「最後の砦」として繰り返し語られるが[*1]、そのことの意味は重い。そして、落葉の宮もまた、「最後の砦」として塗籠に籠もるのであるが、その空間は「最後の砦」であり続けることは出来ない。

『源氏物語』において塗籠は、全用例七例のうち四例が、夕霧巻の落葉の宮と関わって語られ、落葉の宮の物語を特徴づける。西洋的な近代建築に住み始め、幼い頃からプライベートルームと称する部屋を持ち始めた近現代人には、密閉空間がわが身を守り通してくれないという事実さえ、もはや理解しがたい現実である。なぜ、それが開かれてしまうのか。なぜ、〈自分の領域〉としての空間を自身で管理しきれないのか。物語世界に浮かび上がるメディアとしての「塗籠」を読み解いてみたい。[*2] 人と居住空間のありようは、人と人との関係性と心のありようを物語る。

小嶋菜温子は、「宮と夕霧の物語は、タブーをさらに無化するなかで結末を迎える。塗籠という喩的な時空の、その意義がただされねばならない」として、塗籠を「聖所」とされる時空として捉え、夕霧巻の塗籠が「開かれる塗籠」であることに注目している。[*3] 小嶋は内裏清涼殿の塗籠が、天皇の剣と共寝する「聖所」であったという歴史理解の延長から、『源氏物語』の塗籠を「禁忌のメタファーとしての聖なる塗籠」と捉える。『源氏物語』の塗籠の用例全七例中、二例が賢木巻において、光源氏が桐壺帝（院）の后である藤壺の邸に侵入して通じる場面に、そして四例が夕霧巻で未亡人である皇女落葉の宮陥落に繋がる場面にあることから、[*4] 小嶋は賢木巻と夕霧巻の二つの塗籠をめぐる場面の差異に注目し、「タブーの物語」の異化を読むのである。すなわち、小嶋は落葉の宮が皇女であることと、塗籠が「聖所」と解されることとを共に重視し、その二つの要因を連鎖して解読し、落葉の宮の物語を『源氏物語』における王権の物語の中に位置づけようとする。本稿では、歴史認識に基づき大きな物語を撃とうとする小嶋の論を受けつつも、それとは異なる角度から「開き」「閉じ」「開かれる」塗籠の反復と差異を読み解いていく。

一、『竹取物語』と「落葉の宮の物語」

落葉の宮が夕霧巻で塗籠に籠もり始めた時、次のように語られる。

①アかく心強けれど、今はせかれたまふべきならねば、やがてこの人をひき立てて、推しはかりに入りたまふ。宮はいと心憂く、情けなくあはつけき人の心なりけりとねたくつらければ、若々しきやうには言ひ騒ぐとも思

して、塗籠に御座一つ敷かせたまて、内より鎖して大殿籠りにけり。イこれもいつまでにかは。かばかりに乱れたちにたる人の心どもは、いと悲しう口惜しう思す。ウ男君は、めざましうつらしと思ひきこえたまへど、かばかりにては何のもて離るることかはとのどかに思して、よろづに思ひ明かしたまふ。

（『源氏物語』夕霧、四‐四六七）

この場面には、『竹取物語』で天人がかぐや姫を迎えに来るという時、嫗と翁が天人からかぐや姫を守ろうと抵抗する場面が想起される。*5 ここにおいて、塗籠は、地上の人々がかぐや姫を守る最後の砦として次のように語られる。

②嫗、塗籠の内に、かぐや姫を抱かへてをり。翁も、塗籠の戸鎖して、戸口にをり。翁のいはく、「かばかりまもる所に、天人にも負けむや」……これを聞きて、かぐや姫のいふ、「鎖し籠めて、守り戦ふべきしたくみをしたりとも、あの国の人をえ戦はぬなり。……かく鎖し籠めてありとも、かの国の人来ば、みなあきなむとす。あひ戦はむとすとも、かの国の人来なば、猛き心つかふ人も、よもあらじ。」

（『竹取物語』、六八～九）

有名な箇所であるが、確認するならば、かぐや姫は、嫗と翁らによって塗籠に籠められる。その時、傍線部のようにかぐや姫は、月の人が来れば、塗籠はきっと開いてしまうであろうと言う。そして、月の人が来たとき、かぐや姫が予想した通り、地上の邸のものは誰もが抵抗する気をなくして、塗籠も開いてしまう。かぐや姫が籠められて居た時、塗籠の中は翁らの住む地上の論理に満たされていて、そこに居るかぐや姫は「地上の人」であるはずであった。しかし、月の人の論理＝魔力に邸が支配されて塗籠が開き、その中に月の世界の論理＝魔力が流入してきた時、かぐや姫は「月の人」に変貌していこうとする。そして、ついには天の衣を着せられ、「月の人」となってしまう。果たして、かぐや姫の〈本当《リアル》〉は「地上の人」であったのか、「月の人」であったのか。かぐや姫は地上で「翁の娘」として育てられながらも、一方で三ヵ月で成人するなど「変化の人」の兆しも見せて、分裂していた。塗籠はそんな風に分裂したかぐや姫の〈本当《リアル》〉の奪い合いの最終地点であった。そして、塗籠をめぐっては、籠もる者（かぐや姫）・籠もりを管理する者（嫗と翁）・籠もりを破ろうとする者（天人）の三者の葛藤の場でもあった。

さて、『源氏物語』夕霧巻の引用①を振り返るならば、傍線部イ「これもいつまでにかは（これもいつまでであろうか）」は、語り手の言葉であるとともに、塗籠に籠もる落葉の宮の心内語でもある。つまり、彼女の夕霧への抵抗が断固たるものなのか、無意識のうちには諦めているのか分からない形で、彼女の抵抗が示されているのである。この分裂した彼女の抵抗を挟んで、彼女を取り囲む周囲の人々の様子が語られる。波線部アは、落葉の宮の女房が落葉の宮を守ろうとどんなに頑固であっても、夕霧の思惑を拒絶しきれるはずも無かったことが示されている。また、点線部ウの夕霧の心内語と態度には、落葉の宮が確実に陥落させられるであろうと考えて悠然と過ごす様子が示される。波線部アも点線部ウもともに、落葉の宮の抵抗が現実には維持しえず、束の間のパフォーマンスとしてしか機能しえないことを示している。にも関わらず、落葉の宮は抵抗に及んでいた。『竹取物語』の塗籠もまた、小嶋が指摘するように「開かれる塗籠」であった。『竹取物語』の「地上」と「天上」との〈本当《リアル》〉をめぐる最後の攻防をも想起させる落葉の宮の塗籠をめぐる攻防の質を、本稿ではさらに検討していきたい。

二、母へ繋がる通路――「開く」塗籠

周知のように、当時の邸の室内空間は、御簾や障子や屏風や几帳などの隔ての具を境界として、内部と外部とに分けられつつも実は可変的に繋がっている。御簾や几帳や隔ての具は揺れたり、覗き穴などの仕掛けが施されるなどして、内部からの視線と外部からの視線をともに遮断しつつも、実は見る／見られるという視線の攻防を逆に引き込む道具にもなる。[*6]これが、この『源氏物語』に登場する当時の建築空間において重視したい特徴である。そのような可変的空間の中で、〈自分の領域〉はどのようにしてあるのであろうか。塗籠はそうした邸の可変的空間の中で、唯一、四方を壁で塗りこめた密閉空間であった点で他の空間とは一線を画する特殊性を持つ。妻戸を付けて出入り口とするのみで、覗き穴一つ無い唯一の密閉空間が、落葉の宮の物語ではわざわざ「開かれ」「閉じられ」また「開かれる」という開閉でその特殊性を解除するような反復と差異が語られるのである。

落葉の宮に限らず『源氏物語』に登場する女君にとって、簡易な隔てしか持ち得ない邸が安心できるものであるには、自分の思いを具現化してくれるはずの女房たちが、自分の分身として一心同体で居てくれるという前提がなければならない。その前提によって初めて、邸は女君の延長として機能する。邸を落葉の宮の〈私〉の喩として見た時に、夕霧巻に現れる密閉空間であるはずの塗籠は何を示していくであろうか。

夕霧巻に初めて塗籠が語られるのは、

③かばかりになりぬる高き人の、かくまでもすずろに人に見ゆるやうはあらじかしと宿世うく思し屈して、夕つ

方ぞ、「なほ渡らせたまへ」とあれば、中の塗籠の戸を開けあはせて渡りたまへる。　（四 - 四二二）

と、落葉の宮が母の許へと人目を避けて渡るために、塗籠の両扉を開けて通路として用いる場面である。母への通路として、塗籠はあった。すなわち、落葉の宮が母の胎内に戻る通路であるかのように使われるのである。

未亡人となった落葉の宮に、夕霧は次第に恋情を募らせて、ついには小野の山荘で母と共に過ごしていた彼女のもとに侵入する。落葉の宮は夕霧を回避するために障子一枚を隔てて抵抗し、朝を迎えたのだった。夕霧が落葉の宮のもとに宿泊したことは、邸に居合わせた律師によって、人々の噂と共に落葉の宮の母へと伝えられる。心痛の母は落葉の宮の女房に噂の事実を確かめ、「障子は鎖してなむ」と実事はなかったのだと聞かされる。しかし、その答えに対して母は、「たとえ事実がどうであっても、人は下品な噂をするであろうし、それに対して弁解する手だては無い」と嘆き、落葉の宮を部屋に呼ぶ。そしてその母の嘆きは、〈本当《リアル》〉というものは、人の噂に上り、大勢の人々が共有する言葉に示されたものが〈本当《リアル》〉になるのであって、自分のみ知る出来事は〈本当《リアル》〉にはなり得ないという物語社会の現実《リアル》を示している。

落葉の宮の女房少将は、落葉の宮とその母の間を往復して、二人の母娘の涙から、それぞれの気持ちを斟酌して立ち振る舞おうとするが、母は「すべて心幼きかぎりしもここにさぶらひて（思慮の足りない人ばかりが側に居て）」と言い、落葉の宮は「この人々いかに思ふらん（女房たちもどのように自分を思っているのだろう）」と思い、二人とも女房たちを自分の思いを具現化してくれる分身としてではなくて、身近な他者として意識する。邸の奥まった場所で人目を避けて生きることをよしとされる女主人にとって、女房は自分の思いを現実として具現化してくれる分身であり、自分の延長であるはずであった。しかし、自分の意に反する男の侵入を防げない女房は女主人にとっては、内部では無くて、外部でしか無くなる。外部であり他者である女房と向かい合うことで、落葉の宮のぼんやりとしていた〈自分の領域〉と〈私〉の輪郭が、それによってはっきりとしていくと同時に、変質していくことになる。塗籠の両扉を開いて母へと繋がる通路とした引用③の場面が、この時である。母に呼ばれて落葉の宮は母の許へと渡るのであったが、二人は出来事の事実を「言葉」にして確かめ共有し合うことなく、ただ、出来事に胸をかき乱される「涙」だけを共有して過ごしたのであった。すなわち、二人の間で〈本当《リアル》〉の内実の共有と一体化は宙吊りにされ、保留にされる。

その後、母は「落葉の宮の言葉」に耳を傾けることが無い。母は、落葉の宮のみが知る出来事の事実《リアル》を言葉で共有する機会を得ずに、事実を誤解したまま、一方的に落葉の宮の非を決め付けて急逝してしまう。そして、落葉の宮と夕霧の経緯は、落葉の宮の父朱雀院や夕霧の父光源氏などにまで「噂」で伝わり、二人の父たちは彼女の悲劇をそれぞれに思う。夕霧の部屋への侵入にあっても、障子を押さえ続けながら、「世を知りたる方のやすきやうにをりをりほのめかすもめざましう、げにたぐひなき身のうさなりやと思しつづけたまふに、死ぬべくおぼえたまうて（一度夫を持った身であるからと容易く手に入れられそうな女といわんばかりに、折々そのことをほのめかすのも心外で、いかにもまたとなく情けない身の上よとお思い続けになると、いっそ死んでしまうべきであろうと思われて）」（四・四〇八）と、物語で語られた彼女のすげかえのできない自己認識と彼女の認知する出来事とは、物語世界の登場人物である世間の口には上らないので、〈本当《リアル》〉としては物語世界では流通していない。落葉の宮の〈自分の知っている出来事＝実事が無い、結婚する気が無い〉は誰にも知られることなく認められること無く、〈世間の思い違い＝実事あり、結婚する気あり〉が彼女の現実《リアル》とされていく。

母の心配通り、大勢の他者が認めたものが落葉の宮の〈本当《リアル》〉となって、都に流布して浮遊して歩くのであった。

こうして落葉の宮の〈本当《リアル》〉は多重化し、落葉の宮から剥離して他者の言葉で創られた《落葉の宮》は都を浮遊する。[*7] 落葉の宮は多重化した《落葉の宮》を生きて、一人その葛藤を抱える。

三、落葉の宮の〈本当《リアル》〉の消滅と内部と外部の反転

小野に居て落葉の宮が留守にしていた一条の彼女の邸には、母は無く、代わりに亡き夫の友人でしかないはずの夕霧が賑やかに邸を整えて、彼女を待ち構えて居た。彼女は自分が主であったはずの邸に戻ることを拒絶するが、いとこの大和守に、

④たけう思すとも、女の御心ひとつにわが御身をとりしたためかへりみたまふべきやうかあらむ。なほ人のあがめかしづきたまへらんに助けられてこそ。（四‐四六二～三）

と、説得されて、邸に戻ることになる。この時、落葉の宮は、

⑤なほいとひたぶるにそぎ棄てまほしう思さるるア御髪をかき出でて見たまへば、六尺ばかりにて、すこし細りたれど、イ人はかたはにも見たてまつらず、みづからの御心には、ウいみじの衰へや、人に見ゆべきありさまにもあらず、さまざまに心憂き身を、と思しつづけて、また臥したまひぬ。（四‐四六三）

と、自分の髪と対話する。[8]傍線部ウの落葉の宮の心内語について、小嶋菜温子は、「みずからの容姿の衰えを思い、人（具体的には夕霧を指すだろう）の目を意識する。その発想は拒否の姿勢にそぐわないものといわざるをえまい。落葉の宮その人の意識に、このような揺れがある限り、拒絶を徹底することは難しかろう。[9]」と述べる。また、柏木巻で落葉の宮が夕霧の合奏に応じたことについて、石田穣二は「夕霧は、宮のかなでる『奥深き声』によって、はじめてその『心の奥』にぢかに触れた思ひがあつたであらう」と述べ[10]、それを受けて宮川葉子は、合奏は二人の心の融合であり、落葉の宮の心が夕霧を拒んでいないということであり、そうした男の付け入る危険性を内在した行為は回避すべきだという教育を、落葉の宮は受けていなかったとする。[11]

　落葉の宮の無意識をさまざまに読み取りたい箇所ではあるが、それはそれとして確認できることはまず、落葉の宮は、傍線部ウのように、自分は衰えて人（男）と結婚すべきあり様をしていないと自己認識していることである。しかし、その一方で、周囲にいる他者は傍線部イのように、まだ女としての魅力に欠けるなどとは見ていないのである。また、合奏の行為についても、落葉の宮の意識のいかんにかかわらず、落葉の宮の行為は結果的に男の欲望を誘っていたということがいえる。そして、彼女のそうした自己認識ではなくて、彼女に対する他者の理解や欲望が、彼女の現実《リアル》を動かしていくこともまたここに確認できる。こうした落葉の宮の自己認識と他者によって解釈される落葉の宮のズレ（差異）が示された後、母を亡くして悲しみに沈む落葉の宮が帰った邸は、

　⑥殿の内悲しげもなく、人気多くてあらぬさまなり。（四 - 四六五）

と語られる。[12]夕霧によって整えられて賑やかな邸はもはや、夕霧の欲望に侵食され充たされていた。落葉の宮の分

身として機能してくれるはずの女房たちは、落葉の宮の意向を尊重せず、ついに夕霧に加担していく。女房たちが落葉の宮と一心同体である限りは、落葉の宮の邸は彼女自身である。しかし、先述したように、女房たちとの心のズレが噴出してきた時、彼女の邸の中での〈自分の領域〉の輪郭は変質していく。夕霧という他者の侵食と女房たちが他者の目になることによって、落葉の宮の〈私〉が発生すると同時に奪われていこうとすることを、この邸の変質していくありようは示している。[*13] 落葉の宮は遂に、塗籠に独り籠もることになる。それが、①で引用した箇所である。この塗籠は、母と繋がり、涙を共有するために通った塗籠とはもはや異なる。落葉の宮が夕霧も女房も拒否して塗籠に籠もり続けるようになり、夕霧は塗籠の外で彼女をかきくどく。それに対して彼女は、

⑦人の聞き思はむもよろづになのめならざりける身のうさをばさるものにて、ことさらに心憂き御心構へなれ。

（四 - 四七七）

と、彼女の意に反して邸に主人顔でいる夕霧を、きっぱりと非難する。邸は落葉の宮が主人であるはずだったのに。塗籠が邸の中で唯一の壁で塗り込めた密閉空間であるというのは、ある意味、邸の中の他の空間から完全に遮断された独立空間といえる。したがって、邸の内部の中の内部と言える場所であったはずである。ところが、今や、邸は夕霧の欲望に侵食されている。それに対して落葉の宮が塗籠に立て籠もることによって、塗籠は邸の奥の中の奥にありながらも、今や夕霧の欲望に侵食されていない唯一の外部となってしまったのである。しかし、その外部としての塗籠も、女房の裏切りで開かれて夕霧の侵入を招く。このとき、塗籠は夕霧の欲望に侵食された邸の中の外部ではなく内部として地続きとなる。それはすなわち、落葉の宮がその心の声を聞き届けられることなく夕霧や女

房たちの思惑や欲望にくるまれて、〈他者の他者〉として認められず、落葉の宮の〈他者の他者〉としての〈私〉が消滅することとパラレルな関係にあった。[*14]

⑧「……棄てつる身と思しなせ」と聞こえたまふ。単衣の御衣を御髪籠めひきくくみて、たけきこととは音を泣きたまふさまの　（四‐四七九）

と、髪を衣に押し込めて落葉の宮は泣く。⑤にあるように、みずからの髪と対話してきた落葉の宮の最後のしぐさ⑧は、三田村雅子が述べるように、男の支配に対する抵抗であり、みずからの身体をみずからのものにしようとするものでもあった。[*16] しかし、その抵抗も虚しく、

⑨塗籠も、ことこまかなる物も多うもあらで、……内は暗き心地すれど、朝日さし出でたるけはひ漏り来たるに、埋もれたる御衣ひきやり、いとうたて乱れたる御髪かきやりなどして、ほの見たてまつりたまふ。（四‐四八〇）

と、引用①の夕霧の心内語に予告された通り、彼女は陥落させられた。

落葉の宮が塗籠に籠って夕霧に抵抗している間は、夕霧とは実事がなく、彼の求婚も拒否していることになる。そのことは彼女が守ってきた〈彼女だけが知っている出来事〉であり、世間に認められていない彼女だけの〈本当《リアル》〉であった。しかし、夕霧と結ばれてしまってからは、彼女だけのすげかえのきかない〈本当《リアル》〉は、世間が〈本当《リアル》〉としてきたことと一致することになる。[*16]

おわりに

落葉の宮は、夕霧を拒んでいた。彼を受け入れることなど、していなかった。彼女は未亡人となり、夫の友人である夕霧から迫られながらも、彼を拒み続けていた。彼女がその夫の柏木の友人である夕霧を受け入れたことなどなかったのだ。それが彼女だけの知る大切な切実な、すげかえのきかない彼女の〈本当《リアル》〉であった。

しかし、その彼女の〈本当《リアル》〉に対して、世間では夕霧を受け入れてしまったという噂が流布する。このことは、邸の奥まった場所に生きる落葉の宮の〈本当《リアル》〉に対して、人々の噂にされて都を浮遊して歩く《落葉の宮》がいることを意味し、多重化する《落葉の宮》を生きる葛藤を落葉の宮は抱え込む。

塗籠は、邸の主人にとっては内部の中のさらに内部であるはずである。しかし、外部からの侵略によって、その外部の欲望に満たされていった時、邸の内部と外部は反転していく。夕霧巻の最後の砦として機能せずに開かれる塗籠は、夕霧や女房たちの欲望に侵食されて、落葉の宮が〈他者の他者〉として認められなくなることを表象していた。同時にまた、塗籠は落葉の宮にとってのすげかえのきかない一回きりの〈本当《リアル》〉と世間の〈本当《リアル》〉との葛藤の最終地点であり、閉じられてまた開かれる塗籠の反復と差異は、分裂し、多重化していた《落葉の宮》の二つの〈本当《リアル》〉が一元化する過程と葛藤とを物語っていた。[*17] そのことは落葉の宮のすげかえのきかない〈本当《リアル》〉は物語世界の中の噂という口承の言葉の力の前では物語世界の現実において「無い」ままになったことを示す。確かに、落葉の宮の物語においては、小嶋菜温子のいうように、王権の侵犯は回避され安定を保つ。しかし、語られ書かれ読まれる『源氏物語』の偽装の口承によるエクリチュールは、その王権の物語が奏でられる傍らに、乱暴に一義的に彼女を決め付け方向付ける〈現実《リアル》〉の前にある彼女の〈本当《リアル》〉の揺らぎと記憶を、解体して流布していくのである。

ところで、夕霧も落葉の宮も、自分の思いを具現化するには、女房を媒介《メディア》としなければならない。男と女と女房と、出来事を動かす力を持ちえるもの、出来事の支配者は誰なのであろうか。自分の思いを具現化するメディアとしての女房たちとの葛藤や〈他者の他者〉と〈私〉の問題は、さらなる宇治の物語で改めて紡がれていくことになる。女房や従者は主人たちにとってメディアであると同時に、女と男の恋というパルマコンの戯れの中にあって、代補の役割を果たしている。それについては、今後に論を展開したい。

注

＊1　神尾暢子・細野由希子「王朝『塗籠』の表現機能」（『国語表現研究』第五号、一九九二・三）、保立道久『中世の愛と従属』（平凡社、一九八六）参照。

＊2　建築構造については、池田亀鑑『源氏物語大事典』（東京堂、一九六〇）、池浩三『源氏物語――その住まいの世界――』（中央美術出版、一九八九）、安原盛彦『源氏物語空間読解』（鹿島出版会、二〇〇〇）など参照。なお、塗籠の実態の詳細は未だ不明である。本稿は「塗籠」の歴史的実態より、「塗籠」の語を持ってわざわざ物語に語られ反復して示される空間であることを重視して論じる。

＊3　「ぬりごめの落葉宮」（『源氏物語作中人物論集』勉誠社、一九九三）。

＊4　『源氏物語』の塗籠の用例は七例のうち、残り一例は御法巻に納戸として語られる。

＊5　『竹取物語』と夕霧巻の塗籠の連鎖は、橋本ゆかり「源氏物語の『塗籠』」（『日本文学』第四八巻第九号、一九九九・九）が注目し、続けて井野葉子「夕霧巻における竹取引用」（『論叢　源氏物語3　引用と想像力』新典社、二〇〇一・五）が詳細に論じている。ところで、『竹取物語』においても、「落葉の宮の物語」においても「塗籠」が「塗籠」に籠る人・籠りを守る人・籠りを破る人の三者の葛藤の場所であることにも、注意を喚起しておきたい。男と女だけの二対の物語にはとどまらない。男

女を媒介するメディアたる女房が、大きなノイズを発生させて物語を牽引していく動態は、宇治十帖で本格化して大きくなっていく。

＊6　邸内の隔ての具については池田亀鑑『源氏物語大事典』（東京堂、一九六〇）。隔てをめぐる攻防については末沢明子「住居・隔てもの・調度——源氏物語における飾りと隔て——」（『物語とメディア』有精堂、一九九三）が早くにある。井野葉子「『源氏物語』における隔ての道具——薫と大君の「隔て」をめぐる攻防——」（『国語通信』第一〇四号、角川書店、一九九九）は隔てをめぐる大君と薫との恋のかけひきを読み解く。本稿は「塗籠」という四方に隔てを持つ空間をめぐる落葉の宮と夕霧の攻防の質を論じる。

＊7　多重化するリアルについては、香山リカ『多重化するリアル』（廣済堂出版、二〇〇二）参照のこと。『源氏物語』では、女主人公たちは邸の奥まった場所に暮らし、外出して他者の視線を直接浴びる機会は少ない。その彼女たちは、噂というメディアに載って流布し、都を浮遊したり、浮遊させせられたりする。落葉の宮は、落葉の宮を剥離した多重化する《落葉の宮》が都を歩き、その多重化の中で葛藤をよぎなくされている。

＊8　永井和子「黒髪の乱れ」（『國文学』學燈社、一九七八・三）、三田村雅子「黒髪の源氏物語」（『源氏研究』第一号、翰林書房、一九九六・四）に落葉の宮の「髪」を詳しく論じている。

＊9　＊3に同じ。

＊10　「夕霧の巻について」（『源氏物語論集』桜楓社、一九七一）。

＊11　「落葉宮」（『源氏物語講座』第二巻、勉誠社、一九九一）。

＊12　夕霧巻のしつらえについては、岩原真代「『源氏物語』「夕霧」巻の「しつらひ」——夕霧による一条宮邸改築の意義——」（『中古文学』第七十六号、二〇〇五・十）に詳しい。

＊13　〈私〉や〈他者の他者〉については、鷲田清一『じぶん・この不思議な存在』（講談社現代新書、一九九六）、新宮一成『ラカンの精神分析』（講談社現代新書、一九九五）参照のこと。

＊14　内部／外部の関係と自己の記憶とについては、高橋哲哉「パルマコンの戯れ」（『デリダ——脱構築』講談社、二〇〇三）等参照のこと。

＊15　＊8三田村論文に同じ。三田村は「落葉宮の物語は母の庇護下にある娘から、男の庇護下にある女への移行、その不安と当惑と恐れの思いを、『髪』の感覚を通じて描き出す物語なのである」とする。

＊16　さらに言えば、引用⑤の部分に彼女の夕霧への無意識の欲望を読み取るならば、彼女の無意識の欲望もまた、世間に流布する〈本当《リアル》〉と一致することになり、彼女の自己認識以外がすべて一元化された〈本当《リアル》〉に収斂されていこうとしていたことになる。果たして、彼女の無意識の欲望をそのように読み取ることはできるのであろうか。落葉の宮、大君、浮舟に関しては、自己認識と他者の解釈と無意識の欲望がずれ続けていることを、物語は語り続け、それが物語を蠢かせる力となっている。それに関しては稿を改める。

＊17　落葉の宮の物語には、繰り返し落葉の宮の「臥す」しぐさが現れる。宇治十帖で浮舟の「臥す」しぐさは、彼女が彼女の周囲の言葉を聞き臥して統括する機能を持っていたが、落葉の宮の「臥す」しぐさにはそのような機能は無い。また、宇治十帖では浮舟の女房が浮舟の心内語を推測する言葉を発し、浮舟がその言葉に現れた自分に抵抗する様と、浮舟の無意識の欲望とが示されて、そこに葛藤が物語られる。落葉の宮の物語では、落葉の宮の心内の〈本当《リアル》〉をめぐる葛藤の以前に、「出来事」の〈本当《リアル》〉をめぐる葛藤がある点で、宇治十帖の物語とは異なっている。

付記　落葉の宮の浮名についての最近の研究に、岩原真代「落葉の宮試論――「夕霧」巻の「名」を中心として」（『人物で読む『源氏物語』花散里・朝顔・落葉の宮』第十四巻所収、勉誠出版、二〇〇六）がある。

Ⅲ　噂との攻防

1　光源氏と《山の帝》の会話
――女三の宮出家をめぐって

はじめに

「いはけなき」「らうたき」皇女であった女三の宮は、一度だけ自らの意思を声にして他者に示したことがある。それは出家への願いであった。六条御息所のもののけが憑いていたせいだったと出家後に語られて、彼女が彼女の意思で、自らの身の振り方を決断したかに見えた出来事は、彼女の意思とは関わりのない物語に回収されてしまう。しかし、もし女三の宮が自らの意思によって主体的に出家を望んだとしても、夫である光源氏の許しを得なければ出家を遂げることはできない。[*1]彼女の出家を現実化したのは、山を下りてきた朱雀院と光源氏との会話であった。この二人の会話で、女三の宮の出家は決められ、現実に実行が導かれたのである。この時、朱雀院が「院」ではなく、「山の帝」と語られることには、どのようなメッセージが読者に対して示されているのであろうか。朱雀院はしばしば女三の宮の物語の中で、「山の帝」「院の帝」の呼称で語られる。本稿では、この「山の帝」の呼称を読者に対するメディアととらえ、そこに示されるメッセージを考えたい。そして、一体何が光源氏と「山の帝・院の帝」の朱雀院との「会話」の方向を決めていたのかを明らかにしたい。

一、《山の帝》《院の帝》

女三の宮の出家を決める光源氏と朱雀院との会話は、次のように、朱雀院が下山することがきっかけになっていた。

山の帝は、めづらしき御事たひらかなりと聞しめして、あはれにゆかしう思ほすに、かくなやみたまふよしのみあれば、いかにものしたまふべきにかと、御行ひも乱れて思しけり。さばかり弱りたまへる人の物を聞こしめさで日ごろ経たまへば、いと頼もしげなくなりたまひて、年ごろ見たてまつらざりしほどよりも、院のいと恋しくおぼへたまふを、「また見たてまつらずなりぬるにや」といたう泣いたまふ。かの聞こえたまふさま、さるべき人して伝へ奏せさせたまひければ、いとたへがたう悲しと思して、あるまじきことは思しめしながら、夜に隠れて出でさせたまへり。（柏木、四‐三〇二）

この時、朱雀院は「院」ではなく、「山の帝」と語り起こされている。なぜ、朱雀院はあえて「院」とは語り起こされずに「山の帝」と語り起こされたのだろう。朱雀院は若菜上巻冒頭に登場して、女三の宮の降嫁を思い悩んでいることが語られる時にも、「朱雀院の帝」と語られている。そしてさらに、女三の宮をめぐる物語に登場する時には、しばしば「院の帝」「山の帝」と語られている。「院の帝」「山の帝」の呼称は、「院」という呼称に対して、物語の語りの上でどのように差異化され、特別な意味を持っているのであろうか。歴史上の意味ではなく、物語の中で「朱雀院」と呼ばれることと差異化されることで生み出される意味を、ここでは確認しておきたい。

『源氏物語』の中で退位した帝が「院の帝」あるいは「山の帝」と語られているのは十七例ある。そのうち十一例が朱雀院に対して用いられており、その中でも九例が若菜上巻から夕霧巻の間に集中的に用いられていることに注意したい。ここに取り上げる「山の帝」はその九例中の一つなのである。それら「院の帝」「山の帝」の呼称の全用例を次に示しておく。

①三月十三日、雷鳴りひらめき雨風騒がしき夜、帝の夢に、院の帝、御前の御階の下に立たせたまひて、御気色いとあしうて睨みきこえさせたまふを、かしこまりておはします。（明石、二－一五二）

②さやかに見えたまひし夢の後は、院の帝の御事を心にかけきこえたまひて、いかでかの沈みたまふらん罪救ひたてまつることをせむと思し嘆きけるを、かく帰りたまひては、その御いそぎしたまふ。神無月に御八講したまふ。（澪標、二－二七九）

③院の帝御覧ずるに、限りなくあはれと思すにぞ、ありし世を取り返さまほしく思しける。（絵合、二－三八五）

④春鶯囀舞ふほどに、昔の花の宴のほど思し出でて、院の帝、「またさばかりのこと見てんや」とのたまはするにつけて、その世のあはれに思しつづけらるる。（少女、三－七二）

⑤朱雀院の帝、ありし御幸の後、そのころほひより、例ならずなやみわたらせたまふ。（若菜上、四－一七）

⑥院の帝は、男々しくすくよかなる方の御才などこそ、心もとなくおはしますと世人思ひためれ、

⑦院の帝は、月の中に御寺に移ろひたまひぬ。この院に、あはれなる御消息ども聞こえたまふ。姫宮の御事はさらなり、（若菜上、四‐七三）

⑧いよいよ六条院の御事を、年月にそへて、限りなく思ひきこえたまへり。院の帝、思しめしやうに、御幸もところせからで渡りたまひなどしつつ、かくてしも、げにめでたくあらまほしき御ありさまなり。（若菜上、四‐七五）

⑨今しも心苦しき御心添ひて、はかりもなくかしづききこえたまふ。院の帝は、御処分の宮に住み離れたまひなんも、つひのことにてめやすかりぬべく聞こえたまへど、（若菜下、四‐一六六）

⑩二品の宮の若君は、院の聞こえつけたまへりしままに、冷泉院の帝とりわきて思しかしづき、（鈴虫、四‐三七八）

⑪冷泉院の帝は、多くは、この御ありさまのなほゆかしう昔恋しう思し出でられければ、姫宮の御事を、あながちに聞こえたまふにぞありける。（匂兵部卿、五‐二二）

⑫この院の帝は十の皇子にぞおはしましける。朱雀院の、故六条院にあずけきこえたまひし入道の御例を思し出て、（竹河、五‐七八）

⑬かくて、山の帝の御賀も延びて、秋とありしを、（橋姫、五‐一二九）

⑭山の帝は、めづらしき御事たひらかなりと聞こしめして、あはれにゆかしう思ほすに、（若菜下、四‐二六六）

⑮山の帝は、二の宮のかく人笑はれなるやうにながめたまふなり、入道の宮もこの世めかしき方はかけ離れたまひぬれば、さまざまに飽かず思さるれど、すべてこの世を思し悩まじと忍びたまふ。……御寺のかたはら（柏木、四‐三〇三）

近き林にぬき出たる筍、そのわたりの山に掘れる野老などの、山里につけてはあはれなれば奉りたまふとて、（横笛、四‐三四六）

⑯山の帝も聞こしめして、みな御使どもあり。（鈴虫、四‐三七八）

⑰山の帝も聞こしめして、いとあはれに御文書いたまへり。宮はこの御消息にぞ、御頭もたげたまふ。（夕霧、四‐四三九）

用例①、②の「院の帝」は桐壺院、用例③～⑦、⑨の「院の帝」と用例⑬～⑰までの「山の帝」は朱雀院、用例⑧、⑩～⑫の「院の帝」は冷泉院を指す。「山の帝」の用例は全て朱雀院を指しているので、物語の中で朱雀院がそう呼ばれることには特別の意味があると考えていいだろう。

朱雀院が「山の帝」と語られるのは、出家後のことであり、出家後に「院の帝」と語られるのは、用例⑰の直後にある用例⑨だけである。そこで、まず、「院」ではなく「院の帝」という呼称について『源氏物語』ではどのような傾向があるのかを確認しておきたい。

用例①は明石巻で朱雀帝の夢に故桐壺院が現れる場面である。朱雀帝は夢の中で桐壺院に睨まれた。朱雀院はこれを光源氏を流離させていることへの抗議なのだと解して、光源氏帰京の宣旨を下した。さて、ここでの現実の帝は朱雀帝であり、宣旨を下したのも朱雀帝になるわけだが、実際に政治力を発揮しているのは桐壺院である。ここでは、その影の実力者である桐壺院に対して「院の帝」の呼称が使われているのである。

用例②は澪標巻冒頭にある。光源氏が須磨から戻り政界への復帰を果すに際して、桐壺院が光源氏自らの夢にも現れたことを回想し、故桐壺院追善供養のために法華八講を主催したことを語る場面である。山本信吉によれば平安朝の追善八講は、それを主催する側の嫡流としての正統性を誇示する政治的デモンストレーションとしてあったという。[*2]この解釈をさらに発展させて『源氏物語』の法華八講を論じているのが甲斐稔である。甲斐は、史上の円融天皇、一条天皇、東三条院詮子、冷泉天皇らに対する国忌法華八講の有様を比較すると、円融系と冷泉系とが区別されているが、そこには円融系（道長の孫である天皇の系統）が正統であるという認識を宣揚する目的が含まれており、それはつまり、道長の執政権の正統性を象徴する行事であったと解釈している。そしてその歴史の有様を参照して『源氏物語』において、「桐壺院に対する追善法華八講の興行には、次期冷泉朝の遺風を継ぎ、源氏はその中心人物として朝廷を後見する事を宣揚する意図もあったに違いない」と述べている。[*3]この場面の表現を確認すると、

さやかに見えたまひし夢の後は、院の帝の御事を心にかけきこえたまひて、いかでかの沈みたまふらん罪救ひたてまつる事をせむ、と思し嘆きけるを、かく帰りたまひては、その御いそぎしたまふ。神無月に御八講したまふ。世の人なびき仕うまつること、昔のやうなり。

（澪標、二―二七九）

となっている。

この文脈からわかることは、桐壺院が中有を彷徨していることを光源氏は気にかけて、桐壺院の霊を供養したがっている、ということである。玉上琢弥はここに孝子の情を読みとっている。[*4]一方、甲斐はこの場面で歴史と『源氏物語』の状況とを比較参照することで、孝子の情以外に法華八講の政治性をも読み取っている。ここで、桐壺院が「院」ではなく、「院の帝」と語られていることに注目したい。光源氏の父は「帝」だったのであり、光源氏が父を思い、父のために追善供養を主催することは、すなわち亡き「帝」のために追善供養をするということでもある。

「院の帝」という呼称は、そのことを読者に想起させる。桐壺院が生前、光源氏を東宮の後見として重んじていたことを考え合わせるならば、光源氏の桐壺院に対する法華八講は、光源氏の意図如何に関らず、物語世界の「世の人」に対する政治的デモンストレーションとして機能するはずである。[*5]

ところで、明石巻で暴風雨がようやく鎮まりかけた中、桐壺院が実際に光源氏の夢に現れた場面では、桐壺院は「故院」と語られ、「院の帝」とは語られていない。それに対して、「光源氏が桐壺院の夢を見たので法華八講をした」と語る場面では、桐壺院は「院の帝」と語られる。また、桐壺院は朱雀帝に対しては祟り神として機能し、一方光源氏に対しては守護霊として機能していた。[*6]「院の帝」の呼称は、その守護霊として機能した桐壺院の法華八講を光源氏が主催したことを語るときに使われるのである。それによって、高麗人の相人の予言と光源氏の犯しと、さらにはその光源氏が住吉の神の導きをうけるよう、桐壺院に告げられたことを知っている読者に対し、[*7]光源氏こそが桐壺帝の御世を正統に継ぐ資格を有することをも語るのである。

次に、冷泉院を指して「院の帝」と語る用例四例を検討する。用例⑩は、「若君」と語られる薫を、「院」と語られる光源氏が、「冷泉院の帝」と語られる冷泉院に預けたことが語られている場面である。密通によって生まれた「若君」と「冷泉院の帝」は「院」を父としてつながっているが、薫に対して「冷泉院」は帝になった子供であったことを、「冷泉院の帝」と語ることで、改めて読者に想起させる語りになっている。

冷泉院を指す用例⑪は竹河巻にある。それは「帝」と「院の帝」がともに玉鬘の姫君を所望するという状況の中で、姫君の兄達が、退位した人物との結婚は反対であると玉鬘に言う場面である。ここでの「院の帝」の呼称は、「帝」や「春宮」と比べて、冷泉院が退位して政治力を持たないことを強調する。この場合は「院の帝」の「帝」に意味のアクセントがあるのではなく、「院」にアクセントがある。かつての帝、というニュアンスである。それによって、現在と過去の立場の違いを読者に想起させる。また、用例⑧は若菜下巻の一例である。この用例は、退位した直後の冷泉院の様子を語る文脈にある。この用例が導き出す効果は竹河巻の用例⑪と同じである。冷泉院を指して「院の帝」と語る最後の用例⑫は橋姫巻にある。これは、阿闍梨が宇治の八の宮は姫君の行く末を案じていると冷泉院に告げる場面である。この話題中の八の宮は、冷泉院東宮時代、東宮廃立の陰謀に利用され、結局それが失敗に終わって、冷泉帝誕生とともに世間から捨て去られた人物である。阿闍梨がその八の宮の現在の噂を冷泉院に対してする場面で、冷泉院を「院の帝」と語ることによって、陰画的に冷泉院の陰にあった八の宮の不遇の人生が照らし出されてくる。「院の帝」という呼称が、冷泉院と八の宮との政治的関係を想起させる効果をもつのである。

退位した帝を「院の帝」あるいは「山の帝」と語られる用例はこの他はすべて、冒頭に述べた通り、朱雀院に対して用いられている。

用例③は絵合巻にある。それは朱雀院が、斎宮の女御からの返歌を受ける場面である。斎宮の女御の返歌には、かつて彼女が斎宮として伊勢下向する儀式の際に、朱雀院が桐壺帝の治世を継ぐべく新しい帝として贈った別れの櫛の端が折って添えてあった。そのため、朱雀院は「ありし世をとり返さまほしく思さ」れると、自分の治世を回顧する。この時「院の帝」という呼称が用いられている。また、用例④は少女巻にあり、朱雀院が、花宴で光源氏に挿頭の花を下賜して舞楽を舞わせた自分の東宮時代を、回顧する場面である。以上の二例は、かつては帝として治世した朱雀院を「院の帝」と呼ぶことで、今はもはや治世を去った朱雀院と、現在、世の中心的存在として権力を握る光源氏とを、対照させる効果をもつ。

以上の用例を見る限りでは、「院の帝」という呼称が用いられる場面で共通して言えるのは、そう呼ばれる人物とそれに相対する人物との間において、政治的な関係もしくは緊張が積極的に語られるということである。登場人物たちの言動に刻まれている物語の中の社会の論理が、「院の帝」という呼称が使われる場面では、殊に強調される。*8

さて、本稿で考察しようとする場面の「山の帝」は、若菜上巻から夕霧巻の間で出家後の朱雀院を指す用例中の一つであることは、冒頭に述べた。

用例⑤「朱雀院の帝」は、若菜巻上冒頭にあり、朱雀院が自らの出家を望む中、娘の皇女女三の宮の行く末を嘆くことが語り起こされる文脈の中にある。用例⑥は、光源氏が女三の宮の幼い様子をその父朱雀院と比べて思うことが語られる場面である。用例⑨は、朱雀院が女三の宮を心配し、彼女に伝領した三条宮に彼女が光源氏と離れて住めばよいと思うのに対して、光源氏が精一杯お世話する気持ちは失いたくないと、朱雀院に意思を伝える場面である。用例⑬は朱雀院の賀宴が延期になったことを語る場面。六条院主催の賀であり、延期の理由は紫の上の発病と女三の宮の懐妊による体調不良である。用例⑭、は朱雀院が女三の宮のことを心配して下山して、彼女の出家をめぐって光源氏と語りあう場面、用例⑮は、落葉の宮と女三の宮が人笑えになることを悲しみ、女三の宮の産んだ薫に筍を送る場面である。用例⑰は、未亡人となったばかりの落葉の宮が夕霧を通わせていると人々に噂され、それを朱雀院が憂えて落葉の宮に手紙を送ることを語る場面である。すなわち、若菜上巻から夕霧巻の用例はすべて、朱雀院が「院の帝」「山の帝」と語られる時には、皇女の行く末を嘆くという状況の中にある。

「院の帝」「山の帝」という呼称が、そう呼ばれる人物とそれに相対する人物との政治的な関係、もしくは緊張を表わす言葉として『源氏物語』にある。では、「山の帝」「院の帝」が皇女の行く末を嘆くという状況の中で示される「山の帝」「院の帝」たる朱雀院と光源氏との政治的関係とは、どのようなものであるのか。それがこの呼称の示すものである。

二、《山の帝》と光源氏

《山の帝》が皇女の行く末を嘆くという状況の中での、《山の帝》と光源氏との政治的関係とは、具体的にどのようなものか。続けて、女三の宮出家をめぐる朱雀院と光源氏との会話を考察したい。

かつて帝であった人物が、皇女の行く末を嘆くとは、どういうことなのか。

皇女たちは、独りおはしますこそは例のことなれど、さまざまにつけて心寄せたてまつり、何ごとにつけても御後見したまふ人あるは頼もしげなり。（若菜上、四‐二九）

皇女たちは、おぼろけのことならで、あしくもよくも、かやうに世づきたまふことは、心にくからぬことなりと、古めき心には思ひはべりしを。（柏木、四‐三三〇～一）

これらは、それぞれ女三の宮の乳母と落葉の宮の母との言葉である。皇女は独身であるのが世の習いであったが、それが今では通用しなくなったということを、この二人の言葉は示している。[*9] 一方、朱雀院は、

皇女たちの世づきたるありさまは、うたてあはあはしきやうにもあり、（若菜上、四‐三二）

と、そのような状況を嘆かわしく思っている。『源氏物語』の中で皇女独身主義を口にするのは、朱雀院、落葉の宮

の母、女三の宮乳母など皇室側の人々である。それに対して柏木のように、結婚相手として皇女を切望するただ人（藤氏）がいる。このことからわかるのは、『源氏物語』の中で、皇女独身時代が終わったという認識自体は、皇室側の人々とただ人との間では一致している。しかし、その現状に対する心情には、微妙なズレがある。皇女を切望するただ人がいるのに対して、かつての時代には皇女独身主義であったことをわざわざ口にし、そのことにこだわりを見せる皇室側の心情は、一体何に根ざしているのであろうか。

史実においては、継嗣令に内親王以下四世王女までは臣下に降嫁できないという規定があり、皇女は独身であることが一般的であったという。[*10]このことをさらに簡単に言えば、律令がまとめられた時代、皇女には、皇族との結婚か、斎宮として神と結婚するか、独身で通すかの三つの選択しかなかったということである。上野千鶴子によれば、天皇制を女の交換規則から見ると、女のフローは一方向を持ち、その終点に〈不婚の皇女〉があり、女は他氏へ流出しないしくみになっている。〈不婚の皇女〉は、天皇の〈外部〉性を保証するための装置だったという。[*11]これを踏まえるならば、皇女が臣下に降嫁するのでは、天皇制という装置が機能しないということになる。つまり、他氏と聖別されるべき血の幻想が消えるということである。しかし、臣下が皇女を欲しがるのはこの幻想があるからである。皇女が臣下に降嫁するようになっても、血の幻想は変質しながら続いていくのである。[*12]今井久代は、不婚の皇女が天皇制の外部を保証する装置であったことに注目して、歴史上の皇女の結婚について検証して『源氏物語』の女三の宮降嫁の意義を論じている。[*13]それによれば、皇女が降嫁した例は、嵯峨院の皇女源隆姫の降嫁が最初であるが、それは、継嗣令の禁じた婚姻を、臣籍に降した源氏という抜け穴を使って実現させたのである。[*14]一方、皇室裁可の内親王降嫁は、三条帝が皇位安定を狙って道長の子息に縁談を持ちかけたのが最初である（だが、その降嫁は実現されていない）。いずれにしても、今井によれば、皇室側は藤氏に皇親と全く同じ地位を認めたわけではないという。

しかし、高官に就かぬのが慣例化した皇親たちは、政治的には藤氏の後塵を拝するほかなく、皇室裁可の皇女結婚（藤氏との結婚）が行われたのである。

物語の外部の史実と物語の内容とがどう切り結ぶかということは、重要な視点であるが、物語の中で紡ぎ出されていく世間の人々の声や対話などの言葉が、物語社会の論理を生み出していく動態に注目することもまた重要な視点である。本稿では今井論を受けつつ、物語内の登場人物達の声が作り上げていく、目に見えない制度とその力学を重視して、新たに女三の宮降嫁とそれに続く出家について論じてみたい。したがって、本稿では『源氏物語』の中の世間の声や会話がどのように語られているかを確認した上で、今井久代の指摘した歴史叙述も参照していくことにする。そのうえで、物語の中で皇室が皇女独身主義にこだわりを見せるのは何故なのか、つまり、「院の帝」が皇女の行く末を嘆くということがどういうことであるのか、また、その状況の中で、光源氏がどのように「院の帝」と関係づけられていくのかを明らかにしたい。

史実では、皇女と臣下との結婚は、皇族が政治の実権を握れなくなったところに起こったものであるが、『源氏物語』の中ではどのように語られているであろうか。それは、

⑱源氏の公事知りたまふ筋ならねば　（紅葉賀、一‐三四七）

などと語られて、皇族が政治の実権を握らないことが地の文で示されている。[*16] 一方、そのような物語社会の状況の中で、藤壺、梅壺、明石姫君が次々と立后していく。このとき必ず世間の声が語られているが、それらはすべて次のように、藤氏の側からの非難の声になっている。

⑲げに、春宮の御母にて二十余年になりまへる女御をおきたてまつりては、引き越したてまつりたまひがたきことなりかしと、例の、安からず世人も聞こえけり。（紅葉賀、一 - 三四八）

⑳源氏のうちしきり后にゐたまはんこと、世の人ゆるしきこえず。（少女、三 - 三〇～一）

㉑源氏の、うちつづき后にゐたまふべきことを、世人飽かず思へるにつけても、（若菜下、四 - 一六六）

「源氏」から后が出るということは、その后の後見、すなわち「源氏」が政治を握っていくということである。したがって、「源氏」から后が出たことを非難するということは、「源氏」が政治の実権を握るのを非難するということなのだ。

ところでこの非難の的になっている「源氏」についてであるが、『源氏物語』の中では「源氏」という言葉は広く皇族一般を指す場合と「賜姓源氏」を指す場合とがある。*17 ⑱～㉑に引用した非難の声は、どれも似た表現をとって語られているが、「源氏」という言葉の意味には実は微妙な差異がある。⑱は桐壺帝が藤壺腹の皇子の将来を案ずる桐壺帝の心中が語られる箇所の一部分であり、⑲はそれに続いて語られる世間の声である。⑱の「源氏」は皇族一般を指し、具体的には兵部卿宮を指している。桐壺帝からは、皇子の後見としては力不足として兵部卿宮は退けられているが、世間から見れば、藤壺の背後にある後見としての勢力は藤壺の兄・兵部卿宮であろう。藤壺が実績ある弘徽殿女御を飛び越したということは、藤壺の後見である皇族の勢力が尊重され、弘徽殿女御を支えている後見（藤氏）の勢力がひどく軽んじられたということである。⑲の非難の声は、そのことに向けられている。一方、⑳で立后した梅壺は前坊の姫君だったので、ここでの「源氏」はやはり皇族一般を指している。しかし、その後見は賜姓源氏の光源氏である。したがって、ここでの非難の声は、実質「賜姓源氏」の光源氏が重んじられていることに対して向けられている。㉑は明石姫君が立后した時の世間の声である。明石姫君は光源氏の娘であるから、㉑の「源氏」は「賜姓源氏」を指す。そしてその非難の声は当然、光源氏が重んじられることに対して向けられる。以上から分かることは、世間は皇族と賜姓源氏の立后を同じように非難しているということである。しかし、『源氏物語』の物語社会においては、(物語の外部でもだが)、皇族と賜姓源氏とでは大きな違いがある。『源氏物語』の表現を辿ってみるならば、桐壺巻で、桐壺帝は高麗の相人の予言を聞いた後、

無品親王の外戚の寄せなきにては漂はさじ、わが御世もいと定めなきを、ただ人にておほやけの御後見をするなむ行く先も頼もしげなめることと思し定めて、いよいよ道々の才を習はさせたまふ。際ことにかしこくて、ただ人にはいとあたらしけれど、親王となりたまひなば、世の疑ひ負ひたまひぬべくものしたまへば、宿曜のかしこき道の人に勘へさせたまふにも同じさまに申せば、源氏になしたてまつるべく思しおきてたり。

(桐壺、一 - 四一)

と、光源氏を「親王=皇族」のままにしておくか、「ただ人=賜姓源氏」にするかで悩み、光源氏を「ただ人=賜姓源氏」にしたのであった。桐壺帝の心の葛藤からも分かるように、皇族と賜姓源氏とでは、皇位継承権を持つか持たないかという点で、決定的に違う。光源氏は「ただ人」として出発しているのである。しかしながら、その光源氏に対する世間の評価は、先に見た通り微妙だ。繰り返すが、②〜④の非難の声は「源氏」が政治の実権を握ることへの非難である。これは藤氏が政治の実権を握るのが本来の姿であるという認識に根ざしている。そうすると、「賜姓源氏」の光源氏は、「ただ人」として皇室側からは区別され、同時に藤氏の側からも「源氏」として区別され

ているということになる。

『源氏物語』の中で皇室側が皇女独身主義にこだわるのは、史実に照らして考えてみれば、それが皇族を他氏から聖別する装置であり、皇女独身主義の崩壊は皇室の聖性を無化していくからである。またそれが、皇族の政治権力の低落を象徴し、その傾向に拍車をかけていくものだからである。皇族が政治に口出しできないという状況も、皇女独身主義を貫けないという状況も、皇室側は正しく認識している。それでも、いざ女三の宮の結婚相手を選ぶとなれば、今度は、「ただ人」はふさわしくないということが、女三の宮の結婚について語らう人々の言葉に繰り返し現れてくる。しかし、それを望めないのが物語の中での現状である。女三の宮の降嫁の対象としての光源氏が「ただ人」であるか否かの線引きが語り手や朱雀院によって繰り返し試みられるのは、河添房江の言う通りだが、その答えはついに明瞭にされない[*18]。皇室側が皇女独身主義に拘りを見せ、結婚相手は「ただ人」であってはならないという拘りを見せながらも、光源氏が「ただ人」であるか否かが明瞭にされないうちに婿に決定した。つまり、そのことはその最大の決定要因が、光源氏の制度上の身分ではなかったことを示しているのではないか。

では、光源氏は何故選ばれたのか。女三の宮の婿選びに苦慮する朱雀院の心中は、

　昨日まで高き親の家にあがめられかしづかれし人のむすめの、今日はなほなほしく下れる際のすき者どもに名を立ちあざむかれて、亡き親の面を伏せ、影を辱るたぐひ多く聞こゆる、言ひもてゆけば、みな同じことなり。（若菜上、四－二三二）

と、語られる。皇女といえども卑しい身分の好色者どもに弄ばれて浮き名を流し、親の死後の御影を辱しめる類の

噂を朱雀院は多く耳にしている。そのため朱雀院は女三の宮の行く末を案じている。朱雀院が女三の宮の行く末を案じる時のこの思考の道筋は、女三の宮の身の処し方が、彼女個人の幸せ云々という次元にとどまらず、朱雀院の面目が立つか否か、皇室の威厳が保たれるか否かという問題にまで影響が及ぶことを示している。ところが、女三の宮は「あやしくものはかなき心ざまにやと見ゆめる御さま」である。つまり女三の宮は浮き名を流し、朱雀皇系に泥を塗る可能性が極めて高いのである。朱雀院の心痛はそのことにある。最愛の姫君であるから、父としてその幸せを願い思案に暮れるのは当然であるが、それ以上に「院の帝」としての心労の種があることを理解してくれる人でなければ婿としては選べない。朱雀院のこの気持ちを、すなわち皇室の者としての気持ちを理解し、それに応えてくれる人こそが、女三の宮の婿として切望されていたのである。

それに対して光源氏は、先述したように、彼は皇族ではなく「ただ人」なのであるが、同じ「ただ人」である藤氏からは違う立場のものとして区別され、時には非難の対象にもされる。逆に皇族から見れば、光源氏は対藤氏という点では同朋となる。そこで光源氏は皇室側の心情にも理解があり、しかも、それに報いるだけの力量のある人物と判断されたのではなかったか。[19]

このような朱雀院の意向のもとに、女三の宮が降嫁したことによって、光源氏はどのような影響を受けたであろうか。

女三の宮の降嫁は社会的な手続きを経て行われた。河添房江が指摘するように、準太上天皇のもとに、「女三の宮が、『内裏参り』の格式で輿入れし、光源氏も女御の露顕に準じて『昼渡り』をする以上、降嫁とよばれる言葉の内実もそう単純ではなく、六条院入内の様相を呈して」いた。しかも、そのことによって、光源氏は朱雀皇系の莫大な財産を吸収した。[20] けれども、このことは、これまで築いてきた栄華が揺るぎないものになったとして、光源氏を安穏にさせてはおかなかった。むしろ、光源氏の言動を緊縛するものともなったのである。冷泉帝が皇子をもうけることなく譲位した後、光源氏は朱雀院やその周辺に対して一層慎重にならざるを得なくなった。なぜならば、冷泉朝においての光源氏は、帝の隠れた父であり、しかも世間体としては帝の中宮の後見であったため、思いのままに政治を動かしていくことができた。ところが、冷泉朝の終焉後は、今上帝の後宮に娘を入内させて政治権力を掌握していこうとする摂関的な、藤氏的な存在でしかなくなるのである。石津はるみの言うように、「六条院がいかに他家を圧し寄せつけない実力を持ち、また実質的には王家をも凌ぐ財力や文化を誇示し得ても、所詮臣下の中の一つに過ぎず、栄えれば栄える程その頭上の名目としての権威、寧ろその『名』故に絶対的な重みを持つ王家の繁栄を支え称える立場でしかあり得な」くなるのである。[*21] それはつまり、光源氏の娘明石姫君が今上帝の皇子を産んでいても、もしも明石姫君や光源氏が今上帝からの反発を買うことがあれば、光源氏はいつでも政界から転落してしまう可能性があるということなのだ。しかも、「乳母達から朱雀院、春宮への情報のパイプはしっかり繋がれたままに、御代替りを迎え[*22]」ており、それは柏木による女三の宮密通後も変わらなかった。光源氏が女三の宮の密通を知ったことが語られた直後に、光源氏と紫の上との対話が語られている。その光源氏の言葉の中に、

> 内裏よりは、たびたび御使ありけり。今日も御文ありつとか。院のいとやむごとなく聞こえつけたまへれば、上もかく思したるなるべし。すこしおろかになどもあらむは、こなたかなた思さむことのいとほしきぞや
> （若菜下、四－二五六）

とある。光源氏は「院と帝」への聞こえを無視できないことを紫の上に語っている。そこへ追いうちをかけるよう

にして、朱雀院から女三の宮に便りが届いて、

いかが世の中さびしく、思はずなることありとも、忍び過ぐしたまへ。

（若菜下、四 - 二六六）

とあった。光源氏は密通に怒りを覚えながらも、女三の宮を疎略に扱うことが許されない。女三の宮の乳母達が朱雀院側と緊密に結ばれて、光源氏に関する情報が管理されている以上、光源氏は全く身動きできない。かつては、光源氏が女君達と結ばれる時には、その女房や乳母をも光源氏に心寄せる味方として取り込み、自身や女君の噂を管理できたが、女三の宮と関係においてはそれができていないのである。

思はずに思ひきこゆることありとも、おろかに人の見咎むばかりはあらじとこそ思ひはべれ。誰が聞こえたるにかあらむ

（若菜下、四 - 二六六）

と、光源氏は女三の宮に怒りをぶちまけるが、甲斐がない。

いと幼き御心ばへを見おきたまひて、いたくはうしろめたがりきこえたまふなりけりと、思ひあはせたてまつれば、今より後もよろづになむ。かうまでもいかで聞こえじ、と思へど、上の御心に背くと聞こしめすらんことの安からずいぶせきをここにだに聞こえ知らせでやは、とてなむ。

（若菜下、四 - 二六九）

と、光源氏は女三の宮に対して言葉を続ける。この言葉からわかるのは、この時光源氏は、朱雀院が何故に女三の宮の行く末をそんなにも案じていたのかをはっきりと了解した、ということである。つまり光源氏は女三の宮の頼りない面、すなわち浮き名を流して「人笑へ」になるかもしれないような頼りなさを覆い隠していく役目を負わされていることを知ったのである。光源氏は朱雀皇系に寄生して生きるものである以上、その役目をまっとうせねばならない。女三の宮の浮き名は光源氏を貶めるものとなるであろうが、それはまた朱雀皇系に汚点を作ることでもあり、すなわち朱雀院の光源氏に対する信頼と期待が裏切られたということにもなるのである。

「山の帝」が皇女の行く末を嘆く状況の中での、「山の帝」と光源氏との政治的関係とは、この朱雀院の信頼に光源氏が応え続けねばならないということなのである。光源氏は、女三の宮を大切にする夫を演じ続けねばならない。朱雀院と光源氏とは「女三の宮が「人笑へ」になるかもしれない」状況を避けるために協力し合わなければならない。言い換えれば、朱雀院と光源氏は女三の宮が「人笑へ」になるという「架空の噂」に対して連帯し、共闘しなければならないのである。

これはつまり、朱雀院は世間の《噂》を常に意識し、光源氏は世間の《噂》と朱雀院への《噂》との二重の《噂》の取り囲まれて、それを意識していなければならないということである。《噂》とは他者の視線、他者の言葉の一つの形である。二人はこうした他者の視線、他者の言葉に縛られながら、共闘していくのである。このことが、女三の宮の出家について朱雀院と語らう場面での光源氏の言動を呪縛していくのである。女三の宮の出家について二人が語らう時、二人の発する言葉はこの関係性に拘束されているのである。

ではそうした力が働いている場の中で、二人が実際どのように言葉を発したか。その言葉が相手の言葉をどう挑発し、女三の宮の出家へと導かれていったのか。そしてその時、二人の発した言葉が各々の心内においてどう響いていたのかを確認したい。

三、抗えない会話

山の帝は、めづらしき御事たひらかなりと聞こしめして、あはれにゆかしう思ほすに、かく悩みたまふよしのみあれは、いかにものしたまふべきにかと、御行ひ乱れて思しけり。……かねてさる御消息もなくて、にはかに、かく渡りおはしまいたれば、主の院驚きかしこまりきこえたまふ。「世の中を、かへり見すまじう思ひはべりしかど、なほ、まどひさめがたきものはこの道の闇になんはべりければ、行ひも懈怠して、もし後れ先だつ道の道理のままならで別れなば、やがてこの恨みもやかたみに残らむとあぢきなさに、この世の譏りをば知らで、かくものしはべる」と聞こえたまふ。ア御容貌異にても、なまめかしうなつかしきさまにうち忍びやつれたまひて、うるはしき御法服ならず、墨染の御姿あらまほしうきよらなるも、イうらやましく見たてまつりたまふ。例のまづ涙落したまふ。ウ「わづらひたまふ御さま、ことなる御なやみにもはべらず、ただ月ごろ弱りたまへる御さまに、はかばかしう物などもまゐらぬつもりにや、かくものしたまふにこそ」など聞こえたまふ。

（柏木、四-三〇三～五）

朱雀院は突然に山を下りて女三の宮に会いに来た。朱雀院は俗世を捨てたはずの人である。その人が山を下りて娘に逢うのは、俗世を捨て切れない己の愚かさを人に示すことであり、恥ずかしいことである。しかし、そうと知りながらも朱雀院は山を下りてきた。朱雀院の言動はそのことをわざわざ光源氏に示してみせるものであった。ここでは朱雀院は《山の帝》と語られる。《出家してまでも世俗に執着せざるを得ないかつての帝》なのである。対して、光源氏は《主の院》でしかない。ただの愚かしい親として朱雀院をここでは語ってはいない。傍線部アのその朱雀院の墨染の姿は、俗世を捨て切れない人の愚かさを際立たせるものでしかないのに、波線部イのように光源氏の目には気品高く美しく映る。墨染の姿をうらやましく思うのは、瞬間的に出家したいという気持ちを表すだろう。光源氏がそう思うのは、女三の宮の密通を知って以来、苦悩し続けているからである。己の愚かさをつきつけてまで女三の宮を案じていることを示す《山の帝》＝朱雀院に相対しているその光源氏は、女三の宮の産後は人目をとり繕いつつ、女三の宮のもとには夜離れを続け来たのであった。女三の宮が衰弱している原因は、単に出産だけではなかった。このように女三の宮に対して繰り返される光源氏の冷酷な仕打ちも大きな原因なのである。しかし、《山の帝》＝朱雀院を前にした光源氏の波線部ウの言葉は、女三の宮の衰弱を出産に起因するものとして片付けるのであった。

光源氏は女三の宮が衰弱した本当の原因を朱雀院に打ち明けることができない。《山の帝》＝朱雀院の態度と言葉は、女三の宮を疎略にするなど決して許さない威圧力を持つ。したがって、疎略にしていることなど言えない。また、疎んじているのは女三の宮が密通したからだと言うことも言い訳としては口にできない。光源氏は女三の宮の頼りなさを覆い隠して後見する責任を負わされているのだから。光源氏はただ、言葉の流れとして、《山の帝》＝朱雀院の「もし後れ先だつ道の道理のままならで別れなば」を受けて、「大した病ではないのです」と、答えるしかないのである。光源氏は、女三の宮を朱雀院と対面させた。そこで女三の宮は父に向かって尼にさせて欲しいと訴えた。それに対して、朱雀院と光源氏は次のような会話を行っている。

「さる御本意あらば、いと尊きことなるを、エさすがに限らぬ命のほどにて、行く末遠き人は、かへりて事の乱れあり、世の人に譏らるるやうありぬべきことになん、なほ憚りぬべき」などのたまはせて、大殿の君に、「かくなむ進みのたまふを、オいまは限りのさまならば、片時のほどにても、その助けあるべきさまにてとなむ思ひたまふる」とのたまへば、「日ごろもかくなむのたまへど、カ邪気などの人の心たぶろかして、かかる方にてすすむるやうはべなるをとて、聞きも入れはべらぬなり」と聞こえたまふ。「キ物の怪の教にても、それに負けぬとて、あしかるべきことならばこそ憚らめ、弱りにたる人の、限りとてものしたまはむことを聞き過ぐさむは、後の悔心苦しうや」とのたまふ。

御心の中、限りなううしろやすく譲りおきし御事を承けとりたまひて、さしも心ざし深からず、わが思ふやうにはあらぬ御気色を、事にふれつつ、年ごろ聞こしめし思しつめけること、色に出でて恨みきこえたまふべきにもあらねば、世の人の思ひ言ふらむところも口惜しう思しわたるに、かかるをりにもて離れなむも、何かは、人笑へに世を恨みたるけしきならで、さもあらざらむ。おほかたの御後見には、なお頼まれぬべき御おきてなるを、ただ預けおきたてまつりししるしには思ひなして、憎げに背くさまにはあらずとも、御処分に、広くおもしろき宮賜はりたまほるを繕ひて住ませたてまつらむ、わがおはします世に、さる方にても、うしろめたからず聞きおき、また、かの大殿も、さ言ふとも、いとおろかにはよも思ひ放ちたまはじ、その心ばへをも見はてむ」と思ほしとりて、「さらは、かくものしたまふついでに、忌むことを受けたまはんをだに、結縁にせ

むかし」とのたまはす。（柏木、四‐三〇五〜七）

朱雀院は女三の宮に対しては、傍線部エ「さすがに限らぬ命のほどにて」と、出家を引き止める言葉を発するが、光源氏に対しては傍線部オ「いまは限りのさまならば」と断りつつも、出家させてやりたい旨の言葉を発する。朱雀院は光源氏の目を窺っているのである。

その朱雀院の目に対して、光源氏は傍線部カのように「邪気」のせいだとして、出家を引き止める立場をとる。光源氏が女三の宮の出家を即刻承諾すれば、それは女三の宮に対し愛情のないことをここで証明してしまう。女三の宮を大切にする夫を演じ続けねばならない光源氏は、出家を引き止める立場をとり続けねばならないのである。光源氏の発したその言葉通り、実際に光源氏は女三の宮が出家したいと望んだ時に取り合っていなかった。しかし、その時の心の中は、女三の宮の出家は良策と考え、一方では女三の宮の過ちを許してあげたくもなると、揺らいでいたのであった。それでも、朱雀院の前ではなんの迷いも見せずに出家を引き止める立場に立っていなければならないのである。

その光源氏の言葉の中の「邪気」という表現に挑発されて、朱雀院は傍線部キのように「物の怪の教」であっても出家させたいと言葉を発し、その立場に立ってしまう。しかも、朱雀院の言葉は、光源氏が女三の宮の出家に反対する根拠を全く無にしてしまうものである。この言葉を朱雀院が撤回しない限り、女三の宮の出家は遂行されることになる。その朱雀院の心の中には、光源氏が女三の宮を疎略にしていることの恨みが濃密に詰まっている。光源氏が女三の宮を妻として大切に扱っていたならば、朱雀院は女三の宮の出家を勧めたりはしなかったであろう。朱雀院は女三の宮降嫁を決定する時と同じく、女三の宮が「人笑へ」にならない道を選ばねばならず、光源氏は出家後も世話をするだろうと計算し、女三の宮の出家は良策と心の中で納得して、出家させることを光源氏に再び強力に促していく。朱雀院は女三の宮の出家を遂行せねば帰れない立場に陥ったのである。

一方、光源氏は惜しくなって女三の宮に直接出家を辞めるよう促したりもした。しかし結局、

とかく聞こえ返さひ思しやすらふほどに、夜明け方になりぬ。帰り入らんに、道も昼ははしたなかるべしと急がせたまひて御祈禱にさぶらふ中に、やむごとなう尊きかぎり召し入れて、御髪おろさせたまふ。

（柏木、四‐三〇八）

と、女三の宮出家が遂行されたことが語られる。光源氏の心の中には揺らぎがある。朱雀院とて心の中は最初から出家が良いと決まっていたわけではなかった。しかしながら、それぞれが揺らぐ心を抱えつつ、その心のままには現実を動かすことはできなかったのである。すなわち、彼らは世間の目と噂という形の他者の視線、他者の言葉に抗い切ることができないのであった。

おわりに

《山の帝》という名のメディアが読者に示していたものは、《山の帝》＝朱雀院が皇女の行く末を嘆く状況の中での、この朱雀院の信頼に光源氏が応え続けねばならないというものであった。光源氏はどんな事態があろうとも、女三の宮を大切にする夫を演じ続けねばならなず、朱雀院と光源氏は「女三の宮が「人笑へ」になるかもしれない」

状況を避けることに協力しあわなければならなかった。《山の帝》と朱雀院が語られる物語では、朱雀院と光源氏は女三の宮が「人笑へ」になるという「架空の噂」に対して連帯し、共闘しなければならない緊張が示されていた。

先に述べたとおり、朱雀院は世間の《噂》を常に意識し、光源氏は世間の《噂》と朱雀院への《噂》の二重の《噂》に取り囲まれて、それを意識していなければならなかったのである。《噂》とは物語社会の中の他者の視線、他者の言葉の一つのメディアの形である。二人はこうした他者の視線、他者の言葉に縛られながら、共闘していくのであった。このことが、女三の宮の出家について朱雀院と語らう場面での光源氏の言動を呪縛していくのである。女三の宮の出家について二人が語らう時、二人の発する言葉はこの関係性に拘束されていたのである。会話する二人の言葉を拘束する力とは、すなわち、会話の方向性を決める力である。さらに言い換えるならは、物語の場を語るその語りの方向性を決めていく力なのである。

各々の心の時間において、各々の心の物語が増幅していくが、その物語は各々の心の中に閉じたままである。ただし、お互いの発した言葉が相手の言葉を導き出し、その言葉の流れが物語の現実を紡ぎ出していくのである。その場面において演じられた会話が一定の方向性を帯び、事態を決していったのである。なぜ心の中を語り合わない言葉の遣り取りが行われたのかと言えば、語り手による《山の帝》の呼称が想起させるあの政治的関係（物語の中の社会の論理）が会話する登場人物である二人の言葉を拘束していたからである。すなわち、語り手による《山の帝》という物語表現が想起させる物語の内容、すなわち、「院の帝」と光源氏との政治的関係が、また新たに、登場人物である光源氏と朱雀院との言葉の遣り取り（物語表現）を規定し、その言葉の遣り取り（物語表現）が、物語社会の一寸先は闇を切り拓いて新たな物語の現実（女三の宮出家）を生み出したのである。

注

＊1　紫の上は出家を切望しつづけながらも光源氏の許可が得られず、死ぬ間際まで出家ができなかった。

＊2　「法華八講と道長の三十講（上）」（『仏教芸術』七七・一九七〇・九）、同「法華八講と道長の三十講（下）」（『仏教芸術』七八・一九七〇・十一）に詳しく述べられている。

＊3　「『源氏物語』と法華八講」（『風俗』二一巻三号、一九八二）。

＊4　『源氏物語評釈　第三巻』（角川書店、一九六五）二五八頁。

＊5　甲斐は光源氏にそのような意図があったに違いないと推測するが、本文からは、そのような読みを行うことは難しい。

＊6　高橋亨「レトリックとしての王権――源氏物語の帝を中心に――」（『日本文学』第三十九巻三号、一九九〇・三）、同「物語の宇宙観」（『色ごのみの文学と王権――源氏物語の世界へ――』新典社、一九九〇・一〇）。

＊7　住吉神と光源氏との関わりは、丸山キヨ子「明石入道の造型について――仏教観の吟味として――」（『源氏物語の探究　第五輯』風間書房、一九七〇・五）で論じられている。

＊8　前掲、高橋亨「レトリックとしての王権――源氏物語の帝を中心に――」に「院の帝」について一箇所だけ指摘して述べている部分がある。高橋は「院の帝」に対して、光源氏は「まことの太上天皇」ではない負性をおさえるべきだとしている。

＊9　今井源衛「女三宮の降嫁」（『源氏物語の研究』未来社、一九六二・七）に指摘がある。

＊10　＊9に同じ。

＊11　『日本王権論』（春秋社、一九八八・一）、「〈外部〉の分節」（『神と仏』春秋社、一九八五・一二）参照。

＊12　後藤祥子「皇女の結婚落葉の宮の場合」（『源氏物語の史的空間』東京大学出版会、一九八六・二）は、皇女を望む「ただ人」の意識に注目した論である。

＊13　「皇女の結婚――女三宮降嫁の呼びさますもの――」（『むらさき』第二六輯、一九八九・七）。

＊14　皇女が「源氏」になってしまえば、藤氏と結婚したとしても、他氏と聖別される皇室の血の幻想は揺るがないと、考えられていたのではないか。

＊15　三田村雅子「源氏物語のささめき言・後言――物語における『他者』の言葉・『他者』の空間――」（物語研究会、一九九一・

一一月例会口頭発表）によれば、『源氏物語』の叙述にはささめき言・後言がさしはさまれており、それは物語の空間を表と裏とに分割して、表の世界を相対化するものであるという。またささめき言・後言は少女巻と若菜巻に多いという。光源氏はそうした世間の意識を先どりして、優越性を保っていく。つまり、それは光源氏が世の中の論理に呪縛されていく様を示すものであるという。この三田村の発言は、『源氏物語』の論理を考える視点として、重要なものを示している。（→「源氏物語の世語り——『他者』の言葉・『他者』の空間——」（『語り・表現・ことば』勉誠社、一九九二）に詳しい。）

＊16　玉上琢弥『源氏物語評釈　第二巻』（角川書店、一九六五）三二一～三頁参照。

＊17　玉上琢弥『源氏物語評釈　第二巻』（角川書店、一九六五）三二一貫。

＊18　河添房江「女三の宮」（『国文学』第三六巻五号、一九九一・五）。

＊19　＊13の論文に指摘があるが、世間の声に注目する中でも確認することができる。

＊20　＊18に同じ。

＊21　「若菜への出発——源氏物語の転換点——」（『国語と国文学』第五十一巻十一号、一九七四・一一）。

＊22　＊18に同じ。

2　噂と会話の力学

――『源氏物語』をおしひらくもの

はじめに

Ⅲ－1「光源氏と《山の帝》の会話」で『源氏物語』第二部における登場人物間の会話について論じてきた。『源氏物語』第一部では噂というメディアをコントロールすることで権力をものにし、女性たちをも掌握できた光源氏が、第二部に入って、噂をコントロールできなくなり、今度は自身が噂に拘束されていくさまを、女三の宮出家をめぐる朱雀院との会話に注目することで論じた。本稿では改めて、第二部の光源氏と紫の上との《会話》を《人々の噂》とのかかわりから捉え直し、これを源氏物語の方法としてみた場合、どのような特徴をもつのかを確認したいと思う。

一、《噂》に対し共闘する会話

女三の宮降嫁が決まってからの光源氏と紫の上とは、会話すればするほどお互いの心の距離を明確にし孤独を抱えこんでいく。『源氏物語』は、心内語（＝語りレベルの会話）と会話という異なるレベルの会話を重ねることによって、読者には会話ではわかりあえないということを示していくということをⅢ-3「語られた会話・心内語」で述べた。《会話》はお互いの心を通わせあうための機能をもたなくなってしまっているということである。では、二人は、全く断絶してしまったといっていいのであろうか。一体、光源氏と紫の上との会話は二人にとって何を意味していたのであろうか。さらに二人の会話は、読者に対して何を示しているのであろうか。

まず光源氏が紫の上に女三の宮降嫁を告げる会話をみてみたい。

「ア院の頼もしげなくなりたまひにたる、御とぶらひに参りて、あはれなる事どものありつるかな。女三の宮の御ことを、いと棄てがたげに思して、しかじかなむのたまはせつけしかば、心苦しくて、え聞こえ辞びずなりにしを、Aことごとしくぞ人は言ひなさんかし。今はさやうのこともうひうひしく、すさまじく思ひなりにたれば、人づてに気色ばませたまひしには、とかくのがれきこえしを、対面のついでに、心深きさまなることどもをのたまひつづけしには、えすくすくしくも返さひ申さでなむ。（略）イいみじきことありとも、御ため、あるより変ることはさらにあるまじきを、心なおきたまひそよ。ウかの御ためこそ心苦しからめ。それもかたはならずもてなしてむ。（略）」など聞こえたまふ。〈はかなき御すさびごとをだに、めざましきものに思して、心やすからぬ御心ざまなれば、いかが思さん〉と思すに、いとつれなくて、「Ⅰあはれなる御譲りにこそはあなれ。Ⅱここには、いかなるを心おきたてまつるべきにか。Ⅲめざましく、かくてはなど咎めらるまじくは、心やすくてもはべなむを、かの母女御の御方ざまにても、疎からず思し数まへてむや」と卑下したまふを、「あまり、かう、うちとけたまふ御ゆるしも、いかなればとうしろめたくこそあれ。（略）Bひが言開こえなどせむ人の言、聞き入れたまふな。すべて世の人の口といふものなん、誰が言ひ出づることともなく、おのづから人の仲らひなど、うちほほゆがみ、思はずなること出で来るものなめるを、心ひとつにしづめてありさまにしたがふなんよき。（略）」と、いとよく教えきこえたまふ。心の中にも、〈（略）憎げにも聞こえなさじ。（略）C世人に漏り聞こえじ。式部卿官の大北の方、常にうけはしげなることどもをのたまひ出でつつ、あぢきなき大将の御事にてさへ、あやしく恨みそねみたまふなるを、かやうに聞きて、いかにいちじるく思ひあはせたまはん〉など、おいらかなる人の御心といへど、いかでかはかばかりの隈はなからむ。〈今はさりとも、とのみわが身を思ひあがり、うらなくて過ぐしける世の、D人わらへならんことを下に思ひつづけたまへど、いとおひらかにのみもてなしたまへり。

（四 - 五一〜四）

光源氏の告白と申し出と（光源氏の発した言葉）（傍線部ア〜ウ）を受けた紫の上の言葉（傍線部Ⅰ〜Ⅲ）は、光源氏の申し出を素直に受けており、反発した内容にはなっていない。一方、心内語（〈　〉を施した部分）においては、紫の上は光源氏の懸念をそのままうける形で心穏やかでない様子を示し、光源氏を信頼しきれず、孤独を抱えこんでいくことが読者に対して明らかにされる。また、このことによって紫の上の会話が実は、紫の上にとって演じられた会話であることも同時に示される。物語は登場人物の演じられた言葉によって「紫の上の合意を得た女三の宮降嫁の物語」を展開していく。その一方で、対話する登場人物の心の中の物語も同時に語っていくのである。それによって光源氏と紫の上との心の距離、そして物語世界の現実と各々の心の物語とのズレを読者に対し明確に示し、悲劇を語っていくのである。

ところで、今回二人の会話で注目したいのが、反発しあわない言葉の内容である。傍線部A、Bのように光源氏の言葉には、《人々の噂》を予測し、それをうまく回避しようと紫の上に呼びかける趣旨が繰り返される。二人が言葉の上で反発しあわない、ということは、つまり、《人々の噂》と闘うことにおいて二人が連帯するということである。しかしながら、心内語レベルでは、二人は断絶の兆しをみせている。紫の上の心内語の中でC、Dのように《人々の噂》を恐れる言葉が繰り返されるが、《人々の噂》を恐れ、回避するために噂と闘うには、自分の心の内を光源氏にも、誰にも知られてはならないのである。つまり、《人々の噂》が（ここではまだ架空の噂であるが）二人を表面的には連帯させつつも、思う言葉を発しないようにさせ、二人を孤独においやっていく力をもっているのである。

ここで、女三の宮出家をめぐる朱雀院と光源氏との会話を思い出したい。Ⅲ-1「光源氏と《山の帝》の会話」で述べたことであるが、もう一度ここで確認しておきたい。

出家した朱雀院が山を下りて光源氏と女三の宮のもとにやって来て対面する場面である。

「生くべうもおぼえはべらぬを、かくおはしまいたるついでに、エ尼になさせたまひてよ」と聞こえたまふ。「さる御本意あらば、いと尊きことなるを、さすがに限らぬ命のほどにて、行く末遠き人は、かへりて事の乱れあり、世の人に譏らるるやうありぬべきことになん、オなほ憚りぬべき」などのたまはせて、大殿の君に、「かくなん進みのたまふを、カいまは限りのさまならば、片時のほどにても、その助けあるべきさまにて、となむ思ひたまふる」とのたまへば、「日ごろもかくなむのたまへど、キ邪気などの人の心たぶろかして、かかる方にてすすむるやうもはべなるをとて、聞きも入れはべらぬなり」と聞こえたまふ。「ク物の怪の教にても、それに負けぬとて、あしかるべきことならばこそ憚らめ、弱りたる人の、限りとてものしたまはむことを聞き過ぐさむは、後の悔心苦しうや」とのたまふ。

（柏木、四 - 三〇五～六）

ここで女三の宮は傍線部エ「尼になさせたまひてよ」と朱雀院に訴え、朱雀院は女三の宮に対しては傍線部オ「なほ憚りぬべき」と出家を引きとめる言葉を発するが、光源氏に対しては傍線部カ「今は限りのさまならば」と断りつつ、出家させたい旨の言葉を発し光源氏の出方を窺うのである。光源氏は朱雀院に女三の宮への愛情を試されている。それに対し光源氏は傍線部キ「邪気」のせいだとして、出家を引き止める立場をとるが、その「邪気」という言葉に触発されて、朱雀院は傍線部ク「物の怪の教にても」出家させたいと言ってしまう。「物の怪のせいであってもいい」という言葉は出家に反対する全ての根拠を否定してしまう。「出家することはとにかくいいことだ」という論理になるのだから。朱雀院がこの言葉を撤回しないかぎり、出家は遂行されることになる。女三の宮は物の怪のせいで出家した、といわれるが、しかし、たとえ物の怪のせいで出家したいという言葉を彼女が発してしまっても、光源氏の許可がなければ出家は現実に遂行されない。女三の宮が出家するという現実を導きだしたのは、光源氏と朱雀院の《会話》なのである。その一方こうした会話の直後に語られる朱雀院の心内語には、朱雀院が女三の宮の出家を最初から望んでいたわけではないことが示されている。

御心の中、〈限りなううしろやすく譲りおきし御事を承けとりたまひて、さしも心ざし深からず、わが思ふやうにはあらぬ御気色を、事にふれつつ、年ごろ聞こしめし思しつめけること、色に出でて恨みきこえたまふべきにもあらねば、ケ世の人の思ひ言ふらんところも口惜しう思しわたるに、かかるをりにてもて離れなむも、何かは、人笑へに世を恨みたるけしきならで、さもあらざらむ。おほかたの後見には、なほ頼まれぬべき御おきてなるを、ただ預けおきたてまつりししるしには思ひなして、憎げに背くさまにはあらずとも、御処分に、広くおもしろき宮賜はりたまへるを繕ひて住ませたてまつらむ、わがおはします世に、さる方にても、うしろめたからず聞きおき、また、かの大殿も、さ言ふとも、いとおろかにはよも思ひ放ちたまはじ、その心ばへをも見はてん〉とコ思ほしとりて、

（柏木、四 - 三〇六～七）

傍線部ケ、コからわかるように、朱雀院は《人々の噂》を気に病み、今出家するのはこれ以上のもの笑いにはならないための一手段であろうという判断を、「物の怪の教にても」という言葉を発した後に、あるいは言葉を発しながらするのである。いずれにしても、「出家は断固としていいものだ」などという考えは、実は、もともとないのである。

一方、光源氏の方は、この会話の場面の前の心内語によると、

〈まことに、さも思しよりてのたまはば、さようにて見たてまつらむはあはれなりなむかし。サかつ見つつも、事にふれて心おかれたまはむが心苦しう、我ながらもえ思ひなほすまじう、うきことのうちまじりぬべきを、おのづからおろかに人の見咎むることもあらんが、いといとほしう、シ院などの聞こしめさむことも、わがおこたりにのみこそはならめ。ス御なやみにことつけて、さもやなしたてまつりてまし〉

（柏木、四 - 三〇二）

などとあり、傍線部サ、スからわかるように、女三の宮へ愛情を示すどころか、いやな仕打ちをもしてしまいそうな自分を予測し、そういう失態をしてしまう前の女三の宮の出家は、良策であると考えていた。もちろん、前述の朱雀院との会話場面後には「うしと思す方も忘れて、〈こはいかなるべきことぞ〉と悲しく口惜しければ」と心は揺れも見せてはいる。しかし、反対する言葉を発したときには、断固反対する気持ちが本心にあってそのような言葉を発していたわけではないのである。つまり、朱雀院と光源氏は各々の心を隠しながら演じた言葉を発していたのである。そのそれぞれが演じた言葉によって、物語の現実＝女三の宮の出家は導き出されてしまったのである。そして二人の本心は心内語に閉じられたまま各々の心の物語として増幅していくのである。

　何故、演じる言葉を光源氏が発さなければならなかったかは、Ⅲ-1「光源氏と《山の帝》の会話」で述べたように、光源氏と朱雀院との政治的関係が二人を拘束していたからである。この政治的関係とは、光源氏が朱雀院最愛の皇女である女三の宮の頼りない面（浮名を流すなどして「人笑へ」になるかもしれない頼りなさ）を覆い隠していく役目を負うということである。[*1] しかし、傍線部シのように光源氏は朱雀院への聞こえを気にしているが、「乳母達から朱雀院、春宮への情報のパイプは繋がれたまま御世替りをむかえ」[*2]、「女三の宮の処遇をめぐっての世間の不満・当惑の声は女三の宮の弟が今上帝となるに及んで、急速に表立ったものとなって」[*3]おり、光源氏が女三の宮を大切にしないで、朱雀院との約束を実質上裏切っていることが、出所の確かな情報として朱雀院の耳には入っているのである。そうした《人々の噂》に取り囲まれた状況の中で、朱雀院の面前で女三の宮出家をすぐに承諾しては、光源氏が女三の宮を大切にしないという《人々の噂》が真実であることを証明してしまう。そうならないためにも、光源氏は断固として、出家を反対する立場を演じ続けねばならない。つまり、光源氏と朱雀院との対話は、女三の宮を「人笑へ」にしないということ、言い換えれば、女三の宮が「人笑へ」になるという《架空の噂》と闘うために連帯していなければならないので、演じられた会話になっていくのである。

光源氏と紫の上の《会話》、光源氏と朱雀院の《会話》の共通点は、《人々の噂》と闘うために連帯し、そのために、演じた言葉を発しなければならず、演じた言葉が物語世界の現実を生み出してしまうという点である。しかも、《人々の噂》という他者の言葉と闘うために連帯していながら、信頼しあえず、断絶した孤独な心の物語を紡いでいくという点である。

二、《噂》と物語世界の論理

それでは次に、『源氏物語』において《人々の噂》とはどのようなものとして語られているのかを確認し、会話と噂との関係について整理したい。

いづれの御時にか、女御、更衣あまたさぶらひたまひける中に、いとやむごとなき際にはあらぬが、すぐれて時めきたまふありけり。はじめより我はと思ひあがりたまへる御方々、めざましきものにおとしめそねみたまふ。同じほど、それより下臈の更衣たちは、ましてやすからず。朝夕の宮仕につけても、人の心をのみ動かし、恨みを負ふつもりにやありけん、いとあつしくなりゆき、もの心細げに里がちなるを、いよいよあかずあはれなるものに思ほして、人のそしりをもえ憚らせたまはず、セ世の例にもなりぬべき御もてなしなり。上達部、上人なども、あいなく目を側めつつ、いとまばゆき人の御おぼえなり。ソ唐土にも、かかる事の起こりにこそ、世も乱れあしかりけれと、やうやう、天の下にも、あぢきなう人のもてなやみぐさになりて、揚貴妃の例も引き出でつべくなりゆくに、いとはしたなきことは多かれど、かたじけなき御心ばへのたぐひなきを頼みにてまじらひたまふ。（桐壺、一-一七～八）

桐壺巻冒頭は桐壺帝と桐壺更衣との愛が、いかに体制に反逆するものであるかが語られている、[*4]とこれまで指摘されてきた。人々の恨みを買い、病にふせっていく桐壺更衣と、その恨みの原因でもある愛をそれでもなお一層深めていく桐壺帝の激しさがここに描かれている。帝の更衣への愛→人々の恨み→更衣の病→帝の愛がつのる→人々の恨みもつのる、といった悪循環が悲劇を生み出していく構図がここに示されているのである。帝の愛と人々の恨みとは、更衣の命を支えるものと蝕むものとしてあるのだが、この悪循環のなかでは、帝の愛は更衣の命を蝕むものとして間接的に働いていく。帝と更衣とは更衣の命を削りながら愛しあうしかない状況がここに敷設されている。

ところで、ここで改めて、更衣の命を削っていく力とは何であるかを『源氏物語』は語っているのかを確認したい。ここで更衣の命を蝕むものを「人々の恨み」という言葉でのべてきたが、傍線部セ、ソからわかるように、『源氏物語』はその恨みを具体的に更衣の命を削っていく力にしているのが、人々の声、人々の噂であることを語っている。『源氏物語』の中で登場人物が血を流す場面はない。剣や弓で人が命を奪われる場面はないのである。そのかわりに、人を殺したり生かしたりする恐ろしい武器が、媒体が、《人々の声》や《噂》であり、それが力であるということを『源氏物語』はその冒頭に語っているのである。[*5]そしてこの物語の主人公は誕生以前から、この恐ろしい人々の声、世語りとの格闘を強いられているのである。

前の世にも、御契りや深かりけん、世になくきよらなる玉の男御子さへ生まれたまひぬ。（桐壺、一-一八）

世の譏りのみ多かれど、この皇子のおよすけもておはする御容貌心ばへ、ありがたくめづらしきまで見えたまふを、えそねみあへたまはず。（桐壺、一 - 二〇）

と、光源氏誕生後はその容貌の美しさが強調されるが、これは、そのような類まれな美しさがなければ生きることのできないほどの厳しい現実が物語世界に敷設されているということを示している。

光源氏の美しさが強調されるほど、それに伴って光源氏を押しつぶそうとする世の人々の声の恐ろしい力が強調されることにもなる。『源氏物語』の中にはこうした人々の噂がまき散らされて、物語世界の中の社会の論理を形成していく。桐壺巻冒頭の桐壺帝が一介の更衣を溺愛することが、反体制的であるということは、この世間の人々の声が語られて始めて読者は知ることができるのである。二人を非難する世間の声が語られないならば、帝が一介の更衣を溺愛することが許される社会が物語に敷設されている、と読者は理解しても構わなかったであろう。つまり、『源氏物語』は世間の声を、噂を語ることによって、物語世界の社会の論理（＝登場人物が生きる社会の磁場、イデオロギー）を示していくのである。『源氏物語』において、人々は常に世語りになることを恐れている。世語りにならないことを判断の基準にしているのである。[*6]

世語りになるということはどういうことか。その内容が真実であるか否かも重要であるが、そのような真偽は別にしても、人々の声にのぼせられるということが問題なのである。世語りの内容が真実であろうとなかろうと、世間の声にのぼせられることが、噂される人に対して大きな力を持っていく。このような世語りを常に意識するということはつまり、常に自己のなかに「自己の意識がつくりあげる他者」が内在するということである。『源氏物語』の世界の人々はこの「自己の意識がつくりあげる他者」をもつゆえに常に葛藤し、苦悩する人々として描かれていく。そして『源氏物語』は登場人物達の「自己の意識がつくりあげる他者」と「自己の外に実在する他者」とをずらすことによって悲劇を語っていく。三田村雅子の指摘するように[*7]『源氏物語』は他者の声の侵略を語ろうとする。それは言い換えるならば、『源氏物語』は、登場人物達が、噂によって形成される社会の論理、磁場に支配されながら、それに抗おうとするところに、新たな物語の現実を生み出すダイナミズムをもつということである。『源氏物語』の登場人物が、この他者の声を恐れ苦悩することは従来様々な形で指摘されてきたことである。[*8]本稿で注目したいのは、この世語り、「人笑へ」、噂といった他者の声と、それを恐れる人々の発する心内語や会話がどのように関係しあって、物語を生むのかという力学である。

ところで、『竹取物語』の方法として、対話する登場人物の言葉がさらなる言葉を導き出し、新たな物語の現実を生み出していくことについては、既に室伏信助の指摘がある。[*9]室伏はこれを次のように結論付けている。

物語の発展過程からみれば、きわめてプリミティブな説話の段階であったといってもよい。それは物語というよりフルコトというべきかも知れない。そのフルコトの世界が、すでに見てきたように冒頭の和文による言葉の微妙な変貌を体験することによって、今度は和文の特色を最大限に発揮しうる会話文という日常言語の機能によって、一挙に神異の子かぐや姫の人間化を果してしまうのである。超越的論理によって場面を展開する世界がフルコトだとすれば、竹取物語は日常言語が表記としての仮名によって場面を切り開く、これこそが物語文学の世界だといってよいのではなかろうか。そういう状況に言葉をおいこんでいく方法としての言語が、そこにみられるということである。

このような『竹取物語』の方法を受け継いだ源氏物語はさらに新たな達成として、会話する登場人物の言葉を拘束する論理（＝磁場、イデオロギー）に《人々の噂》の力をも敷設した。『竹取物語』の場合、登場人物の言動を拘束する論理がないわけではなく、例えば、会話文の中に敬語が使われており、これは、登場人物が生きる物語世界の論理を示している。『竹取物語』では、登場人物はこの論理に拘束されながら言動しているのである。一方、『源氏物語』では、このような敬語によって示される身分社会の論理のみならず、《人々の噂》によって作られる物語世界の論理が登場人物の言動を取り囲んでいる。会話する登場人物によって発せられてしまった言葉は、発話者の意思に関わらず、会話の聴き手を始めとする登場人物によって、「物語世界の論理」に位置づけられて解釈されていくことになる。そのため会話する登場人物がこれから言葉を発するとき、この可能態としての言葉は常に「物語世界の論理」との間に摩擦を生じることになる。また、敬語が示す論理は登場人物によって常には意識されないが、《人々の噂》によって作られる論理は、『源氏物語』においては、常に登場人物によって意識されるものとして物語世界に敷設されている。

したがって、この「物語世界の論理」に取り囲まれた登場人物は、言葉を発するにあたって心に葛藤を生じることになる。この葛藤は物語に心内語を紡ぎだす契機となる。『源氏物語』は、この「物語世界の論理」と会話する登場人物の「言葉」との摩擦と、この摩擦によって引き起こされる登場人物の心の葛藤とを、物語の現実を切り拓いていく主要な力としている。その点が『源氏物語』の新たな達成なのである。

おわりに

以上のように、第二部の登場人物間の会話によって、『源氏物語』が生み出される機微を見てきたが、若菜巻の会話文の特徴について一言つけくわえたいと思う。

ここで、物語における和歌の機能を思い出しておきたい。和歌は「会話の特殊な形態」[*10]といわれるが、男女の交わす和歌は、まず内容において反発しあうが、和歌をよみ合うという行為によって連帯すると鈴木日出男は言う。[*11]物語において男女は、和歌の世界に飛躍することで、現実から離脱し、和歌という言葉の次元で一対の男女として結ばれるのであるが、そのことが逆にまた、現実においていかに結ばれがたい男女であるかを示すのが、物語中における男女の和歌であると秋山虔によって指摘されてきた。[*12]本稿で論じたように、光源氏と紫の上との会話は内容においては反発し合わなかった。光源氏が女三の宮降嫁を紫の上に告げて、仲良くして欲しい旨を申し出るのに対して、紫の上は光源氏の申し出を素直に受けた内容になっている。そして、それは《人々の噂》をそれぞれが恐れているが故であった。このあり方は、内容において反発しあうという和歌の伝統的な形式とは全く逆である。和歌を読みあう男女は、和歌の歌ことばの歴史を共有して、それを磁場としてそこに身をゆだねて、現実から離脱して繋がり合おうとするのに対して、紫の上と光源氏の会話は《人々の噂》に対して連帯するのであるから、現実の論理の中に踏みとどまることで繋がろうとする男女を示すのである。しかしながら、そのことが孤独なそれぞれの心内語を生み出して、それが読者に対して物語として示されていく。会話は日常言語であり、和歌は非日常言語であるとして、会話と和歌とは区別して論じられるが、《和歌》という言葉の群れの背後にある磁場と《会話》という言葉の群れの背後にある磁場との違いが、この二つを分けているのであり、この違いこそが、物語の紡ぎ方の違いを生んでいくのだということを、改めて重要な事として確認しておきたい。

第二部若菜巻における光源氏と紫の上の会話、光源氏と朱雀院との会話が、言葉が言葉を紡ぎだし、それが新たな物語の現実を生み出していく。その一方で、心の物語をも紡ぎだしていくこともまた見てきた。そこで明らかになったのは、こうした物語世界の現実と心の物語を生み出す主要な力が、その会話の背後にある磁場＝《人々の噂》の力であることであった。《人々の噂》と格闘するために登場人部たちが心をおし隠して交わす《会話》が、物語世界の現実と孤独に追いやられていく心の物語とを紡ぎださせ、それによってさまざまなアイロニーを生んでいくのである。

ところで、会話は物語世界の登場人物レベルの会話であり、心内語は語りレベルの会話である。この二つのレベルの異なる会話が更に重奏することで、『源氏物語』はポリフォニックな世界となっていくともいえる。ただし、高橋亨が指摘するように、『源氏物語』は「語り手の話声が、登場人物たちの話声をつむぎ出し、多元的に分化しながらも、その中に交錯してふたたび包含するのが、源氏物語の特徴」であるので、M・バフチンの『ドストエフスキー論』でいう「ポリフォニー小説」とは同様には論じられない。[*13] 便宜的に、《会話》《心内語》《噂》というメディアに分けて論じて初めて、以上のことが言えるのである。源氏物語が語り手の言葉と物語世界の人々の言葉を分けがたく語る文学であることが、この物語の最大の特徴であり、物語世界の中のメディアとしての《会話》《噂》と語りレベルにおけるそれとの関係を、改めて論じ直すことが、今後の課題である。

注

＊1　「女三の宮出家」と「人笑へ」とについては、大森純子「源氏物語「人笑へ」考」（『名古屋大学国語国文学』、一九九一・一二）がある。
＊2　河添房江「女三の宮」（『国文学』、一九九一・三）。
＊3　三田村雅子「源氏物語の世語り」（『源氏物語講座6　語り・表現・ことば』勉誠社、一九九二）。
＊4　秋山虔「物語世界と後宮」（『王朝の文学空間』東京大学出版会、一九八四）。
＊5　もちろん、「打橋、渡殿のここかしこにあやしきわざしつつ、御送りむかへの人の衣の裾たへがたく、まさなきこともあり」（桐壺、一-一二〇）などと数々のいやがらせも語られているが、登場人物の言動を支配する大きな力は、繰り返し語られる《人々の声》でもある。何故なら、最初は「人の譏り」「世の例」という漠然とした表現から、次第に「唐土にもかかる起こりこそ」「楊貴妃の例」と具体的な噂の仕方が語りの中に示されて、その非難の声の大きさとその広まりを語っているからである。
＊6　鈴木日出男「人笑はれ・人笑へ」（『源氏物語事典』學燈社、一九八九）、「源氏物語の女君たち」（『源氏物語とその影響』武蔵野書院、一九八七）など。
＊7　＊3の論文に同じ。
＊8　＊1、3、6の論文に同じ。
＊9　「竹取物語の文体形成」（『日本文学』第三十九巻第五号、一九九〇・六）。なお、『源氏物語』において、登場人物の対話が新しい文学的現実を紡ぎ出していくことは、既に秋山虔氏の指摘がある（「『若菜』巻の始発をめぐって」『源氏物語の世界』東京大学出版会、一九六四・一二）。
＊10　時枝誠記「韻文散文の混合形式の意義」（『古典解釈のための日本文法』至文堂、一九五〇）。
＊11　鈴木日出男「和歌における対人性」（『古代和歌史論』東京大学出版会、一九九〇）。
＊12　秋山虔「源氏物語の和歌をめぐって」（『王朝の文学空間』東京大学出版会、一九八四）。
＊13　高橋亨『源氏物語の対位法』（東京大学出版会、一九八二）。

3　語られた会話と心内語

——『源氏物語』をフィールドにして

はじめに

Ⅲ-1「光源氏と《山の帝》の会話」では、光源氏と朱雀院が女三の宮出家をめぐって会話する場面を論じた。光源氏と朱雀院という男たちの政治的な関係性の中で互いが互いの情報に縛られ、身動きできないで進める会話を考察した。Ⅲ-2「噂と会話の力学」では光源氏をとりまく噂、他者の視線、他者の言葉との関わりから紫の上と光源氏の男女の会話の考察をした。本稿ではそうした男たちと関わりあわされる女が、そうした男と会話する場面を、会話と心内語の関係から改めて考察していくことになる。

ところで、これらの会話は書かれた物語の中における会話である。そこで、書かれた会話を扱うことについても、本節では整理しておくことにする。噂や会話などは言葉のあり方で分類されたメディアである。口承の世界においては、それは言葉と声が合わさったメディアとなる。それに対して、物語文学の場合には言葉と文字の合わさったメディアである。本論文では語るようにして書かれた物語文学である『源氏物語』をフィールドにして、物語とこれらのメディアとの関係について論じている。本節では、物語文学研究と口承文芸研究とがどういったところで連絡しあえるのかを整理し、その上で、今回、あえて『源氏物語』をフィールドにして、噂や会話などのメディアを論じることの意義を述べておきたいのである。

一、声のメディアと物語文学――『源氏物語』をフィールドにするとは

口承文芸研究において、物語は語り手と聞き手との共同作業によって一回的に生成されるということがいわれ、これまでの語り手ばかりが注目されてきた従来の研究に反省が加えられ、新たな展開がみられるようになった。[*1]ここにいう物語の生成とは、語り手の「言葉」が（あるいは演戯性、パフォーマンスが）いかに聞き手との関係によって引き出されるか、というレベルを指して物語の生成という。語り手の語りに対して聞き手が相槌を打ったり、笑ったり、問いかけをしたりすることで、語り手から言葉が引き出されていく。どういう「言葉」が（演戯性、パフォーマンス、言葉の表現が）その場にいる人々の関係によって共有されたかというのが、[*2]第一のレベルでの物語の生成である。その意味で、口承文芸において、物語の第一の位相のメディアは「語り手と聞き手」なのである。語り手と聞き手との共有する「場」といいかえてもいい。

ところで、次に、「語り手と聞き手」の間で紡ぎだされた「言葉」（演戯性、パフォーマンス）は、「語り手」と「聞き手」とにおいてそれぞれの胸に解釈されている。このそれぞれの解釈もまた別の位相における物語の生成ということができる。研究者が口承文芸について論じよう（あるいは報告書を作成しよう）とすることは、すなわち、口承の

場で「聞き手」であった研究者が、一旦語られてしまった言葉や、共有していた場について考えるということは、この第二のレベルの物語の生成を行うということでもある。物語文学を読む行為に相当する。この第二のレベルの物語の生成に関わるメディアは、口承の場で「語り手」と「聞き手」との共犯関係で「引き出されてしまった言葉」（演戯性、パフォーマンス）となる。この「引き出されてしまった言葉」を媒介にして、研究者は解釈を行い、その次には報告書や、論文を書くのである。ところで、口承の場において互いの共犯関係で言葉を紡ぎだして、物語（言葉）を共有しても、「語り手」の意識の中にある物語世界と「聞き手」の意識のなかに生まれる物語世界とが同じであるとは限らない。しかし、その差異については論じることは限りなく不可能に近く、難しい。できることは、「聞き手」としての研究者が、「語り手」の語る物語世界を「語り手」のもつプレテクストに即して解釈しようと努力することだけであろう。「聞き手」である自分のプレテクスト、自分の抱え持つ論理を常に相対化する努力をし続け、相手の論理で理解しようと努力し続けるしかない。

　この後者の、すなわち第二のレベルの「物語の生成」は、物語文学研究においてしばしばいわれている「物語の生成」と一致する。「読む行為」に相当する。勿論、口承文芸と物語文学とは違う。しかしその違いは、物語文学研究に携わる者の側がしばしば口にする「物語文学においては言葉は多義的に解釈され多層的に意味を生成するが、日常言語や口承文芸においては聞き手は語り手の前に現前し、原則的には、一義的な言＝事しか表出しない[*3]」ということでは決してない。書かれた物語を扱う側には、口承文芸を研究している者は眼前で語ったものを扱うのだから、そこからまるごと揺るぎない真実を摑みどりできるのだろう、といった口承文芸に対する信仰があったりするが、それは、口承文芸研究者の間ではすでに否定されていることなのである。[*4]

　口承と物語文学で大きく異なるのは、口承文芸の場合は、第二のレベルにおける物語の生成に関わるメディアとしての「言葉」に、「聞き手」としての研究者が積極的に関わってしまっているということである。自らが解釈を行おうとする口承の場における言葉は、自らが語り手との共犯関係の中で引き出す言葉である。すなわち、このメディアとしての「言葉」に、「語り手」の主体と一緒に「聞き手」としての研究者の主体が少なからず刻まれてしまっているということなのだ。これは、書かれてしまって固定化された文学には無いことなのである。ここが大きく異なっているのである。[*5]

そして、さらにはもう一つのレベル、すなわち第三のレベルでの物語の生成がある。報告書を書くという段階の行為を指す。ここには、語りの場をそのまま再現しようと努力して報告書を作成したとしても、そのときの臨場感を再現することはむつかしいということが起こってくる。

わかりやすい例をあげよう。世間話研究者が、ある土地をそこの土地の人に案内してもらいながら、その土地の特定の場所にまつわる怖い話をしてもらって、それについて報告書を作成したとする。その報告書は「言葉」のレベルに対して慎重で、語り手の話を地の文とし、聞き手の言葉は〔 〕で、その時の三人の行動の説明は［ ］で、語り手の話の中で引用された「声」は「 」で、語り手の言葉に筆者が加えた注釈を（ ）で、と細かく区別して書いたとする。しかし、このようにして慎重に書かれた報告書でさえも、その話の場の「怖い」の臨場感をリアルなものとして再現することがなかなか難しい。なぜなら、怖い話をしている「場」が誠実に分類して文字化して「記述」されればされる程、怖がっている人たちを見つめる冷静な筆記者の眼差しまでが読む者に意識化されてしまうからである。読む行為が行われる時点では、語りの場と筆記する場の両方が意識化されていくことになるのである。「怖い」を語る情報よりも、それを見つめて筆記するフィールドワーカーの情報化のありようの方が、臨場感を伴って見えていく場合もある。語りの場だけを伝えることには、困難がある。「書く」ことによって、（そしてそれを「読む」ことによって）行われていく「変質」に出会うことがある。[*6] そのことは口承文芸研究に携わる者が物語に対するメディアとして幾重のレベルにも関わっていることを示している。

口承文芸研究は以上のような状況の中で研究方法を摸索している。物語文学研究者はとかく口承文芸、あるいは民俗学の成果を利用しようとするが、その利用の仕方は、実体である（と信仰している）口承文芸研究の「現場」を、物語文学の中に発見しようというものであることが多い。たとえば、『源氏物語』の雨夜の品定めは「昔話」でいう火廻しのような語りの場である、などといった類である。しかし、もし口承文芸を視野にいれて物語文学について考えようとするならば、口承文芸研究の「現場」だけでなく、彼ら「口承文芸」の研究者たちがどのようにしてこのジレンマを乗り越えていくのかということをともに考えることが重要ではないか。むしろ積極的に、彼らと共にその方法を摸索していくことが有効ではないか。彼らのもつ課題は、物語文学において語るようにして書くとはどのようなものなのか、あるいは語りと物語とはどういう関係にあるのかという課題と決して無縁ではない。

源氏物語は語るようにして書かれた文学である。『源氏物語』は様々な視点で語られ、その語り手は常に実体化できるわけではないが、語るように書かれることによって、潜在的に語りの場を、磁場を、読者との間につくりあげていく。その磁場には大きくわけて二つあり、一つは語り手と語り手の物語る物語との距離（評価）であり、もう一つは語り手の紡ぎだす物語世界の中の社会の論理等である。噂、会話、伝奏、盗み聞きと言う声の形は（メディアは）『源氏物語』の世界にまき散らされ、物語世界の中の社会の論理（つまり後者の磁場）（生活空間の中に生まれた力、イデオロギーを形成する。『源氏物語』をフィールドにするということは、少なくとも、この物語世界のレベルの声（噂、登場人物間の会話等）と、物語世界を語る声（語り手の声）のレベルとに注意を払い、最終的には、そのレベルが融化するダイナミズムをみていくことになるだろう。

二、会話と物語

第一に、『源氏物語』は読者に読まれることによって生成される。その意味で、『源氏物語』のメディアは「読者」である。第二に、『源氏物語』は語るようにして書かれた文学であるため、読者は語り手となり聞き手となって読むことになる。このとき『源氏物語』はこの語り手と聞き手との対話の中で生成される。よって、『源氏物語』にとって「語り手と聞き手」（語りの場）はメディアであり、更に、この語り手と聞き手との「対話」もまたメディアであるといえる。第三に、『源氏物語』の物語世界には、登場人物達の噂や会話等の声が語られている。たとえばその一つである「会話」に注目してみるならば、登場人物達が「会話」していくことで物語世界が展開（進行）していく。いいかえるならば、「会話」を通して物語が生成される。つまり、この登場人物レベル（物語世界レベル）の「会話」もまた、『源氏物語』にとってメディアなのである。ところで今便宜的に、第一、第二、第三のメディアを個々に指摘してきたが、実は、『源氏物語』においてはこの三つのレベルのメディアは分かち難く密接に関係し合っている。何故そのようなことになるのかといえば、『源氏物語』はさまざまな視点で語られる物語だからである。そして、どの視点で語られるかによってこの（少なくとも）三つのメディア間の距離が決定してくる。そこでたとえば、従来「会話」の機能が注目されていた若菜巻において、光源氏と紫の上の会話をとりあげ、右記の三つのレベルのメディアがどのように関係していくのかに注意をはらいつつ、「会話」というメディアと「物語」との関係について若干考察したい。

鈴木一雄によれば、『源氏物語』において、心内語は第一部第二部第三部と進むにつれて多くなると言うことであるが[7]、なるほど若菜巻には心内語をしばしばみつけることができる。「心内語」は語り手が登場人物の心の中に入り込んで両者が一体化している「登場人物の心の中の言葉」[8]であり、すなわち「心内語」は登場人物の発する声ではないけれども、語り手に語られることによって「物語世界を語るレベルでの言葉」として示される。その心内語でぜひとも注目しておきたいのは、一つの場面の中で、本来は個々に孤独に行われているはずの「心内語」が、複数の登場人物にそれぞれなされることによって、「読者」にあたかも「会話」のごとき相互連関を想起させる場合と、登場人物の行う心内語がこれも本来は物語世界の中のレベルの登場人物の声であるはずの「会話文」と、物語世界を語るレベルの語り手の声であるはずの「心内語」とが近くに隣りあわせられることによって、「読者」にあたかも「会話」のごとき相互連関を想起させる場合とである。若菜巻以降の紫の上の心内語はほとんどが、次のような形で認めることができる。

（源氏、紫の上に女三の宮のことを伝える場面　若菜上、四 - 五〇〜五四）

紫心内語→地→光心内語→地→光会話→地→光心内語→地→紫会話→地→光心内語→紫心内語→地[9]

これらの場合心内語は「物語世界レベルの声」である「登場人物間の会話」に対して、「語り（手）レベルの声」である「登場人物間の会話」として読んでいくことになる。たとえば、物語の叙述の時間に即して図示すれば次のようになるだろう。

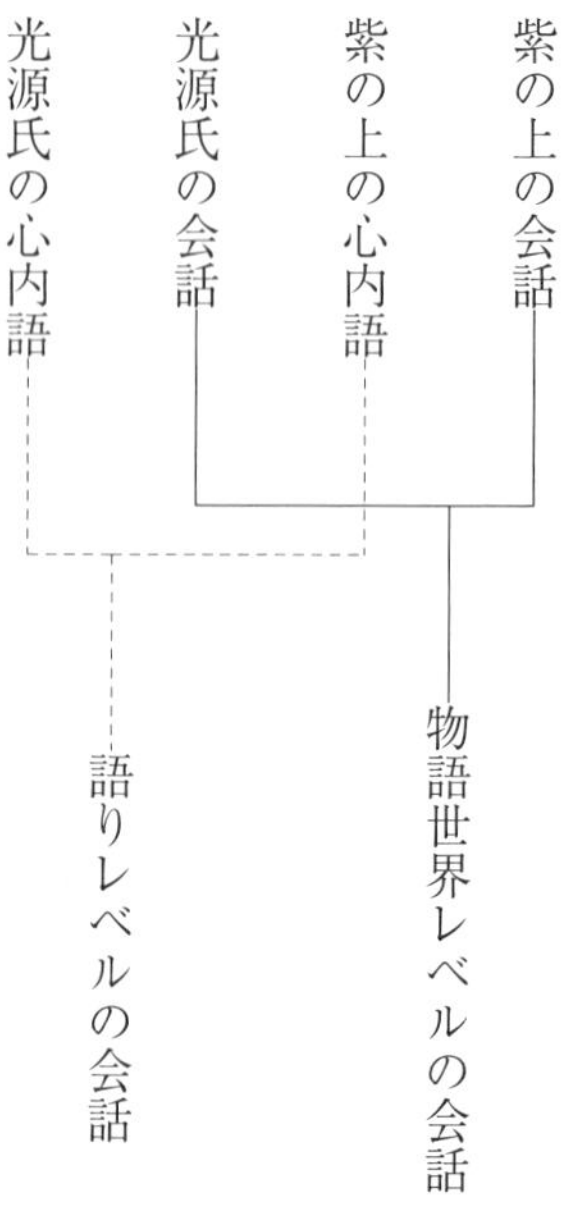

具体的に一例を本文で示そう。心内語は〈　　〉で、会話文は「　　」で表記することにする。ここでは、

六条院は、なま心苦しう、さまざま思し乱る。紫の上も、かかる御定めなど、かねてもほの聞きたまひけれど、〈さしもあらじ。前斎院をもねむごろに聞こえたまふやうなりしかど、わざとしも思し遂げずなりにしを〉など思して、「さることやある」とも問ひきこえたまはず、何心もなくておはするに、いとほしく、〈このことをいかに思さむ。わが心はつゆも変るまじく、さることあらむにつけては、なかなかいとど深さこそまさらめ、見定めたまはざらむほど、いかに思ひ疑ひたまはん〉など、やすからず思さる。（四 - 五〇～一）

と、女三の宮降嫁の噂を耳にしながらも、その噂を信じていない紫の上の「心内語」と、女三の宮降嫁を紫の上に告げかねている光源氏の「心内語」とが続けて語られる。語り合わないでいる二人の心の中が、「語り（手）レベル

の声」である「心内語」によって相互に響きあい、語り合わされ、紫の上の心が光源氏によって裏切られていることが「読者」に対して示されるのである。さて、それにつづけて、

（略）「院の頼もしげなくなりたまひにたる、御とぶらひに参りて、あはれなる事どものありつるかな。女三の宮の御ことをいと棄てがたげに思して、しかじかなむのたまはせつけしかば、心苦しくて、え聞こえ辞びずなりにしを、ことごとしくぞ人は言ひなさむかし。（略）」など聞こえたまふ。〈はかなき御すさびごとをだに、めざましきものに思して、心やすらかぬ御心ざまなれば、いかが思さむ〉と思すに、いとつれなくて、「あはれなる御譲りにこそはあなれ。（略）」（地→光源氏会話→地を略）心の中にも、〈かく空より出で来にたるやうなることにて、のがれたまひかたきを、憎げにも聞こえなさじ。（略）をこがましく思ひむすぼほるるさま世人に漏りきこえじ。（略）〉（略）今はさりとも、とのみわが身を思ひあがり、うらなくて過ぐしける世の、人笑へならむことを下には思ひつづけたまへど、いとおいらかにのみもてなしたまへり。（四－五一～四）

と、語られる場面では、光源氏と紫の上とは表面上、つまり物語世界のレベルの声である「会話」ではお互い、和やかであるが、一方、物語世界を語るレベルの声である「心内語」では、紫の上は自分の心を閉じていこうとしていることが示される。すなわち、光源氏と紫の上との「会話」では二人は理解しあっている形をとっているが、「語り（手）レベルの会話」である「心内語」では通じあっていないのである。つまり発せられる「言葉」と発せられない「心」とが乖離しており、言葉がお互いをわかりあうためのものとして機能しなくなっていることが「会話」と「心内語」という異なるレベルの声を響きあわせることによって、「読者」に示されることになるのである。

さて、この後、紫の上は光源氏に出家を願い出るが繰り返し、却下される。紫の上は涙ぐみ、その涙を光源氏はかわいいと思っていることが語られる。ここでは、紫の上の「言葉」は紫の上の「思い」として光源氏に届かず、紫の上はいよいよ孤独を深め、一方の光源氏は紫の上を理解できないことで孤独にされていくということを、『源氏物語』は位相の異なる会話をたくみに駆使することで語るのである。

『源氏物語』の若菜巻におけるこの場面では、物語世界の中で会話する登場人物達は、語らえば語らうほどにお互いが、わかりあえるどころか、お互いの距離を明確にし、孤独を抱えこんでいくことが示されるのである。『源氏物語』は「物語世界（登場人物）レベルの会話」と「語りレベルの会話（心内語）」とが重層的に響きあわされることによって、つまり位相の異なる「会話」というメディアが重ねられることによって、「言葉」が（「会話」が）分かりあうために機能するのではなく、むしろ分かりあえないということをわかるために機能することを「読者」に向かって示している。[*10]『源氏物語』のこの場面における「会話」というメディアには、「会話＝言葉」によってはわかりあえないというメッセージが合意されてあるのである。

おわりに

ところで、読者は会話（言葉）では分かりあえないということを、語るようにして書かれたメディア（つまり「語りの場＝会話」というメディア）を通して知ることになる。本来、「語る」という行為は聞き手を想定した行為である。ところが聞き手を想定しながらも、語るということでは分かりあえないということを語るという矛盾を『源氏物語』は抱え込んでしまっている。しかも、分かりあえないとひらきなおりもせず、ただ徹底的にそのことを見つめて物語は紡がれ続ける。

繰り返しになるが、『源氏物語』は光源氏と紫の上のこの場面の会話においては、「物語世界（登場人物）レベルの会話」と「語りレベルの会話（心内語）」という位相の異なる「会話」というメディアを重ねることによって、「言葉」が（「会話」が）分かりあうために機能するのではなく、むしろ互いの孤独を分かりあえないでいる心の距離感をわかるために機能することを示した。この後孤独を抱えて紫の上は、歌を書くことの中に籠もっていく。この紫の上が、どのような他者の視線、他者の言葉と格闘していたのかは、別稿で改めて詳細に考察していきたい。最後の女主人公浮舟は、沈黙を選びとるが、そのことはどのように理解できるか。光源氏、朱雀院、落葉の宮、大君、浮舟たちの他者の視線、他者の言葉との格闘や戯れを物語りは見つめ続けている。

言葉が分かりあえないことを確認するのだということを『源氏物語』は語っているのではない。語るという行為は、聞き手が居て成り立つものであり、『源氏物語』は書かれた偽装された、語りの場を書くことで作るのであるから、聞き手という永遠の欠損の補塡を希求するテクストとしてある。そこに、言葉の力の無力を述べてあるのではない。言葉の力のありようを見つめて欲するエネルギーが、そこに湛えられているのである。

注

＊1　高木史人「昔話の伝承動態・β――昔話の伝承形態・伝承機能モデルを越えて――」（『長野県民俗の会会報』一二号・長野県民俗の会刊、一九八九・一〇）。

＊2　ここでいう共有は「言葉」を共有しているということであって「言葉の意味」の共有を示してはいない。

＊3　三谷邦明「物語文学の語り」（『体系物語文学史』第二巻、有精堂、一九八九・二）。三谷の場合は「原則として」と述べている。このようにいわれるのは、例えば、昔話の過去の研究が話型の分類に力点がおかれていたせいであろうが、しかし、現在

の昔話研究は話型分類に終始しない方向にある。本論は趣旨がちがうので、ここで詳細に述べることはできないが、稿を改め昔話を論じることでそのことを具体的に示したい。

＊4　フィールドワークやその記述については、ジェイムズ・クリフォード、ジョージ・マーカス編『文化を書く』（紀伊國屋書店、一九九六）、ジョン・ヴァン＝マーネン『フィールドワークの物語――エスノグラフィーの文章作法――』（現代書館、一九九九）、佐藤郁哉『フィールドワーク――書を持って街へ出よう――』（新曜社、一九九二）、川田順造『口頭伝承論』（河出書房新社、一九九二）などが大変示唆に富む。

＊5　日本文学協会での「場」についての討議（『日本文学』第四十二巻第二号・一九九三・二、同第四十二巻第三号・一九九三・三）は読む限りでは混乱しているように見受けられたが、それは、どのレベルでの「物語の生成する場」を問題にしているのかが整理されないまま議論されたからではないか。

＊6　＊4の佐藤、川田が記述の難しさについて、述べている。

＊7　『源氏物語』の文章」（『解釈と鑑賞』第三四巻第六号、一九六九・六）。

＊8　あるいは、語り手が登場人物と距離をおきつつも、登場人物の心の中を語った言葉。語り手と登場人物とが一体化していると見るか、それとも距離を置いていると見るか、という違いは、三谷邦明のいう同化的言説と自由間接言説との違いなのであるが、小稿ではスペースの関係上この違いを含めて分析する余裕がない。しかしながら、語り手と物語世界との距離は重要な問題なので、機会を改めて試みたい。

＊9　表を作るにあたって心内語から地の文になだれ込む場合は、便宜的に「心内語、地」とした。

＊10　永井和子は、「〈心内語〉心情表現の深化――実例『夜の寝覚』」（『国文学』第三六巻一〇号、一九九一・九）で、「夜の寝覚」は心内語が会話と絡むことで登場人物の心的孤立を示す方法となっており、それは心内がそもそも他者に対して伝達不能であるという認識に繋がると述べる。

Ⅳ

〈声／まなざし〉〈身体／言葉〉

1　声を聴かせる大君物語
――〈山里の女〉と〈思ひ寄らぬ隈なき男〉の語らい

はじめに

本稿と、続くⅣ-2「抗う浮舟物語」とでは宇治十帖の物語を他者の言葉、他者の視線との関わりから引続き考えていきたい。他者の言葉、他者の視線を媒介するさまざまなメディアをさらに細かく分節して検討してことにする。Ⅲ-1「光源氏と《山の帝》の会話」・Ⅲ-2「噂と会話の力学」では、噂と会話をメディアとして論じた。Ⅱ章では、長押や塗籠といった邸の一部を他者の眼差しや言葉を受け止める境界、メディアとして理解し、その内部と外部の人々の関係性や葛藤、内部にいてその他者の言葉、他者の視線を受け止める主人公の〈私〉の変容などについて考えて来た。『源氏物語』第三部の宇治十帖の物語では大君、中の君、浮舟の三人の女性たちが主人公となる。本稿では、薫に求められながらその身を与えることの無かった大君を、山里と呼ばれる《空間》や、男女の《対話》を関係付けながら考察する。Ⅳ-2「抗う浮舟物語」では、その大君の身代わりに求められることをきっかけとして愛された浮舟を、彼女の抱かれる・臥す《しぐさ》に注目して論じる。それによって、『源氏物語』第一部、第二部に引き続いて、第三部でどのように主題と方法が深められていくのかを見極めていくことにしたい。

※

宇治十帖の大君の住処を指して「山里」と語る例は、『源氏物語』の「山里」の用例七十六例中三十一例にも及び、大君を特徴づける空間であると考えられる。[*1] にも関わらず、大君は物語に最初に登場する時は都に住む女であった。都の邸が焼けて、宇治に移り住んでから彼女の住処はしばしば「山里」と呼ばれる。このことは、大君が山里に住む女になることを、わざわざ語っていると考えられるのである。

また、その後大君は山里に住んでいながらも、薫に「山里のような所にあなたを迎えたい」と望まれる。そのことはすなわち、〈フィクションとしての山里の女〉になるのを望まれたことを意味するのではないか。しかし、彼女は山里に居続けた。大君には『源氏物語』の中で〈山里の女〉になることと、〈山里の女〉であること〈フィクションとしての山里の女〉になることを望まれるといういくつもの位相をたゆたっていくさまが見えるのである。

ところで、宇治十帖の舞台は「宇治」が主な舞台である。しかし、宇治の地を物語や登場人物たちは、「宇治」と常に呼ぶわけではない。『源氏物語』において「宇治」の語の用例は、三十七例あり、全てが宇治十帖の中で使われているが、その宇治十帖の中で宇治の地を一方で「山里」と呼ぶこともある。「山里」の用例は『源氏物語』には先述の通り七十六例あり、そのうちの五十例が宇治十帖の中で使用され、さらにそのうちの四十九例が「宇治」の地を指す用例である。同じ地を指していても、その呼び方が変われば、その空間は別の色彩を帯びて、その呼称を共有するものたちの前に立ち現れることになる。すなわち、物語の中における「山里」と呼ばれる空間は、同じ地であっても「宇治」と呼ばれる時とは異なる質の空間なのである。空間は同じであっても、その空間の存在する時と社会に応じて、人々に喚起させるイメージが異なるのである。

「環境」はあるのではなく、その「環境」をどのような人々がどう認めるかという人々の認識によって、生成され続けるものである。同じ場や時であっても、それをどのような呼称を選んで人々が呼ぶかや、その呼称を共有する人々の知の変質によっても、環境は変質する。環境を問うことは、場と時に対する人々の眼差しの質とそれにまつわる力学を問うことでもある。

「山里」に関してこれまでは、歌言葉との関わりから多くが論じられて来た。[*1] 本稿では『源氏物語』における「山里」の用例の偏差から、後述するように『源氏物語』には、こうした〈山里の女〉の物語が変奏して行く様が確認できることを新しく示したい。次に、その物語の一つとして、大君物語をとらえてその意義を考えてみたい。また、大君は類稀な対話する女であることがこれまでの研究史の中で指摘され、[*2] その意義が議論されている。「山里」という空間メディアと、また、「対話」というメディアに特徴付けられる大君物語を、その二つのメディアの連関から、改めて考察し直す。

本稿では『源氏物語』物語内外で繰り返し語られ引用される〈山里〉という環境に住む女の物語を、男の欲望幻想の話型として立ち現れてくる〈山里の女〉と改めて呼ぶことにする。そして、その話型を抜け出て、何者からも支配を許さないでいこうとする〈山里の女〉大君と、『源氏物語』の最後の最後に語り手によって「思ひ寄らぬ隈なく」と形容される男・薫[*3]との語りの場を考える。さらには、それを読む読者にとっての語りの場についてまで言及したい。

改めて言うまでもないが、語りの場とは語り手と聞き手がいて初めて成り立つ語らいの場である。一方的に語るということでも、一方的に聞くということでも成り立たない。そして、物語文学はその語りの場を抱え込んだ書かれた物語である。物語文学における語りの場の一つには、物語内の登場人物における語りの場がある。そしてまた一つには、書かれ読まれる行為の中で、自らが語り手になり聞き手となり生成していく場とがある。[*4]

書く行為、読む行為、それぞれの行為の中にそれぞれに語りの場は生成され続ける。一見、誰とも隔絶された孤独な営みに見える行為ではある。しかし、書くことも、読むことも、長い物語の読書の歴史の中に位置付けられ、その歴史を抱え込んでいるからこそ書けるのであり、読めるのであることに思い致る時、物語文学としての環境は、読者たちが共有する知の歴史の中にこそ立ち現れ、他者とのつながりの大きなうねりの場と時の中にあることが確認されるはずである。

一、男の欲望幻想の話型＝〈山里の女〉

『源氏物語』に山里の女たちが登場することは周知のことで、それを今声高に指摘するつもりはない。『源氏物語』の古き読者である『更級日記』の作者は女性であるが、その彼女は『源氏物語』の女たちの中でも、夕顔や浮舟のような「山里に隠れ住んでいるところを男に発見される女」たちに憧れを抱いている。[*5] すなわち、『源氏物語』を山里の女が登場する物語として認識し、読む歴史は長いのである。

ところで、「山里に隠れる女たちを男が発見するという」物語として『源氏物語』の夕顔や浮舟の物語を読んだ『更級日記』の女性作者は〈山里〉に隠れ住む女たちに憧れを抱いたが、『源氏物語』の語られる物語世界の中で、

〈山里〉に隠れ住む女たちへの憧れを語るのは、男の登場人物たちに限定されているのである。女たちにとっては隠れ住む場所であり、発見されるための場所では、決して、ない。

小島孝之によれば「山里」の歌語の観念は『古今集』の時代に「憂き世からの逃走」「ものさびしい」という一定の像が結ばれるようになり、『拾遺集』の頃には「閑寂な好ましい美的世界」へと変貌を遂げたという。[*6] また笹川博司は、『古今集』時代に誕生し、『後撰集』・『拾遺集』時代の和歌が育んできた「山里」の歌語は、その間に成立して、圧倒的享受者支持を得ていた『源氏物語』の女君造詣のモチーフだったと指摘する。[*7] また、笹川の論は、歌語としての「山里」のイメージがどのように『源氏物語』の女君に対応するかということに論の中心があるが、『源氏物語』以前には『伊勢物語』一〇二段に見られるように、「山里」は女が身を隠す場所として語られており、『源氏物語』に登場する夕顔や玉鬘も「山里に身を隠す」タイプの女として語られていることにも言及している。[*8]

笹川によって歌語との関わりから山里の女たちと確認されたのは、夕顔・玉鬘・紫の上・末摘花・花散里・明石の君であるが、そうした歌語との関わり無く「山里」の語の用例と連鎖して語られて登場する落葉の宮（母付き）[*9]、大君、中の君、浮舟もまたすべて〈山里の女〉と改めて読者は呼ぶことができるであろう。[*10]

①深き山里、世離れたる海づらなどに這ひ隠れぬるをり。童にはべりし時、女房などの物語読みしを聞きて、いとあはれに悲しく心深きことかなと涙さへなむ落としはべりし。…」（帚木、一 - 六六）

とは、雨夜の品定めでの左馬頭の会話文である。少年期の〈山里の女〉への興味を語る。

②「…さる方に見どころありぬべき女の、もの思はしき、うち忍びたる住み処ども、山里めいたる隈などに、おのづからはべるべかめり。…」（橋姫、五‐一五四）

とは、薫が匂宮から女への興味と反応とを引き出すための会話文である。

『源氏物語』には、こうした登場人物の男たちが憧れる幻想（セクシャルな妄想）としての〈山里の女〉を背景にしながら、若紫、明石の君、夕顔、末摘花、玉鬘、大君、浮舟と次々と〈山里の女〉が発見される物語が、物語社会の中の現実として紡がれ、その結果新たな〈山里の女〉が『源氏物語』として生まれていくという構造がある。『源氏物語』は歌語としての「山里」や先行物語をモチーフにしながらも、その後の読者によって、「山里に隠れる女たちを男が発見するという」話型を持つ物語として読まれるようになった変遷を辿るが、そうした話型に対する認識は『源氏物語』の世界の中の登場人物たちには、偏差を持って語られる。そして、大君の物語はその〈山里の女〉の物語である。

ただし、大君は物語の登場から山里に住む女ではなく、都に住む女であった。宇治十帖冒頭は、「そのころ、世に数まへられたまはぬ古宮おはしけり。……公私に拠りどころなくさし放たれたまへるやうなり。」（橋姫、五‐一一七）とあり、他者の視線、他者の言葉としての〈噂〉の喪失を語ることから始まる物語である。光源氏の物語の冒頭、すなわち源氏物語の冒頭が、あの過剰なまでの圧倒的な他者の視線と〈噂〉との格闘から語られ始めるのとは逆である。しかし、都の邸が焼けて、宇治の山里に住んでから宇治十帖の大君たちは、

③「いまだかたちは変へたまはずや。俗聖とか、この若き人々のつけたなる、あはれなることなり」などのたま

はす。

④「……今となりては、心苦しき女子どもの御上をえ思ひ棄てぬとなん、嘆きはべりたうぶ」と奏す。

（橋姫、五－一二八）

（橋姫、五－一二九）

と、俄に世間の噂の人となり、宮中の男たちの注目することころとなっていく。都では他者の視線・他者の言葉を受けず、世間に位置づけられない人、存在しない人であったのが、山里の女となることで初めて世間に存在する人となるアイロニーが大君物語にはある。さらに、父の八の宮が亡くなって嘆きに沈む大君は、

⑤「…ただ山里のやうにいと静かなる所の、人も行きまじらぬはべるを、さも思しかけば、いかにうれしくはべらむ」

（椎本、五－二一〇）

と、薫に望まれる。山里に住む〈山里の女〉大君に対して、薫は「山里のような静かな所へあなたを迎えたい」という。このことは、薫が都の中の山里のような場所に大君を隠すことで、大君を〈フィクションとしての山里の女〉として閉じ込めておこうとする欲望を意味している。すなわち、それは、生身の現実を生きる大君に対して、〈山里の女〉という幻想を生きることを強要し、それによって〈山里の女〉の物語を所有し続けていきたいという欲望である。

「山里」という場所は都に対して鄙びた場所であり、華やかな世とは隔絶して隠れ住む場所である。〈山里の女〉という欲望の話型は「男／女＝発見する／発見される＝都／鄙＝優位／劣位」というヒエラルキーに支えられて成

り立つ。〈フィクションとしての山里の女〉を望む薫の欲望とは、こうしたヒエラルキーの中に大君との関係性を持ち続けたいという欲望でもある。女を確実な劣位に置き続ける物語（＝男の妄想）の中に薫の快楽は生まれて、維持されようとするのである。

大君は『源氏物語』の中で単純に〈山里の女〉であるわけではない。彼女は〈山里の女〉になることと〈山里の女〉であることと、〈フィクションとしての山里の女〉として求められるといういくつもの位相をたゆたっていく。大君がこの境界をたゆたう軌跡の中に、新たな〈山里の女〉としての大君物語が読者の前に立ち現れてくる。

三田村雅子によれば、『源氏物語』は視線の物語であるというが、[*11] 宇治の大君の物語の語り出しは、正編とは異なる質の他者の眼差しとの格闘の物語を、改めて語り直していくことを宣言していくのである。その眼差しとは「山里の女」への眼差し、すなわち「男／女＝発見する／発見される＝都／鄙＝優位／劣位」というヒエラルキーある男たちの眼差しである

三谷邦明が山里に関して、男たちの実存の不安と山里の女たちに憧憬を抱くことの関係から述べていて刺激的である。[*12] しかし、本稿では、女の側からこの男たちの眼差しとの闘争を大君と薫との語らいの場からみていくことにする。

二、対話の中の「思い知る」「思いわく」

高貴な女性たちは部屋に籠もり、人に姿を見せず、声も聞かせないで暮らすことをよしとされており、自分の思いは常に女房というメディアを介して具現化する日々を生きる。ましてや、空間を移動することで環境を変えると

いうことは当然儘ならない。彼女たちの生身の姿や声は限られた人々しか知りえず、彼女たちは〈噂〉として世間を浮遊して歩く。

大君は都に居た頃は都にありながら〈噂〉として世間を浮遊することもなく、世間に存在しない人であった。そして大君自身の他者は妹と父八の宮と女房たちだけであった。ところが〈山里の女〉になることで、〈噂〉としての大君が世間を歩くようになり、生身の彼女のもとに生身の薫が通うようになる。そのことは大君が新たな他者を手に入れ、新たな自己を知る鏡を手に入れることを意味する。[*13] 大君にとって薫は男である前に、自己を知る新たな鏡なのである。大君は『源氏物語』の中で類稀な、男と対話する女であることがこれまでに指摘されてきた。[*14] 対話の場とは、言葉と声と身体的距離のポリフォニーが意味を生成する語らいの場である。

男は女に恋をする時、初めは手紙送り、〈女房〉の〈代筆の返事〉をもらったりする。これが、恋の始まり方である。〈代筆の返事〉は女の〈身体〉からは最も遠いところにある。そして、男はやがて、邸の階へ、御簾の側へと次第に女の〈身体〉に近づいていく。女との対話も、〈女房〉を介さなければ実現できない。女の〈声〉や〈みじろぎの音〉は、そうして女に近づいていく男にとって、まさに、女の〈身体〉の延長であり、女の〈身体〉の一部である。その〈身体〉の延長、一部を手に入れるまで、男たちは長い時間を費やして努力する。しかし、大君と薫の場合、大君は出会って間もない頃から、直接、薫に声を聴かせてきた。男と女の関係の始まりから、最も〈生身の身体〉に近い〈身体の延長〉を薫は手にして（させられて）しまっていたのである。

大君と薫との最初の対話場面は、

⑥若き人々の、なだらかにもの聞こゆべきもなく、消えかへりかかやかしげなるもかたはらいたければ、女ばら

の奥深きを起こしいづるほど久しくなりて、わざとめいたるも苦しうて、「何ごとも思ひ知らぬありさまにて、知り顔にもいかがは聞こゆべく」と、いとよしあり、あてなる声して、ひき入りながらほのかにのたまふ。「かつ知りながら、うきを知らず顔なるも世のさがと思うたまへ知るを、一ところしもあまりおぼめかせたまふらんこそ口惜しかるべけれ。……」（橋姫、五‐一四二）

と語られる。ここで注目されるのは、「思ひ知る」「知る」「知らず」という言葉の応酬がある点である。大君は自らを「思ひ知らない」（物事をよく分かっていない）と言い、薫は「あなたは知っているのに、知らない顔をしているのだね」ということを言う。この言葉は大君について「思ひ知っている女」だという理解を示しているのではなく、むしろ、「思ひ知っている女」であることを強要する言葉となる。この後も大君と薫との対話場面では、この「思ひ知る」「知る」「思ひわく」などの語が繰り返し見えていくのである。

⑦「……かたはらいたき御座のさまにもはべるかな。御簾の内にこそ。若き人々は、もののほど知らぬやうにはべるこそ」など、したたかに言ふ声のさだ過ぎたるも、かたはらいたく君たちは思す。（略）「……若き御心地にも思し知りながら、聞こえさせたまひにくきにやはべらん」と、いとつつみなくもの馴れたるもなま憎きものから、けはひいたう人めきて、よしある声なれば、「いとたづきも知らぬ心地しつるに、うれしき御けはひにこそ。何ごとも、げに思ひ知りたまひける頼み、こよなかりけり」とて、寄りゐたまへるを（橋姫、五‐一四三～四）

⑧「……さるは、かく世の人めいてもてなしたまふべくは、思はずにもの思しわかざりけりと恨めしうなん」と

て、宿直人がしつらひたる西面におはしてながめたまふ。（橋姫、五‐一四九）

⑨御心地にも、さこそいへ、やうやう心静まりて、よろづ思ひ知られたまへば、昔ざまにても、かうまで遙けき野辺をわけ入りたまへる心ざしなども思ひ知りたまふべし、すこしゐざり寄りたまへり。（椎木、五‐一九七～八）

⑩雪もいとところせきに、よろしき人だに見えずなりにたるを、なのめならぬけはひして軽らかにものしたまへる心ばへの、浅うはあらず思ひ知られたまへば、例よりは見入れて、御座などひきつくろはせたまふ。（椎木、五‐二〇五～六）

⑪「隔てなきとはかかるをや言ふらむ。めづらかなるわざかな」とあはめたまへるさまのいよいよをかしければ、「隔てぬ心をさらに思しわかねば、聞こえ知らせむとぞかし。……」とて、心にくきほどなる灯影に、御髪のこぼれかかりたるを掻きやりつつ見たまへば、人の御けはひ、思ふやうに、かをりをかしげなり。（総角、五‐二三四）

⑫「……かばかりあながちなる心のほども、あはれと思し知らぬこそかひなけれ」とて、出でたまはむの気色もなし。（総角、五‐二三八）

⑦は⑥から連続した場面である。ここでは老女房が「若い人たちも分かっているけれども、申し上げにくいのだ」と主人である大君たちを薫に対してかばい、薫は「分かってくれる人がいて良かった」と女房たちを指して述べる。つまり、薫と老女房との二人の言葉には「知っていることはよいことだ」という共通認識があるということが示されてある。大君はこの場に居合わせているのであるから、女房と薫の言葉が聞こえているはずである。むしろ、大

君に聞かせるために発せられた言葉であるとも言える。

そしてその後には、⑧、⑪、⑫のように薫は、直接対話し声を聴かせながらも、薫へ身体を与えようとしない大君に対して、「あなたは分かっていない」という非難の言葉を繰り返す。特に大君が初めて薫の侵入にあった⑪の語らいの場では、薫をなだめる大君に対して、薫は「自分の隔てのない心をあなたは分かっていないからお聞かせ申し上げてお分かりいただこう（＝聞こえ知らす）と思っているのだ」とまで言う。「分かっていない」という非難や「分かるように」という男からの強要には、自分は女の心のありようを「思い知っている」という男の女に対する支配や優位の認識が潜んでいる。恋の主体を男が握っているつもりの発言である。

発せられた言葉のやりとりから編み上げられていく大君は薫に全てを見抜かれて支配されているかのように見える。それが登場人物たちが共有する出来事である。

しかし、心内語が語られて行く物語の上ではそれが異なっている。⑨、⑩は八の宮死後に薫の訪問を受けた大君の心情を語り手が語っている箇所である。⑨では、薫の志を大君は「思ひ知りたまふべし」と語り手によって推測されている。また⑩は、雪の中に薫の訪問を受けた場面であり、大君は薫の志を「思ひ知られたまふ（自然と理解される）」と語られている。大君に自身の心のありようの自覚があったかは語られていないが、第三者の語り手からは、薫の気持ちを大君は分かっていたということが、読者に対して示されている。登場人物間の言葉のやりとりにおいては、大君は「思ひ知らない女」ということにされているのであるが、語り手の推測としてはそうではないということが読者には示されているのである。

ここで、大君と薫の言葉の応酬の中に現れる「知る」「わかる」という言葉について確認しておきたい。

近藤みゆきは歌言葉の中に『古今集』の統計解析によって男性に詠まれることの多い男性ジェンダー化された言

葉と、女性に主に詠まれる女性ジェンダー化した語を一覧にしている。[*15] その近藤論によれば、恋に関連する語彙はほぼすべて男性に独占され、女性には見られないということである。さらに、恋のみならず、「見る」こと、「知る」ことも、男性に偏って用いられているとのことである。これを受けて三田村雅子は、「ということは、平安和歌は認識の主体として男を特立し、女性は主体の座から追放され、ひたすら受け身で愛される存在として限定づけられていたということにもなるだろう。…恋の自己責任から追放され、主体としての位置を奪われた存在となっていたに違いない。」と述べる。そして、「女性たちの恋の自覚からの追放は、恋の無自覚の中におしこめられていく過程でもあった」が、『源氏物語』において女の欲望が語られていないわけではないことを論じていく。[*16] 三田村論は女に欲望がないわけではないのに押し込められていくその葛藤を、紫の上が光源氏との「うらなき」関係を装っていくところに読み込んでいる。紫の上は「うらなき」演技で自己を鎧うが、その演技は破綻し、病になっていく。このことは、「夫の目の届かない『隈』が生成されていることを告げるものである」という。紫の上も山里で発見された〈山里の女〉であったが、対話する〈山里の女〉大君の心内語には「『思い隈なき』女ではない」という言葉が繰り返されていくようになる。紫の上の「隈」に対して、大君のいうそれはどのようなものであったのか。

三、〈思ひ寄らぬ隈なき男〉と〈思ひ隈なき女〉への抵抗

「思ひ知る」ということを強要し、「知っていない」と非難する他者の言葉を繰り返し聞く大君の心内語には、自分は「思ひ隈なき」女ではない、という語が繰り返されていくようになる。『源氏物語』の中で「思ひ隈なし」の用例は全八例あり、そのうち五例が大君の心内語や会話文に用いられており、大君を特徴づける語となっている。そ

の五例のうち四例が、死の直前の薫との対話場面に集中している。

大君は薫という鏡に向かい合い対話する中で、「思ひ隈なき女ではありたくない」という〈ありたい自己像〉を手にいれたのである。彼女は最期に、

⑬顔隠したまへる御袖をすこしひきなほして、「かくはかなかりけるものを、思ひ隈なきやうに思されたりつるもかひなければ、このとまりたまはむ人を、同じことと思ひきこえたまへとほのめかしきこえしに、……」（総角、五‐三二七）

と、「思ひ隈なき女」と思われるのは残念であった旨を薫に語り、その言葉を薫に受け取らせた。この後、薫は大君が忘れられなくなってしまう。

大君の心内語や会話文にある「思ひ隈なき女ではない」の「思ひ隈なし」とはどのような意味なのであろうか。従来、大君の「思ひ隈なし」は「ものの情緒がわからない」「男の気持ちがわからない」と訳されてきた。果して、それでよいのであろうか。

朝日真美子は、平安時代の物語や日記の用例を検討した上で、「隈」とは心内の相手には見えない隠れた部分を表現する際に用いられることになったと述べている。[*17] その分析を踏まえるならば、大君の心内語や会話文に現れる「思ひ隈なし」は、「心に隠しもっている秘密の奥底がない」という意味で解釈すべきではないだろうか。

朝日に拠れば、『源氏物語』においては、夫婦などの親密な関係においては、心に「隈」をもつべきではないという共通の認識があったということである。大君が「思ひ隈なからじ（心に隠し持っていて人が立ち入ることのできないよう

な心の秘密の奥底のない女であることはすまい。）」と強く思うようになり、それを男に主張するというのは、『源氏物語』の中の社会を支配しているそうした常識に、強い異議申し立てをしていたということになるであろう。「人の立ち入ることのできない領域を心に隠し持っているのであって、全てを見られ領有されることはしない」という強い意思である。そして、このことは、『源氏物語』末尾に語り手が薫を「思ひ寄らぬ隈なく（自分が恋寄らない死角なく）」[18]と形容するのと響きあって、『源氏物語』における男女の葛藤とアイロニーとを奏でていく。物語最後に示された男・薫の「思ひ寄らぬ隈」の「隈」とは、世間が共有する現実空間の「隈」である。

四、声を聴かせることの支配

大君は生身の身体を最後まで薫に与えることは無かった。大君の肉体の喩としての声を聴かせるという行為によって薫の欲望を遅延し続けた。[19]そして、男に領有されない領域を保つ自己像を対話の中で編み出し、それを男に示した。大君は決して恋の主体も、「他者の他者」としての存在もを奪われはしなかったのである。

先のように三田村に論じられた紫の上もまた、北山で発見された〈山里の女〉の一人であった。かつて〈山里の女〉であった紫の上は若菜巻以降、光源氏との対話の末に沈黙を選び取り、歌を書きつけていくようになる。大君に続く〈山里の女〉浮舟は沈黙し続けた後、やはり手習いで歌を書く。他者を廃絶したところに歌を書きつけ、書かれて紡がれた歌は、彼女たちから切り離された他者として、彼女たちの前に現れる。そういう彼女と彼女から切り離された他者としての書かれるものたちとの対話によって、紫の上や浮舟は新たに自己を紡いでいこうとすることに向かっていった。

しかし、大君は沈黙もせず、歌も読まない。男と語らい続けた。大君は饒舌に男に言葉を与え続けたのである。他者を拒絶する他の女たちとは一線を画す。沈黙するのではなく、言葉を与え、受け止めてもらうことが、彼女の存在の証となるのであった。[*20]

薫は全てを自分が分かったかのように振舞い、大君に対して、分かることを強要することで、対話において優位に立っていこうとしていた。しかし、そんな他者・男を鏡にした対話という営みの中で、大君は、「実は、女が心に隠し持っている秘密の奥底（「隈」）の存在にあなたは気づいていないのだ、私はあなたに支配される存在ではないのだ」という〈ありたい自己像〉見出し、手に入れて、それをさらに言葉にして薫に受け止めさせた。父も母も亡くしてしまった大君が〈山里の女〉の幻想を男から押しつけられ、一方的に「他者の他者」としてのありようを奪われ、搾取されていこうとする中にも、女独自の営みをここに力強く営力んでいたのである。

大君の声を聴かせるという行為が、彼女の意図に関わらず、薫のエロスを喚起するものとして働くことは、吉井美弥子によって指摘されている。[*21] 薫はこの後、声によって大君と他の女との類似を確認していくことになる。薫は対話する行為、声を聴かされるという行為によって、大君に惹きつけられ続けたことになる。〈山里の女〉を発見する男の欲望の話型に対して、対話し、声を聴かせるという女の能動的な行為によって、男を結果的に支配していったのが、新たな〈山里の女〉の大君物語である。男の〈見る〉力に対して、肉体の喩としての声と言葉を〈聴く・聴かせる〉力が、女の側からの支配の仕方、支配の力ではなかったか。〈思ひ寄らぬ隈〉なき男・薫から〈山里の女〉大君は心の隈を見出し守り続けた。

互いに支配を許さないというのは、他者の拒絶ではない。「他者の他者」として認め合いながら、揺れ戯れることのできる適切な距離への主張なのである。いくつもの位相の〈山里の女〉をたゆたいながら生まれる新たな〈山里の女〉としての大君物語は、男の欲望幻想の話型〈山里の女〉の抱え持つヒエラルキーに、異議申し立てをする物語であったといえよう。

おわりに——語りの場、その生成と揺らぎ

『源氏物語』の大君物語の語りの場とは、〈山里の女〉の話型が作られては壊され、また新たな〈山里の女〉が生成されていく呼吸の中にあり、大君と薫、そして読者と遠い他者との語らいが生まれていくのではないか。場も時も、「ある」のではない。場も時も、その場と時を所有する人々によって意味付けられ、生成・創造され続けていくものである。場と時には他者との約束事で生まれ出る意味と、その場と時を生きる人固有の心の物語が生み出す意味とがあり、その葛藤の中に出来事は進行していく。物語文学は内話文という心の中の言葉が書かれているために、日常では他者が知ることの出来ない他者の心の物語を、読者たちは知っていくことができるので、その葛藤を読み解いていくことができる。ただし、その読み解きとて正解は難しい。しかし、それを読み解く楽しさと切実さとが文学を、他者との語らいを、成り立たせていくのである。以後は、改めて、『源氏物語』の語りについて考え直していきたい。

注

＊1　代表的なものに、小町谷照彦「夕霧の造型と和歌——落葉の宮物語をめぐって——」（『源氏物語の歌ことば表現』東京大学出版会、一九八四）がある。この論文は夕霧巻を対象に論じたものであるが、「山里」という言葉がどのような言葉の歴史とイ

メージを持って『源氏物語』と関わっているかを考える上で重要な論文である。

＊2　武者小路辰子「大君　歌ならぬ会話」（『源氏物語と日記文学　研究と資料――古代文学論叢第十二――』武蔵野書院、一九九二）、中川正美「宇治大君――対話する女君の創造――」（『源氏物語とその前後』四、新典社、一九九三）。

＊3　藤井貞和「『思ひ寄らぬくまな』き薫」（『源氏物語論』岩波書店、二〇〇〇）では、物語の最後にこのように薫が形容されることの重要性を指摘している。

＊4　三谷邦明の言説分析（『源氏物語の言説』翰林書房、二〇〇二）、藤井貞和が提唱する人称の問題（例えば、「会話、消息の、人称――体系――宇治の大い君「生存」伝承――」『物語研究』第二号、二〇〇二・三）、高橋亨のもののけのような語り手については、時枝誠記の零記号や言語過程観、玉上琢弥の「物語音読論」と関わらせて今後も考えていきたい。

＊5　津本信博「『更級日記』の山里」（『日記文学研究』第一集、新典社、一九九三）に指摘あり。

＊6　「『山里』の系譜」（『国語と国文学』第七二巻第十二号、一九九五・一二）。

＊7　笹川博司「『源氏物語』山里の風景」（『隠遁の憧憬』和泉書院、二〇〇四）、笹川の著書は「山里」の歌語とその変遷を詳細に論じていている。

＊8　井野葉子「〈隠す／隠れる〉浮舟物語」（『源氏研究』第六号、翰林書房、二〇〇一・四）は、浮舟が自ら隠れる女であることを論じる。

＊9　夕霧巻で落葉の宮とその母が身を寄せた山里は、手習巻で「かの御息所の……」と、宇治十帖の物語に改めて呼び起こされてくる。本書のⅡ‐4「『源氏物語』の「塗籠」」で論じたような夕霧巻における居住空間と〈私〉の変容、他者の言葉との葛藤の問題は、〈山里〉の語で連鎖して、宇治の物語と響きあっている。

＊10　「山里」の用例七十六例のうち、注目されるのが、具体的な人物の居場所を指す用例六十八例である。内訳は、若紫一例、夕顔二例、末摘花一例、大堰に住む明石の君十例、花散里一例、玉鬘二例、朱雀院一例、落葉の宮（と落葉の宮の母）五例、大君（中の君も同じく住んでいたので中の君も含む）三十一例、浮舟十二例、僧都・尼君二例となる。これらの用例のうち、出家した朱雀院の住処以外は、ほぼ「女性の居場所」を指している。七十六例中の残り八例の内訳は、五例が男たちの会話文の中にあらわれる用例である。最後の残り三例は、光源氏の須磨の住まい（須磨巻）を指す用例、嵯峨（絵合巻）を指す用例、

宇治の御堂で使う具について「山里の具」と地の文で語る用例の三例である。以上が七十六例の内訳である。すなわち、『源氏物語』の「山里」の用例は「女性たちの住処」を示す場合が圧倒的に多いことになる。この用例は地の文、会話文、心内語、歌の中とさまざまな語りの位相に見ることが出来る。

＊11　「物語文学の視線」「桐壺巻の語りとまなざし――〈揺れ〉の相関――」「源氏物語の見る／見られる」（『源氏物語　感覚の論理』有精堂、一九九六）、「源氏物語の世語り」（『源氏物語講座』第六巻、勉誠社、一九九二）。

＊12　「『山里』空間・境界空間からの眼差し」（『源氏物語の言説』翰林書房、二〇〇二）。三谷は夕霧巻や宇治十帖の山里を論じている。山里に散所があったことに注目している。

＊13　葛綿正一「裸の大君、変容する浮舟――宇治十帖論のために（二）」（『源氏物語のテマティスム』笠間書院、一九九八）は、大君や浮舟が、他者の言葉とどのように関わっていくかを論じた刺激的な論である。葛綿は大君が薫と対話するほどに裸であることが露になっていくとするが、本稿では、大君は対話することで自らのありたい自己像（＝衣）を手に入れていった点に注目をしたい。鏡については、新宮一成『ラカンの精神分析』（講談社学術文庫、一九九五）参照。

＊14　＊2に同じ。

＊15　「nグラム統計処理を用いた文字列分析による日本古典文学の研究――『古今和歌集』の言葉と型と性差――」（千葉大学『人文研究』第二九号、二〇〇三・三）、「和歌とジェンダー」（『國文學』第四五巻五号、二〇〇〇・四）。

＊16　「源氏物語のジェンダー――「何心なし」「うらなし」の裏側」（『解釈と鑑賞』第六五巻第十二号、二〇〇〇・一二）。

＊17　「源氏物語の「心の隈」について」（大阪市立大学『文学史研究』三二、一九九一・一二）。

＊18　＊3に同じ。藤井貞和の指摘する重要性は宗教とタブーの問題に関わっている。後期物語との関わりから今後も考えたい。

＊19　薫に声を聴かせることについては、吉井美弥子「物語の『声』と『身体』――薫と宇治の女たち――」（『王朝の性と身体』森話社、一九九六）、同「源氏物語の『声』」（『平安文学の視覚――女性――』勉誠社、一九九五）に学ぶところが大きい。

＊20　鷲田清一『『聴く』ことの力――臨床哲学試論』（TBSブリタニカ、一九九九）。

＊21　＊19に同じ。

2 抗う浮舟物語

——抱かれ、臥すしぐさと身体から

はじめに

浮舟は沈黙する女であるとともに、「抱かれ」「臥す」女である。浮舟は薫、匂宮、僧都、尼にと次々に抱かれ、しかもその都度今いる場から連れ去られて、宇治の空間を横断する。そうして、浮舟は抱かれた後には、必ず臥しているのである。彼女は黙って他者のなすがままの人形でしかなかったのか。もしそう理解するならば、言葉だけが物語を紡ぎだすと考える言語絶対主義者というほかない。浮舟の「抱かれる」しぐさと「臥す」しぐさと身体とは、言語に勝るとも劣らない物語を紡ぎだしていくに違いないのである。

ところで、『源氏物語』は他者の言葉、他者の視線との格闘に始発する物語であった。*1

人の譏りをもえ憚からせたまはず、世の例にもなりぬべき御もてなしなり。上達部、上人などもあいなく目を

側目つつ、いとまばゆき人の御おぼえなり。（桐壺、一 - 一七）

他者の言葉と視線とは時に人を殺す。桐壺帝と更衣にとって「人」「世」「上達部」「上人」といった他者は、宮中の秩序を意味する。桐壺帝は、他者の非難の言葉に逆らって、更衣への愛を深くする。他者は目を逸らすことで、批判の視線を二人の意識に突き刺す。帝と更衣とはその視線を意識に感じさせられながら、愛を交歓する。結果、更衣は病を重くし、死に至った。この他者の言葉と視線との格闘を運命づけられて生まれたのが、この二人の皇子の光源氏である。[*2]

さて、他者の言葉、視線との格闘に始発するのが光源氏の物語なら、一方、他者の言葉、視線の回復を語るところから始発したのが、橋姫巻以降の宇治の物語である。その宇治の最後の物語として特に注目されるのが、地の文では直接語られず、登場人物の会話文や心内語によって語られて[*3]登場する浮舟の物語である。浮舟を媒体にして、他者の思惑が語られるところから、この物語が始まっていると言い直してもいい。他者の思惑を張りつけたさまざまな視線が交錯するところに、浮舟の像を読み取らせるのが、浮舟物語の方法である。浮舟の心内語は後に増殖していくが、会話文は無いも同然である。浮舟は他者の言葉を聞き、それに対して返答しない沈黙する女である。[*4]

この浮舟をめぐる言説をたどると、浮舟の「抱かれる」しぐさと「臥す」しぐさとが、それぞれ交互に繰り返し集中して語られている。[*5]これらのしぐさは、浮舟の自己と他者との関係性を、言葉にならない部分で露わにしていよう。[*6]他者の視線と言葉の侵略に対して沈黙する浮舟の、「抱かれる」しぐさと「臥す」しぐさとその皮膚感覚や身体そのものによって、『源氏物語』は何を語っていくのか、それを本稿では明らかにしたい。

一、他者にくるまれる自己

「抱く・抱かれる」という言葉は『源氏物語』に四十三例見え、そのうち十三例が浮舟に集中している。しかも、浮舟以外の三十の用例を見ると、抱かれる対象は、幼児や子供が二十二例と圧倒的に多く、次いで成人女性四例、死体三例、猫一例とつづいている。成人した女性である浮舟に十三例もあるというのは、『源氏物語』では特異なのである。さらに、成人した女性の用例を見ると、すべて女が男に略奪される場面に限って用いられている。『源氏物語』の例を見る限りでは、現在のように成人した男女が共寝したり、抱擁して互いに愛を確かめ合う行為として「抱く・抱かれる」の語を用いてはいないのである。男女のエロスを想像させるような「抱く・抱かれる」もあることはある。光源氏が夕顔の死体を抱いて夕顔をいとおしむ場面と、柏木が猫を抱いて女三の宮をいとおしむ場面である。だが、そのどちらも、抱かれる対象は、抱く側に対して受け答えはしないし、明確な思いも示さない。つまり、『源氏物語』の例を見る限りでは、抱かれる側の思いが反映される例はほとんどないのである。

抱かれる対象に幼児が多いのは当たり前のようにも感じられるが、抱かれている幼児が、明石姫君、明石姫君の東宮、薫、匂宮であることには注意をしたい。[*7] 抱かれるとは他者にくるまれる、ということである。まだはっきりとした自己をもたない幼児たちが、他者にくるまれて、手から手へ渡されていく。幼児は、幼児を抱く側にとって権力への駒、あるいは男への愛情の切り札であり、幼児たちの意思とは無関係に大人達の思惑にくるまれてやりとりされ、それがまた第三者の目にさらされていく存在なのである。そうして浮舟もまた、この幼児たちのように、浮舟の意識する自己のありかがはっきりと示されないままに、宇治の空間を移動しつづける。

①かの人形の願ひものたまはで……人のさまいとらうたげにおほどきたれば、見劣りもせず、いとあはれと思しけり。……人召して、車、妻戸に寄せさせたまふ。かき抱きて乗せたまひつ。誰も誰も、あやしう、あへなきことを思ひ騒ぎて、「九月にもありけるを。心憂のわざや。いかにしつることぞ」と嘆けば、尼君もいとほしく、思ひの外なることどもなれど、（東屋、六 - 九二〜三）

②君ぞ、いとあさましきにものもおぼえで、うつぶし臥したるを、「石高きわたりは苦しきものを」とて、抱きたまへり。薄物の細長を、車の中にひき隔てたれば、はなやかにさし出でたる朝日影に、尼君はいとはしたなくおぼゆるにつけて、故姫君の御供にこそ、かやうにても見たてまつりつべかりしか、ありふれば思ひかけぬことをも見るかなと悲しうおぼえて、つつむとすれどうちひそみつつ泣くを、侍従はいと憎く、もののはじめに、かたち異にて乗り添ひたるをだに思ふに、なぞかくいやめなると、憎くをこに思ふ。……君も、見る人は憎からねど、空のけしきにつけても、来し方の恋しさまさりて、山深く入るままにも、霧たちわたる心地したまふ。……

かたみぞと見るにつけても朝霧のところせきまでぬるる袖かな

と、心にもあらず独りごちたまふを（東屋、六 - 九四〜六）

③「いかでか」なども言ひあへさせたまはず、かき抱きて出でたまひぬ。右近はここの後見にとどまりて、侍従をぞ奉る。（浮舟、六 - 一五〇）

④いとはかなげなるものと、明け暮れ見出す小さき舟に乗りたまひて、さし渡りたまふほど、遙かならむ岸にしも漕ぎ離れたらむやうに心細くおぼえて、つとつきて抱かれたるもいとらうたしと思す。（浮舟、六 - 一五〇）

⑤かの岸にさし着きて下りたまふに、人に抱かせたまはむはいと心苦しければ、抱きたまひて、助けられつつ入

りたまふを、いと見苦しく、何人をかくもて騒ぎたまふらむと見たてまつる。

（浮舟、六‐一五二）

⑥恨みても泣きても、よろづのたまひ明かして、夜深く率て帰りたまふ。例の、抱きたまふ。「いみじく思すめる人はかうはよもあらじよ。見知りたまひたりや」とのたまへば、げにと思ひて、うなづきてゐたる、いとらうたげなり。

（浮舟、六‐一五五～六）

①は三条の小家から宇治へと、浮舟がいきなり薫に連れ去られる場面である。この部分については、光源氏が夕顔を五条の宿から某院へ連れだす場面との類似が、指摘されている。[*8]

まず、光源氏が夕顔を連れだす場面だが、「軽ろらかにうち乗せたまへれば」と、語られている。夕顔は光源氏によって、確かに車にうち「乗せ」られたのだが、その時「抱く」という言葉を物語は用いてはいない。光源氏が夕顔を「抱く」と語られるのは、夕顔が死体になってからなのである。したがって、もし夕顔と浮舟との類似関係を①の場面に読み込むならば、浮舟が薫に「かき抱きて」連れだされたとき、浮舟は薫にとっては既に死体なのである、[*9]と準えて解釈できよう。また、薫が浮舟を連れだす直前には、「かの人形の願ひものたまはで」「人のさまいとらうたげにおほどきたれば、見劣りせずいとあはれと思ひけり」と、浮舟を大君の人形として求めて連れだそうとする薫の思いが物語に示されていた。同時に抱かれる浮舟を見ている第三者の人々の思いもが語られていたのである。

さて、②では薫がうつ伏している浮舟を抱いている。うつ伏すというのは、他者に対して視線を逸らし、顔をみせない、表情をみせない姿勢である。他者にとっては顔のない体といってもよい。この時薫は顔のない女を抱いているのである。この場面では、「石ころの大きい道は難儀だから」と優しい言葉をかけて浮舟を抱いている薫のようすが語られる。けれども、その薫は二重傍線部のように空の気色にかつての宇治通いを思い起こし、「かたみぞと……」と無意識にも独詠してしまうことも同時に語られている。実は、薫が浮舟を抱くのは、薫にとって大君の面影を抱くのと同義なのである。抱かれる浮舟は、浮舟の与かり知らない他者・薫の思惑にくるまれて、京から宇治へと移動していく。浮舟と薫とは肌と肌を触れ合いながらも、お互いの「今・ここ」を確認していないのである。また、②でも①と同じく、抱かれる浮舟に視線を注ぐ第三者の心内語が語られている。波線部での弁の尼は、抱かれる浮舟に大君を思い起こして涙する。それを侍従は、不吉と考えて不愉快に思っている。侍従にしてみれば、浮舟が薫に抱かれて宇治へ向かうことはめでたいことの始めだからである。弁の尼と侍従の視線に張りつけられた思惑の違いは、抱く側と抱かれる側の思惑の違いでもある。

③から⑥までは、匂宮が浮舟を抱いている場面である。③は匂宮が浮舟を宇治の邸から対岸の小家へと有無も言わせず連れ去る場面。④は匂宮が、対岸へ渡る舟の中で自分に抱かれている浮舟を見て、「かわいい」と思っている場面。また、⑤は他人に抱かせるのはとてもいたわしいと匂宮が思い、そのために匂宮自らが抱いて舟を下りる場面である。⑤では、「抱く・抱かれる」二人に対する周囲の人々の非難の視線と言葉も語られている。匂宮が浮舟を抱き、他人に抱かせないことが尋常な行為ではないという解釈を、この第三者の視線と言葉は示しているのである。

⑥では、「例の、抱きたまふ」と語られ、⑤での尋常でない行為が、ずっと続けられている。匂宮は、浮舟を抱きながら薫と自分とを比較させ、自分を認める浮舟をかわいい、と思う。ここで匂宮が浮舟を抱き続けているのは、あたかも浮舟の魅力のとりこになっているかのようであるが、その実、浮舟の向こうに薫を意識して尋常ならざる行為に出ているわけである。[*10] 匂宮が浮舟をかわいいと思うのは、薫よりも自分を認める浮舟がかわいいのであって、心底から浮舟その人をかわいいと思っているのかどうかははなはだ怪しい。もちろん匂宮は、薫のように、浮舟を

抱きながら他の女を思い浮かべたりはしないし、彼女の心の声に耳を傾けようとしているようにも見える。しかし、匂宮が求めているのは、彼女の生の心の声ではなく、自分が望んでいる答えが彼女を介して返ってくることなのである。浮舟を好きだ好きだと言い寄る自分こそを、匂宮は愛している。浮舟は、匂宮の屈折した自己愛の欲望にくるまれて、宇治の邸から隠れ家へ、さらに隠れ家から宇治の邸へと移動したに過ぎない。

以上から次のようにいえよう。一つは、浮舟が抱かれることが語られるとき、抱く側の気持ちと浮舟が抱かれる様子を見ている人々の感想とは共に語られている。二つは、浮舟が皮膚を通して感じる他者への思いは、多くここに語られない。あくまでも、他者の言葉、他者の心内語によってその様子が語られる。浮舟が男に抱かれるその皮膚感覚さえ、浮舟一人のものにはされない。浮舟が「抱かれる」という出来事は、皆の所有するものなのである。

浮舟が「抱く・抱かれる」と語られるとき、浮舟は、他者の視線と思惑に幾重にもくるまれて、他者の欲望を撫でつけられて、しかも、誰も彼女の生の声に耳を傾けず、浮舟は宇治をさまよっていることが象徴的に示されているのである。一般的に、男が女を抱く出来事は、男と女の甘美な秘めごとの時間の共有を意味する。男と女の魂の駆け引き、男と女の言葉では確かめられない存在の確かさを、そこに確認しようとする行為であるとされる。ところが、浮舟が男達に抱かれる出来事は、それが幻想であることを読者に意識化させる。すなわち、浮舟が男達に抱かれる出来事は、その甘美な秘めごとの時間の共有を意味しているようでいて、実は意味していない。むしろ、肌を触れ合いながらも、生のお互いが「今・ここ」に確かめられてはいないというアイロニーがある。浮舟は《他者の他者》としての存在を認められてはいないのである。

この浮舟と二人の男との「抱く・抱かれる」関係性が、その後の彼女の「臥す」しぐさを導いていく。

二、他者の言葉を聞き臥す

浮舟は他者の欲望を照らしだす媒体である。その浮舟は、浮舟巻において繰り返し「臥す」と語られる。三田村雅子は浮舟の「臥す」というしぐさの中に、徹底して他者の言葉を聞く浮舟の姿勢を読み取り、それを浮舟巻の固有の方法として論じている。[*11] 浮舟の言葉ではなく、「臥す」という姿勢の方が多弁であり、それが物語の方法なのである。

小稿では、改めて、浮舟が臥して「他者の言葉を聞く」意味を、「他者の言葉」とそれに対する「自己」との関係性という観点から考えてみたい。「源氏物語が他者の声の侵略と越境を語ろうとする」[*12]のは、第三部においてさらに徹底されていくように思われるのである。

⑦これかれと見るもいとうたてあれば、なほ言多かりつるを見つつ臥したまへれば、侍従、右近見あはせて、「なほ移りにけり」など、言はぬようにて言ふ。「ことわりぞかし。……うち乱れたまへる愛敬よ、まろならば、かばかりの御思ひを見る見る、えかくてあらじ。……」と言ふ。右近、「うしろめたの御心のほどや。殿の御ありさまにまさりたまふ人は誰かあらむ。……なほこの御事はいと見苦しきわざかな。いかがならせたまはむとすらむ」と二人して語らふ。……宮の描きたまへりし絵を、時々見て泣かれけり。（浮舟、六 - 一五八〜一六〇）

⑧……なほ、心やすく隠れなむことを思へと、今日ものたまへるを、いかにせむ、と心地あしくて臥したまへり。「などか、かく、例ならず、いたく青み痩せたまへる」と驚きたまふ。……「いかなる御心地ぞと思へど、石山

とまりたまひにきかし」と言ふも、かたはらいたければ伏し目なり。

（浮舟、六‐一六四）

⑨わが心もてありそめしことならねども、心憂き宿世かな、と思ひ入りて寝たるに、侍従と二人して、……「……宮も御心ざしまさりて、まめやかにだに聞こえさせたまはば、そなたざまにもなびかせたまひて、ものないたく嘆かせたまひそ。……」「……いでや、いとかたじけなく、いみじき御気色なりしかば、人のかく思しいそぐめりし方にも御心寄らず。……」と、……君、なほ、我を宮に心寄せたてまつりたると思ひて、この人々の言ふ、いと恥づかしく、心地にはいづれとも思はず、……と、つくづく思ひゐたり。まろは、いかで死なばや。……とて、うつぶし臥したまへば、

（浮舟、六‐一七八〜八一）

⑦は、浮舟が薫と匂宮の二人に愛され、双方からの文が届く場面である。浮舟は側にいる他者の右近と侍従に対して視線を逸らし、表情もみせず、言葉も発せず、心のありかを他者に示さない。だが、それにも関わらず、他者は浮舟の心中を推察する言葉を発し続け、また浮舟はそれを聞きつづける。すなわち、浮舟の聞く他者の侍従と右近との言葉は、浮舟にとってあたかも鏡の役割を果たし、他者の言葉を聞く浮舟は、否応なくそこに映し出された〈他者が解釈する自己〉（以下〈浮舟〉と表記する。〈浮舟〉は当然のことながら、浮舟そのものではない。）を知らされていくのである。⑦では侍従が〈浮舟〉は匂宮の「うち乱れたまへる愛敬」に魅かれている、として、それを「ことわりぞかし」と念をおして断定してしまっている。それでいて一方、薫にまさる人はいないのに匂宮との関係は見苦しい、と右近に批判される〈浮舟〉でもある。

一方、浮舟は、この〈浮舟〉を示す他者の言葉を聞き、手紙の返事を書くよう責められて、絵を見て泣く。その絵は、匂宮が初めて浮舟と過ごした春の日に、彼自身が描いて「常にかくてあらばや」と浮舟に語った、男女が添

い臥した絵である。「泣かれけり」、すなわち、匂宮の絵を見ると自然と涙が出ると語られるところに、その絵が呼び起こす匂宮の囁きと甘美な時の流れとが、いかに浮舟の無意識に深く強く刻み込まれているかが分かる。すなわち、〈浮舟〉と浮舟自身の〈浮舟の欲望〉との間にずれはない。が、そのことを浮舟がどう認識しているかは、ここに語られていない。

⑧は、匂宮と薫とに愛された事情を知らない母と乳母によって、薫に迎えられる準備が着々と進んでいく場面である。浮舟は、薫によって外堀を埋められていく中で、連日送られてくる匂宮の手紙を回想している。その手紙には、浮舟が匂宮のところに身を隠すことが求められている。身動きのとれない浮舟は悩み臥すのだが、そこに追い打ちをかけるように母の言葉が浴びせられる。母は悩んで気分の悪くなった浮舟に「妊娠したのではないか」と、解釈して言葉を発する。妊娠するということは男と交わったということである。浮舟は自己の性のありようまでも、母という他者に監視され、推測される言葉を聞かなければならない。悩んで臥す浮舟の実情と母の「妊娠か？」という解釈にはずれがある。また、母は相手に薫を想定しているが、浮舟が関わった男は二人いるわけで、ここにも、母の推測を超えた自分がいる。浮舟は、〈自分が認識している自己〉と、母の言葉に現れた〈浮舟〉との間に、いくつものずれを確認させられ、視線を逸らして臥し続ける。

⑨の右近と侍従の言葉は、⑦と同じく、〈浮舟〉が匂宮に心魅かれている、とする。だが⑨では、⑦に示されなかった浮舟の自己認識がここに初めて語られる。浮舟は、彼女らの示す〈浮舟〉を、「心地にはいづれとも思はず」と心の中で否定し、うつ臥している。北村貴子は、浮舟が匂宮の面影と移り香を繰り返し回想することから、次第に浮舟の心が匂宮へ傾いていったことを指摘している。[*13] 付言するならば、浮舟は匂宮の香り、面影、ささやき、肌、と五感に刻まれた匂宮の記憶を思い起こしてしまうことはあっても、薫をそのような形で思い起こすことはない。

したがって、先述のように、〈浮舟〉と浮舟自身の〈浮舟の欲望〉との間にずれはない。だから、ここ示される「どちらとも思っていない」自己とは、浮舟がそう思い込みたい自己、すなわち、〈浮舟の解釈する自己〉（以下〈自己〉と記す。〈自己〉は浮舟そのものではない。）でしかないのである。浮舟にはそのように自己規定する以外、他者の言葉の侵略に抗う方法がないのである。

以上から注目したいのは、まず、浮舟が自身を他者の言葉によって確認し、〈自己〉を形成してきた、ということである。浮舟の思い込みたい〈自己〉は、実は他者によって導かれたのである。「自分の思う自分だけの自分」などというものは、存在しないことを、これまでの〈浮舟〉を語る他者の言葉と、それを聞き臥す浮舟の思いこみたい〈自己〉のありようは明らかにしている。思うということすら、自己のものであるかあやしいのである。

ついで浮舟を巡る人々の言葉は、浮舟を媒介にした、人々の思惑や欲望を露わにもしていく。浮舟は自分を媒介にした人々の思惑や欲望の言葉を再び媒介にして、自分の心のありようを選ぼうとする。さらにまた、自分がそうありたい自分とは裏腹の自分の欲望にも気づかされていく。それが、聞き臥す浮舟の時間の意味であろう。

臥すしぐさは、自己を自己として閉じ込め守ろうとするかのようなしぐさである。しかし、それは他者に対して背を向けた無防備な姿勢でもあり、結果的には他者の介入を招くというアイロニーを孕むしぐさでもある。浮舟は他者の言葉を聴き、〈自己〉を他者の言葉によって形成しながら、なおかつ他者の言葉の侵略に抗おうとする。その矛盾した抵抗が浮舟の臥す姿の中にはある。

浮舟の臥すしぐさを、右近は「いみじく心焦られをせさせたまへば」と解釈する。浮舟の臥すしぐさには、薫と匂宮とにはさまれて、答えを見いだせない苛立ちがある。さらに浮舟は、〈浮舟〉と〈自己〉との間のずれにも、苛立っているのである。他者の解釈を否定して苛立つ浮舟は、言葉を発しない。北村貴子のいうように、浮舟は、どんな言葉で表現してもそこからこぼれていく自身を見つめてきたから、言葉を信じていない。[14]

浮舟が入水を選んだのは、他者の言葉の侵略に対して、言葉ではなく身体で抗おうとしたのだと言える。入水した浮舟には、身体こそは自分のものだ、という認識が潜んでいるのである。しかし、果して、物語は浮舟の身体を浮舟のものとして語っていたであろうか。

三、繰り返される「抱く・抱かれる」

入水した浮舟は、助けられた後、「……いときよげなる男の寄り来て、いざたまへ、おのがもとへ、と言ひて、抱く心地のせしを、宮と聞こえし人のしたまふとおぼえしほどより心地まどひにけるなめり、知らぬ所に据ゑおきて、この男は消え失せぬと見しを」（手習、六-二九六～七）と、意識を失っている間に見た夢を回想する。浮舟が自分を抱いた、と夢にみたのは、薫ではなく匂宮の方であった。浮舟の身体に刻まれた記憶は匂宮の肌なのであり、それは浮舟の無意識の欲望のありかを露わにしている。また、男が自分を置いて消えたというのだから、この夢は、入水によって流されたのが、実は匂宮の浮舟に対する欲望であると同時に、浮舟の匂宮に対する欲望でもあったことを暗示していよう。そうして、以後、浮舟は匂宮に心を揺さぶられはしないのである。

意識を失っていた間、浮舟は、横川の僧都に発見され、助けられて、再び次々と他者に抱かれて、宇治の空間を小野の里へと移動していく。ここで注目されるのは、浮舟を直接抱きはしないが、抱くよう指示した尼君の言葉である。[15] 尼君の「おのが寺にて見し夢ありき。」「ただ、わが恋ひ悲しむむすめのかへりおはしたるなめり」という言葉をきっかけにして、浮舟は小野の里へと連れて行かれるのである。さらにその時、尼君は浮舟の意識が戻るまで、繰り返し人に口固めをしていることが語られる。これは、尼君の夢実現への執念を示している。他者の解釈、他者の欲望から逃れんと入水したはずの浮舟が、新たなる他者＝尼君の意志によって、他者に抱かれるのである。この風景は、浮舟が新たなる他者＝尼君の欲望にくるまれてしまったことを意味しよう。

そうして、尼君の欲望、すなわち娘の身代わりとして浮舟を中将と結婚させようという欲望が実現されようとする時、浮舟の「臥す」しぐさは再び語られ始める。以前は、薫と匂宮の欲望が彼女を「臥す」しぐさに導いていたのだが、ここでは、尼君の欲望が浮舟の「臥す」しぐさを導くものとして語られている。この母（的存在）が結婚を勧め、男が現れ、浮舟が悩み臥すという物語の構造は、東屋巻、浮舟巻と軌を一にする。ただし、誰の欲望が浮舟の「臥す」しぐさを導くのかという一点で、語られ方が異なっているのである。この小野の里の浮舟と尼君との関係は、浮舟と実の母との関係を相対化していくことになるのである。[*16]

浮舟と母との関係は、ここでの尼君と浮舟との関係と変わらないのである。浮舟の母は、八の宮の召人であった青春時代の自分の形代として、もう取り戻せない過去の自分の形代に、浮舟を見立てて、浮舟の結婚を考えていたのであった。一方の尼君もまた、浮舟を、「世とともに恋ひわたる人の形見」（手習、六‐三〇〇）と見ている。[*17] 浮舟の母は、浮舟に自分を重ねて自分の青春を生き直そうとしていたのであり、尼君は浮舟を自分の娘の身代わりとすることで、やはり失われた自分の過去を取り戻そうとしている。つまり、浮舟は、生身の体を持ちながらも他者の過去の時間を今に生き直すことを望まれるのである。浮舟は母（的存在）に《他者の他者》としての存在を奪われているのである。ところが浮舟は、浮舟自身の生の時間を生きているのであり、ここでの矛盾と葛藤とが浮舟の「臥す」というしぐさを導いていくのである。

ここで思い出したいのは、浮舟が自己の身体を自分の思うようにできると思ったから、「心強く、この世に亡せなん」と烈しく決意したことである。だからこそ、意識を回復して後の浮舟の手習や心内語に、「身投げし涙の川のはやき瀬をしがらみかけて誰かとどめし／思ひの外に心憂ければ、行く末もうしろめたく、疎ましきまで思ひやらる。」（手習、六‐三〇二）「見はててし命さへ、あさましう長くて」（手習、六‐三二七）とあり、命を助けられて心外だ、うんざりするほど長い命だ、という言葉が繰り返されることにもなるのである。

ところが、浮舟の思いを、彼女自身の身体は裏切ってしまった。彼女の身体は死ななかった。あまつさえ、浮舟が意識を取り戻すやいなや、尼君は「せめて起こし据ゑつつ」（手習、六‐二九八）浮舟の髪を梳き始めている。このことは、尼君が浮舟のセクシャリティーを管理し始めたことを意味している。[*18] 浮舟は、自分の身体に自分の思いを裏切られ、しかも他者の欲望のために再びその身体を生かされていくのである。

この入水後の経緯に抗うために、浮舟は、尼君の思惑と中将の懸想とを回避し、自己の身体を自己のものとして取り戻すべく出家を遂げるのである。この時、彼女の心は、「うれしくもしつるかなと、これのみぞ生けるしるしありておぼえたまひける」「なほ、ただ今は、心やすくうれし。世に経べきものとは思ひもかけずなりぬるこそは、いとめでたきことなれと、胸のあきたる心地したまひける」（手習、六‐三三九～四〇）と、初めて自分が自分自身で決めたことをなし遂げた、という充実感にうち震えていた。浮舟の出家姿は、

⑩薄鈍色の綾、中には萱草など澄みたる色を着て、いとささやかに、様体をかしく、いまめきたる容貌に、髪は五重の扇を広げたるやうにこちたき末つきなり。こまやかにうつくしき面様の、化粧をいみじくしたらむやうに、赤くにほひたり。

（手習、六‐三五〇～一）

と、語られる。この浮舟の髪については、河添房江と三田村雅子とが言及している。

まず河添論文は、『源氏物語』の中の髪をめぐる表現が女性にほぼ限定され、しかも殆どが男性視点であることに注目して、女のさまざまな形の髪がそれぞれ男の視点にどのように捉えられているかを明らかにした。[*19] 一方の三田村論文は、女の髪に対する男の支配の眼差しだけでなく、髪と女自身との対話に、自己の身体を自己のものとして「奪い返す」女の物語を読み込んだ。[*20] 両論文は、共に、髪をとりまく言説に「見る／見られる、男／女」の関係を読み込んでいるが、本稿では「見る／見られる、他者／自己」の関係を問題にしていこう。

確かに、三田村論文が指摘するように、『源氏物語』は髪と女自身との対話に、自己の身体を自己のものとして奪い返そうとする女の物語を語ってはいるが、⑩の浮舟の髪を語る箇所では、「奪い返す」ことにはなっていない。三田村論文のように、

〈母や薫や匂宮の眼差しをうけて、それらの〉人々の評価に一喜一憂してきた浮舟は、ようやくここでみずからの〈身体〉をみずからの手に取り戻しているのである。これは、「髪」というかたちで蔽いかぶさってくる期待の重みにあえぎ続けた浮舟がようやくたどりついた安らぎと解放を、象徴的に表す風景なのである。

と、容易に結論づけてしまうことはできないのではないか。浮舟が自己の身体を自己のものとして手にいれたとする安らぎと解放は、束の間の幻想なのであり、現実に気付かない浮舟の心の風景の中の出来事でしかないのである。なぜならば、⑩の浮舟の髪の描写の直前には、

入りて見るに、ことさらに人にも見せまほしきさましてぞおはする。

（浮舟、六 - 三五〇）

と、あった。浮舟の髪は、この少将の尼の視線に捉えられたものなのである。そうしてさらに、⑩の浮舟の髪と経を読む様子とが語られた直後には、

……うち見るごとに涙のとめがたき心地するを、まいて心かけたまはん男は、いかに見たてまつりたまはんと思ひて、さるべきをりにやありけむ、障子の掛金のもとにあきたる穴を教へて、紛るべき几帳など引きやりたり。……尼なりとも、かかるさましたらむ人はうたてもおぼえじ、など、なかなか見どころまさりて心苦しかるべきを、忍びたるさまに、なほ語らひとりてん

（手習、六 - 三五一～二）

と、浮舟の髪に他者の眼差しが追いかけてくる現実が語られている点を、見逃すことはできないのである。河添論文が指摘するように、尼削ぎの髪は、かえって他者の欲望を誘い込む。尼削ぎの髪は、浮舟の解放感、充実感を匂いたたせるその刹那に、浮舟の思いを裏切って、他者の欲望を呼び込むものでもあるというアイロニーがここに窺えるのである。『源氏物語』は、他者の侵略だけを語ることもしなければ、他者からの解放を語って終わることもしない。他者との格闘を語り続けていく。

すなわち、浮舟はこの世に有るかぎり、自分の身体を、自分の思うままに自分のものだけにしておけないのである。浮舟の身体は、こうして常に浮舟の思いを裏切り続けていく。浮舟の思いよりも、浮舟の身体に注がれる他者の眼差しの方が、浮舟の現実を動かしていく。浮舟の身体は、他者の眼差し、他者の欲望においてこそリアリティ

をもったものになりえているのである。浮舟の身体とは、浮舟のものであるようでいて、その実浮舟自身のものだけではない。

浮舟は、繰り返し他者に抱かれることが語られるが、「抱く・抱かれる」とは、他者と自己との境界を無くそうとする行為でもある。「抱く・抱かれる」しぐさは、浮舟が他者の思惑にくるまれて生きなければならないことを象徴すると同時に、浮舟の人生や運命などという抽象的なレベルに止まらず、浮舟の身体そのものまでが浮舟自身だけのものではない、ということを端的に表している。浮舟の身体は浮舟の「自己」を保証するものではありえないのである。

四、沈黙・拒否の「臥す」

再び繰り返される浮舟の臥すしぐさは、「ひたぶるに亡きものと人に見聞き棄てられてもやみなばやと思ひ臥したまへるに」（手習、六 - 三二七）「さだすぎたる尼額の見つかぬに、もの好みするに、むつかしきこともしそめてけるかなと思ひて、心地あしとて臥したまひぬ。」（手習、六 - 三二六）などと、尼君たちを嫌う心内語と共に語られる。しかも臥すしぐさが語られ始めるころ、「答ふべき方もなければ」などと、「対話や相聞というキャッチボールにしりごみする」[*21]浮舟の姿勢が、繰り返し語られるようにもなる。ここでの浮舟の沈黙と臥すしぐさとは、以前とは意味が異なっている。すなわち自己を他者の言葉によって形成したりはしない。聞く耳も持たず、少しの関わりも持たないでおこうとする、拒絶の印としての沈黙としぐさなのである。

⑪忘れたまはぬこそはとあはれと思ふにも、いとど母君の御心の中推しはからるれど、……小袿の単衣奉るを、うたておぼゆれば、心地あしとて手も触れず臥したまへり。（手習、六 - 三六〇）
⑫さすがにうち泣きてひれ臥したまへれば、（夢浮橋、六 - 三九二）
⑬うたて聞きにくくおぼゆれば、顔もひき入れて臥したまへり。（夢浮橋、六 - 三九三）

⑪は、薫が浮舟の一周忌のために依頼した衣を浮舟が手にする事態になった場面。⑫、⑬は、浮舟を発見した薫から送られた手紙を浮舟が読み、尼君に返事を詰め寄られる場面である。ここでの浮舟の「臥す」しぐさは、波線部のような他の拒絶のみぶりを伴う点で、浮舟巻の「臥す」とは異なっている。

すなわち、⑪の衣には、薫の欲望が付与されている。浮舟は、その衣に「手も触れず」薫の欲望を拒絶する。⑫の浮舟は身を投げ打って全身で「泣いている」。涙はさまざまな思いの交錯する浮舟の感情の昂りを露わにする。⑬では、他者から逃れるためのあらゆる手だてを尽くした浮舟が、「顔を隠して」臥す。顔は浮舟の印である。薫によって初めて宇治に連れだされた時、浮舟はうつ伏していた。あの時、浮舟が顔の無い女であることに、何の不都合もなかった。けれども今、浮舟は浮舟の印である顔を一方的に要求され、浮舟はそれを拒んでいる。追いかけてくる他者に対して、浮舟は〈浮舟〉になることを拒み、自らの存在を消すことを望むのである。

こうして浮舟がすべての他者を拒絶するその一方で、浮舟の会話文や心内語には、母一人だけは、という言葉が繰り返されて、母を恋しがって泣くことが語られる（夢浮橋、六 - 三八八、九）。浮舟が、最後の場面で薫を拒絶し、母を思って泣くのは、浮舟の所有するものが、自分と母だけだったという思いがあったからではないか。浮舟には父がなく、それは守るべき家がないということである。浮舟が、もはや自分の心も身体もが自分のものとはなりえない以上、母を思って泣くのは、最後に失えるものが母だけだから、言葉を換えれば、もう浮舟には母以外に失うものがないからである。母を思う浮舟の涙は、自分に生命を与えた母によって、自分の存在の根拠を確認したいという涙なのではないか。[*22]

夢浮橋の結末には、他者を拒み続けながらも、母だけを思って泣く女と、その女に対して、さらにさらに卑近な解釈を張りつけようとする男のありようとが語られている。浮舟が沈黙していることばかりが注目されがちであるが、薫の誤解が語られて物語が終わること（夢浮橋、六 - 三九五）は重大である。つまり、この結末は、どこまでも、他者の眼差しが、解釈が、思惑が、自己に襲いかかってくることを、念押ししているのである。『源氏物語』は他者との格闘の物語に幕を開け、終わりのない他者との格闘の物語で幕を閉じる。

おわりに

浮舟は父親もなく、「家の意志」を纏うことなく物語に登場したが、その代わりに他者のさまざま思惑、欲望に幾度となくくるまれた。その他者の思惑、欲望は言葉や視線という形で浮舟に襲いかかったが、浮舟は、その都度、それを拒絶した。繰り返される「抱かれる」しぐさと「臥す」しぐさとは、その格闘の軌跡を物語った。浮舟は衣を脱ぎ、髪を切り、他者の言葉、眼差し、他者から与えられる役割を次々と脱ぎ捨てて、「丸裸の自分」、「誰のものでもない自分だけの自分」になろうとした。しかし、繰り返し語られる「抱かれる」しぐさと「臥す」しぐさとで物語が明らかにしたものは、「自分の思う自分だけの自分」などというものは存在しないということと、身体さえも自分だけが所有し、管理するものではないということであった。自己のリアリティは他者の言葉、視線によってこそ保証されていたのである。

繰り返し語られる「抱かれる」「臥す」しぐさは、言葉、衣、髪、そして身体と共に、徹底的に人間の存在を解体し、他者と自己との関わりを見つめる方法としてある。そうしてその方法によって、他者によって生きるしかない女の存在を突きつけると同時に、他者によってしか成立しえない自己の中心が空洞であるという人間の存在そのものを、『源氏物語』は問うているのではなかったか。

浮舟物語は、形代・召人としての固有の人生と、ため息と、葛藤とを、照らしだす。それでいて、しぐさや身体によって追求された自己の存在のありようは、浮舟物語に固有のものではない。それは、都の論理、家の論理、男の論理、女の論理、その他さまざまな論理の衣を纏った正篇の人々の自己の存在のありようを、改めて照らし返していく。

注

＊1　三谷邦明「物語文学の〈視線〉みることの禁忌あるいは〈語り〉の饗宴」（『物語研究第二集』新時代社、一九八八）は「見る」ことの呪力に言及する。

＊2　三田村雅子「源氏物語の見る／見られる」・「世語り・後言・ささめき言――「他者」の言葉・「他者」の空間――」（『源氏物語　感覚の論理』有精堂、一九九六）。

＊3　三谷邦明「源氏物語第三部の方法」（『物語文学の方法Ⅱ』有精堂、一九八九）は、このような宇治十帖の方法を、人格の解体化を示す方法だと指摘する。

＊4　吉井美弥子「夢浮橋巻の沈黙」（『中古文学』第四四号、一九九〇・一）。

＊5　浮舟がしばしば抱かれることは、玉上琢弥『源氏物語評釈』（角川書店）、日本古典文学全集『源氏物語』頭注が注意を喚起している。

＊6　自己と他者の関係や《他者の他者》などの考え方については、鷲田清一『じぶん・この不思議な存在』（講談社現代新書、一九九六）・『見られることの権利〈顔〉論』（メタローグ、一九九五）、R・D・レイン『自己と他者』（志貴春彦・笠原嘉訳、みすず書房、一九九五）、新宮一成『ラカンの精神分析』（講談社現代新書、一九九五）などを参照のこと。

＊7　小林正明「逆光の光源氏　父なるものの挫折」（『王朝の性と身体』森話社、一九九六）、松井健児「源氏物語の生活内界」（岩波講座『日本文学史』第三巻、一九九六）は抱く・抱かれる相互身体性の心的力学、存在感覚に言及する。

＊8　小学館日本古典文学全集第六巻『源氏物語』八五頁頭注。

＊9　神田龍身「分身、差異への欲望」（『物語文学、その解体――『源氏物語』「宇治十帖」以降』有精堂、一九九二）は注で、「薫のエロスの構造をより徹底的に問い詰めると『屍体愛』になる」と述べる。

＊10　＊9論文。

＊11　「〈音〉を聞く人々――宇治十帖の方法――」（＊2文献）。なお、源氏物語の中で、周囲の音や他者の言葉を聞き臥す例はいくつかみられる。しかし、聞き臥すしぐさが、周囲で様々に発せられる他者の言葉を統括する機能をもって繰り返し語られる例は、浮舟巻の浮舟にしかみられない。また、大君の「臥す」姿には思い悩み、病になり、次第に死へ向かっていくようすが辿られる（三田村論文に指摘あり）。これは、柏木の「臥す」姿の変遷と重なる。北村貴子「柏木物語と〈身体〉」（フェリス女学院大学日文大学院紀要、第四号、一九九六・九）が柏木の身体に自己同一性の危機を読み取り、「柏木の身体表現は、第三部では、大君や浮舟へとひきつがれてゆく。」と示唆していることを、そこに確認していくことができると思われるが、別稿で述べたい。

＊12　＊2後者の論文。

＊13　「浮舟物語試論・二　浮舟物語と風景」（『藤女子大学　国文学雑誌』五十三号、一九九四・一一）。

＊14　＊13論文。

＊15　僧都の言葉はスペースの関係上省略したが、尼君の言葉と同じ意味で重要である。

＊16　足立繭子「小野の浮舟物語と継子物語――出家譚への変節をめぐって――」（『中古文学論攷』第十四号、一九九四・三）はここに母子葛藤の物語を読み込む。

＊17　浮舟は生きている限り誰かの形代である。三田村雅子「源氏物語における〈形代〉」（＊2文献）に「宇治の物語――それは浮舟とその母形代『中将の君』の物語でもある」とし、正篇で問いを投げかけられることのなかった形代、召人の人生が、宇治で問われていくことを示唆している。

＊18　三田村雅子「黒髪の源氏物語――まなざしと手触りから――」（『源氏研究』第一号、翰林書房、一九九六・四）。

＊19　「源氏物語の〈髪〉についての断章――王権・ジエンダー・身体・エロス――」（『物語研究会会報』第二十五号、一九九四・八）。

＊20　＊18論文。

＊21　＊13論文。

＊22　永井和子「浮舟」（『源氏物語講座』第四巻、有精堂、一九七一）に「生命の源としての母」という言葉がみえる。母を思うことの意味は小稿とややニュアンスを異にする。

3 身体メディアと感覚の論理

はじめに

光源氏の物語は、父である帝と母である桐壺更衣がどのような視線と噂に取り囲まれてそれと闘ったかを語ることから始まる。益田勝実は、血の系図と同時に、生き方の系譜を語ることから始まっているのだとする。[*1] 光源氏の物語は、こうした視線や噂との闘いや戯れの中に生み出されていく。宇治十帖の三姉妹の物語は、都で父母が人々の視線や噂を喪失したことを語ることから語り始まる。しかし、『源氏物語』宇治十帖の物語は、喪失から語り始まりながら、この人々が宇治に移り住むことで、人々の視線や噂が回復されていくことを新たに語る。すなわち、正編の光源氏物語とは異なる質の視線や噂との闘いや戯れを、物語は改めて語り起こしていくことを、この冒頭の違いは宣言している。宇治十帖で身体メディアと感覚を論じることは、こうした、他者からの視線や噂の質の違いを明らかにする一つの方法でもある。

『源氏物語』の世界は徹底的なメディア社会である。律令によって定められた約束事が多い社会なので、その約束ゆえ、衣も車も住居も衣擦れの音も香も奏でる楽器も、その人がどういう階級に属する人であるかを、他者に簡単に知らしめてしまう多弁なメディアとして機能する。さらにつきつめて言うと、その衣や音楽などのメディアを受け止め感じる視覚聴覚触覚嗅覚などの五感もまた、他者と自己のとの境界にあるすぐれて多弁なメディアとして物語社会では機能しているともいえる。しかしながら、多弁なメディアがあっても、そのメディアに気づかれなければ、そのメディアが語るその人は存在しないに等しい。たとえば、人目を避けて邸の奥まった場所で大切に育てられる女君は、噂というメディアに登場し、それが流布することで初めて、〈彼女〉が都を歩き・歩かされ浮遊するとも言えるのである。身体や感覚を論じるということは、そうした生身から遠い場所で存在するはずの人物たちに、もっとも接近したところの語りを分析し論じるということである。[*2]

本稿では、「身体メディアと感覚」を今論じることの意義を改めて確認することにする。

一、問いのための問い

《あなたは身体を持っていますか？　身体があるから、あなたはあなたとそれ以外の人とを識別されて、現実空間を生きている。それはきっと確かな出来事ですね。でも、それはあなたがあなたの身体を所有しているということになりますか？　透明人間では無いのだから、身体はあります。でも、その身体の所有者は誰なのでしょう。次に、あなたの心はあなたの身体に規定されていますか？　人に見えてまなざしを受けて立つものはあなたの身体ですか。それとも、あなたが編み出して他者に受け止めてもらう言葉を優位に考えますか？　心と身体を二元論で分けて思

考するのがまずもってナンセンス？　その前に、〈私〉とは？》[*3]

現在の身体論は、まずこの認識を整理し明確にするところから始まるはずである。ここで自分の身体に関するスタンスを明確にしておかなければ、物語を論じる先には進めず自身の論に混乱を来たすであろう。

身体はそこに眼差しを受けて意味を生成するメディアとして、物語論では論じられる。[*4]そして、眼差しや、刺激を受けて感じる感覚を通して、「ある」という出来事が現出するものでもある。身体や感覚に関する論考には歴史があり、その先行の『源氏物語』研究の論文は日々刻々と身体に関する思考が更新される中で書かれて来たものであるから、個々の論文には個々の認識がある。身体を論じることで「何を」明らかにするかと、身体を「どのように」論じるかで、日々更新される現代思想の中におけるその論文の鮮度が問われることにもなる。「身体メディアと感覚」とは二〇〇五年現在の段階では、そのような質の切り口である。[*5]

二、一九九〇年前後という時代——『源氏物語』と〈私〉の欲望[*6]

『源氏物語』研究史において、身体や感覚が方法として際立って論じられるようになったのは、昭和の終わりから平成の始まりにかけての一九九〇年前後からである。それと期を同じくした頃、世界では湾岸戦争が緊張を走らせた。[*7]そして、その時期には戦後の昭和に鋭く重たく斬りこんでいく王権論が積み重ねられていた。その傍らに、以前から身体や感覚から『源氏物語』を論じる論はあった。しかし、日本と世界情勢の緊張から、大きな物語がメディアを通じて人々に共有されていこうとする中で、『源氏物語』研究では、「大きな物語を撃つばかりでなく、小さな物語からも論じることを」という声とともに、身体や感覚から論じられることが改めて注目されたのである。身体論はその時代状況において「王権論」と対比されて論じられることで重要な意味が見出され、研究状況を新しく模索していこうとするところに位置付けられてもきた。[*8] 一九八〇年代の終わりと一九九〇年代の始まりは、昭和から平成へと年号が変わる時でもあった。今この原稿が活字化される二〇〇五年はどんな一年になるだろうか。一九九〇年代から二〇〇〇年代に移行する時期には〈私〉探しもまた、世間に蔓延し、それが多数論じられた。そうした時代状況の中にあった身体論であることも、ここに記しておきたい。そして、今、〈私〉探しをしていた人々が大きな物語、ナショナリズムへと一気になだれこんでいくことがあってはならないことを警告している声もある。[*9] 論文はこうした時代状況とは無縁ではいられない。

三、これまで

三田村雅子の『源氏物語感覚の論理』[*10] が「身体論」と読者に名指された身体や感覚の論の先駆けとして位置づけられる。あとがきには「三谷流の颯爽とした〈方法論〉からはみ出し、こぼれ落ちてくる〈身体〉の感覚や、曖昧で、不分明な混沌にこだわり続ける」「観念的な用語による分析ではなく、混沌を混沌として摑む源氏物語の「手つき」を解明することが、わたしにとって大切なことであった。」とある。先に述べたように、時代状況から、身体論（と論文読者が呼ぶ論）は王権論との対比で位置づけられては来たが、その先駆的三田村の論はイデオロギーを細部から撃つことが目的の論として出発しているのではなく、細部に目を向けて、『源氏物語』の論理を自ら解読再構築していこうとする志のもとに書かれたものであった。中でも「〈音〉を聞く人々——宇治十帖の方法——」は、「見る」という視覚ではなく、「聞く」という聴覚から論じて、宇治十帖が聴覚的世界であることを示したことで評価される。

また、同じ聴覚を扱うものに吉井美弥子「物語の『声』と『身体』――薫と宇治の女たち――」[*11]がある。この論は薫が女たちの「声」に執着し、女たちの類似を声で見出していくことや、薫と匂宮が声を模倣することに注目する。そして、正編における声の絶対性が、続編では揺さぶられることを明らかにする。特に、「続編は女の『声』を通じて、新たなエロスの空間を創出している」と述べていく手つきには学びたい。この論は男の欲望の型が視覚ではなく、聴覚で形作られていることを示唆しており、欲望と記憶の論理を考える上で重要である。この吉井論のように、ジェンダーやセクシャリティの問題を戦略的に論じている論が以後続いている。[*12]

中でも、斉藤昭子「中の君のふり」[*13]は男の眼差しを取り込む中の君のジェンダー生成の問題を扱うもので、中の君論に新たな地平を開いた。また、井野葉子「薫の恋」[*14]は男の性欲を女の地位や経済にからめて解明する骨太な論考で注目される。

拙稿「抗う浮舟物語――抱かれ、臥すしぐさと身体から――」[*15]は、浮舟に繰り返される「抱かれる・臥す」というしぐさの反復と差異を、追いかけてくる他者の言葉・他者の視線とのかかわりからその葛藤に注目して論じる。この論は、しぐさや身体を、性の問題枠の中に限定して論じるというよりは、他者によって〈私〉が生成されながらも、〈他者の他者〉であることを奪われることへの抵抗を論じて、物語の論理を解読するものである。[*16]また、登場人物の言葉だけでなく、身体やしぐさもまた物語をつむぐのであることを主張し示した論であり、論の背後には言語以外でも物語を紡ぐバレエやオペラや歌舞伎などの舞台芸術と比較する問題意識がある。

石阪晶子『源氏物語の思惟と身体』[*17]では、宇治十帖において繰り返し語られる「なやみ」の語に注目し意味づけている。この著書は、男女の物語に、ジェンダーやセクシャリティの問題を掘り起こし分析するばかりでなく、「病人と看護者」という物語解読の新たなコードを示した点でも示唆に富む。石阪が身体の所有に関してどういう自覚があるのか、著書からはわかりづらかったが今後に注目したい。懐妊出産、あるいは病によっては変貌して、自身でコントロールできない身体は、身体が他者として立ち現れていることを示しており、それをみつめる女君の「なやみ」とは、そうした他者性を帯びている身体を意識化させられていく中での言語化しえない葛藤を示しているのではないか。

おわりに——これから何処へ

身体や感覚は、決して、その身体や感覚がその本人にとって自明の所有物ではなくて、それが所有しきれないところにさまざまな質の葛藤を生んでいく。

所有しきれないということが、そこに眼差しなどの触れようとするものを呼び込み、葛藤を生み出すが、それが語りを生むということでもあるから、宇治十帖の身体メディアや感覚は、生成され続ける語りの場であると言うことができる。対話の中で揺らぎ続ける語りの場として、注目される切り口である。

注

＊1　『火山列島の思想』（筑摩書房、一九八八→ちくま学芸文庫、一九九三）。

＊2　Ⅱ-2「「なほ持て来や。所に従ひてこそ」考」で、『源氏物語』がどのようにメディア社会であるかを具体的に簡潔に示している。

＊3　所有については、大庭健・鷲田清一編『所有のエチカ』（ナカニシヤ出版、二〇〇〇）参照。〈わたし〉については、鷲田清一『じぶん・この不思議な存在』（講談社現代新書、一九九六年）が最も分かりやすく、最先端の現代思想を理解し自ら思考し

ていくためには必読である。鷲田清一『現象学の視線』(講談社学術文庫、一九九七)、新宮一成『ラカンの精神分析』(講談社現代新書、一九九五)も併せて読まれたい。『大航海』第五三(特集「身体論の地平」二〇〇五・一)は身体に関する現在の議論がコンパクトに分かる。メアリー・ダグラス『文化人類学叢書　象徴としての身体』(紀伊國屋書店、一九八三)、多田富雄『免疫の意味論』(青土社、一九九三)、多田富雄ほか『パラドックスとしての身体——免疫・病・健康』(河出書房新社、一九九七)、小林康夫『身体と空間』(筑摩書房、一九九五)なども参照されたい。

＊4　メディアについては、マーシャル・マクルーハン『メディア論』(みすず書房、一九八七)から読むことは基本である。なお、私はメディアとは「繋ぎながら隔てる、隔てながら繋げる媒体」という認識も持っている。よってそこにはノイズがある。そのノイズとしての葛藤の質を問うことは、メディア研究には重要な点である。マクルーハンの言うようにメディアにはメッセージがある。そして私が考えるに、メディアの生み出すノイズが新たなる物語を生んでいく動態は見逃せないものである。

＊5　助川幸逸郎「記憶・身体・表象——『〈身体〉とナラトロジー』を討議するための覚え書」、橋本ゆかり「文学研究者たちのリング観戦記——〈身体〉とナラトロジー」(『物語研究』第五号、二〇〇五・三)参照。

＊6　＊3鷲田清一論文参照。

＊7　藤井貞和『湾岸戦争論』(河出書房新社、一九九四)。

＊8　王権論と身体論との研究動向の位置づけは、河添房江「最近の物語研究から——王権論から身体論へ——」(『日本文学』第四十三巻第五号、一九九四・五)・「髪のエロティシズム」(『性と文化の源氏物語』筑摩書房、一九九八)をまず参照されたい。『源氏研究』第十号(翰林書房、二〇〇五)所収の座談会も参照のこと。

＊9　香山リカ『ぷちナショナリズム症候群』(中公新書ラクレ、二〇〇二)・同『〈私〉の愛国心』(ちくま新書、二〇〇四)など参照。勿論、身体や感覚は〈わたし〉の問題を論じるばかりの切り口ではない。

＊10　有精堂、一九九六。石田穣二「源氏物語における聴覚的印象」(『日本文学研究資料叢書　源氏物語Ⅲ』有精堂、一九七一)では、早くから聴覚について論じられている。また、松井健児『源氏物語の生活世界』(翰林書房、二〇〇〇)、葛綿正一『源氏物語のテマティスム』(笠間書院、一九八七)は必読である。何に対してどのように新しく挑むのかということを、まずここから学びたい。

＊11　『王朝の性と身体』（森話社、一九九六）所収。
＊12　美術史の稲本万里子「『源氏物語絵巻』の情景選択に関する一考察——早蕨・宿木・東屋段をめぐって」（『源氏物語の解釈と基礎知識　宿木（前半）』至文堂、二〇〇五）、井上眞弓『狭衣物語の語りと引用』（笠間書院、二〇〇五）、小嶋菜温子『源氏物語の性と生誕』（立教大学出版会、二〇〇四）は、宇治十帖に限らず『源氏物語』で身体や感覚やメディアを考える上でまず読まれたい。
＊13　『源氏物語を〈読む〉』（若草書房、一九九六）所収。
＊14　『源氏物語の魅力を探る』（翰林書房、二〇〇二）所収。
＊15　『源氏研究』第二号（翰林書房、一九九七）所収。
＊16　＊3論文参照。
＊17　翰林書房、二〇〇四。

V　舞台と物語

1　文学研究者たちのリング観戦記
――ミニ・シンポ「〈身体〉とナラトロジー」より

はじめに

「二〇〇四年十一月二十日　晴れ　会場　青山学院大学　開場　十三時」。

門を入った正面には美しく色づいた並木が待っていた。すぐ脇の校舎の中に潜ってしまうのがもったいなくて、しばらく並木の脇にあるベンチに腰掛けて缶コーヒーを飲んでみた。《これから始まる今日のバトルを観戦・参戦するには、格別の集中力が必要に違いない。》なのに、私はなぜか昨夜は眠れずに朝を迎えて、そのまま名古屋駅から新幹線に乗ってここに着いたのだった。徹夜の頭には渋谷から坂道を歩くのが心地よい十一月の冷たさであった。そして歩きながら胸のうちでこの興奮はどこかで覚えがあると感じていた。

ミニ・シンポのタイトルは「〈身体〉とナラトロジー」。司会は助川幸逸郎氏、コメンテーターは高木信氏であった。そして発表者は近代文学の飯田祐子氏、ドイツ文学の浅井英樹氏、沖縄の祭祀をフィールドワークする内田順子氏という物研（＝物語研究会）外部者たちと、司会を兼任する物研会員助川氏との四人である。そして、場内は、司会者・発表者・コメンテーターの五人のメンバーを横並びに壇上に配置し、その五人に向かい合うように物研参加者が並ぶように作られた。《そうだ。この興奮は初めてボクシングを観に行ったあの時と同じものだ。[*1]》

バトルの第一のリングは壇上。発表者が個々に報告を行った。物研参加者がその観衆・聴衆となる。そして第二のリングは壇上とそれと向き合う参加者たちのいる会場。個々の発表者への質疑が会場から出され、発表者全員の返答とコメンテーターのコメントの後、改めて壇上と壇上に向かい合う客席とを含めた会場全体で、発表者と観衆・聴衆であった人々との対話が展開された。そして、第三のリングは私が綴る観戦記とこの観戦記の読者へと、入れ子型に、外側へと向かって広がっていくであろうことが想定される。[*2]それぞれのリングに共通することは、いまさら言うまでも無いが、聞き手や読み手という他者が存在し、介在することで、初めてリングが成立していくということである。[*3]

例えば、第一のリングは発表者が口頭でテキストを織り成していく時、それを見て反応している人物がそこに存在しているということが、要素として充分に大きい。よって今回のこのパフォーマンス（シンポ）には既に、入れ子型に語る・聞く、書く・読むといういくつかの位相でのナラトロジーが示され、解釈が待たれていたことになる。しかしながら、こうしたことは、格別今回のシンポに限ったことではなく、通常の口頭の研究発表の場と、それが文字化されていくときにも普遍的に言えることである。

今回のシンポのタイトルは「〈身体〉とナラトロジー」であるため、通常より一層、その語らいの位相を意識化して見る・聞くという方向に私の意識は向けられていた。他の参加者はどうだったのであろうか……。

さらに、今回のシンポの最大の楽しみは、古代文学／近代文学、書かれた文学／口承の文学（祭祀）、日本文学／

ドイツ文学と、これまでに異なるジャンルとして位置付けられて来た「文学」が、同じテーマで議論されることである。既存の枠組みを組み替えるのか、改めて確認するのか、議論の方法はさまざまに想定される。だから、聞いたり見たりする者には格別の集中力が無いと、きっと語らいの位相も、枠組みの変容も、シンポのその場に立ち会いながらも分からなくなってしまうだろう。格別の緊張感を参加者たちに要求する、新しい試みのシンポジウムであった。

一、現場と〈私〉

発表の最初は助川氏であった。シンポを行うにあたって綿密な下準備と議論を重ねたということであり、助川氏はそれに基づいてシンポのフォーマットを敷いていた。勿論、会場の観衆・聴衆の個々の心の中にはそれぞれに期待の地平が作られているはずであり、この時点でまず自分の期待の地平をあらかじめ修正される場合もあったであろう。ここで断っておきたいが、私は残念ながらこのフォーマットに忠実な聞き手では無かった。この観戦記を書くことになるとは思っていなかったので、あの時、全くそんなフォーマットに忠実にいようなどとは考えもしなかったのである。《ごめんなさい。》でも、恐らく、私に限らず、研究発表を聞く時にも、コンサートを聴く時にも、バレエや歌舞伎や演劇などの舞台を観る場合にも言えることであるが、自分の見たいもの・聞きたいものに格別注意を傾けて、そうして拾った情報について特に考えていたりということがあるだろう。[*4] 私は助川氏の構成・演出のリング（舞台）に対して、ノイズを発生させながら聞いたり見たりしていたことになる。そして、現場を聞きながら見ながら助川氏のフォーマットからずれるノイズもまた聞いたり見たりしているという自覚は、助川氏がフォーマットを言語化してくれたことによって現場で同時進行で可能となり、それがより一層聞く・見る楽しみを私に与えてくれていた。助川氏がフォーマットを言語化して示してくれていなければ、助川氏や発表者やコメンテーターたちが、このミニ・シンポというリング（舞台）で提示したいものに対して、それを聞きながら見ながら私が何をノイズとしてしまっているかの自覚は、私には持てなかったであろう。

そして恐らく、そのフォーマットに対して、発表者もまた、意識的無意識的にノイズを作っていくものなのであろう。そういう意識のもとに、私はこのシンポの観戦・参戦者として「現場」に居た。

二、語られる（た）〈身体〉

発表は以下の順に行われた。

助川幸逸郎「記憶・身体・表象――『〈身体〉とナラトロジー』を討議するための覚書」
浅井英樹「ゲーテと身体――晩年の二作品にみられる『人造人間』の主題を手がかりに――」
内田順子「祭祀歌謡の伝承における身体を通した自己―他者関係」
飯田祐子「身体の他者性について」

助川氏のレジュメから今回のシンポの最終的な目的を引用すると、

○「体験の主体」と「責任の主体」を峻別して議論する土台を作りたい。

○現在の研究状況の中で、「文学研究者にしかやれないこと」の可能性をさぐりたい。
○これまでのモノケンで行われてきた研究を、新しい年間テーマと発展的につなげたい。

ということであった。現在のような政治状況の中で、言葉を扱う「文学研究者」が既存のジャンルの枠組みを越えてこうした議論を試みたことは、物語研究会の発足当時の状況を重ねてみても、重要な意義を持つのではないか。

浅井氏の発表には一七七三年から一八三二年までのゲーテの作品における、『人造人間』の主題が論じられた。生身の人間より、人体模型の方が重要に扱われて、そのためにわざわざ死体が作られることなどに触れて論じられたように記憶している。そこには身体の管理・所有の欲望の生成と、管理・所有を誰がするのかという問題が含まれているように私は聞いた。与えられる身体ではなく、作り出して管理していく身体である。兵藤裕己氏からは、当時のドイツ（?）などが体操競技に力を入れて身体を作りあげていくことに意欲的になっていく歴史状況と、ゲーテの作品のありようとの関わりが質問されたと記憶している。

内田順子氏の発表は、沖縄祭祀儀礼の伝承において、身体所作を写していく過程についての発表と聞いた。「意味はならわない」「十年すると分かるようになる」「いっしょのところは教えられるけど、違うところは分からない」などと述べていた部分は興味深かったが、「分かる」ということがどういう内実を指しているのか、もっと明確に聞いてみたかった。身体を通した伝承部分だけが、「分かる」と括られていくことについては、興味深かった。

しかし、フィールドにおける伝承者たちの伝承と身体の関わりと、フィールドワーカーがそのフィールドに入り、それを記述するという時の身体や、その時にそれぞれに「分かる」ということはどこに位置づけられているのかなどが言及されていなかったが、そのことは、ぜひとも聞いてみたかった。文字で書かれてしまった物語世界や身体を論じる『源氏物語』研究者としては、そのところもまた、知りたかったのである。内田氏の発表については、フィールドでフィールドワーカーが得た結果の興味深い報告として聞いた。

フィールドワーカーによって語り示されたフィールドの身体の位相は（厳密に言えば、フィールドワーカーがフィールドから記述した身体は）、記述され示された『源氏物語』の物語世界の身体の位相であり、フィールドワーカーの語り示した身体を聞く（読む）位相は、記述された『源氏物語』の物語世界を読んでのぞき見る時の身体の位相である。

内田順子氏は、座談会「シャーマニズムの〈現在〉」[*5]で、フィールドワークをしてそれを記述していく時の自らのありようについて述べている。この座談会はフィールドワーカーたちで語り合わされたものである。「語るように書かれた（偽装の口承の）物語」と言われる『源氏物語』を研究対象にしている者としては、今回のミニ・シンポでも、フィールドワーカーがどのようにして祭儀と関わり、記述していくのかの過程についても質問して、その点においてもフィールドワーカーと『源氏物語』研究者とで対話してみたかった。身体を語り論じる時にどの位相でお互いがリンクしていけるのかをもっと詰めて議論してみたいという、欲張りな希望を持ち続けながら、私はシンポを聞いていた。語り聞く読む位相も、自他の境界も、常に変容の中にあって、スタティックではないはずである。もっぱら私の関心がそこにあったので、私の耳はそのことに集中しようとしていた。もちろん、先に私が示した第一第二第三のリングステージだって、モデル枠を示しただけに過ぎず、実はその境界は揺れ蠢きながら闘いは持続するのであり、そこにこそ物語の生命を感じて私の興味は尽きない。

シンポ最後の飯田氏の発表は、多和田葉子「ハイウェイ」と川上弘美「物語が、始まる」を題材にして身体の他者性が論じられた。「孤独という感覚←→身体を保有しているということ」「身体＝自己を他者に繋ぐ回路」「自己の身体が他者となる」「他者であると同時に一である感覚」などをテキストから抽出しているところは、「身体が自己そのものでもなく、自己に所有されるものでもない」という現代思想が重ねられ、確認されるところである。それを語り手の二重性と関係付けるなどして論じた飯田氏の手つきは、身体や語りが外側へと開かれていくさまとともに論じようとした手つきであり、その手つきにこそ「〈身体〉とナラトロジー」への新しい可能性を感じた。

文学研究者たちのリングで語り、語り合われた〈身体〉は、歴史の記憶との関わりや、伝承過程を結果としてフィールドワーカーを通して示されたものや、物語世界内や語る行為において、自己と他者を分けながら繋ぐメディアとしてあったと、私は聞いた。[*6] 発表者の報告の後、コメンテーターの高木信氏からは、彼がずっと拘りを持ってきている「語る主体」の語をもって質問と議論とが展開された。この議論とその詳細は高木氏の論に委ねたい。[*7]

三、〈身体〉とナラトロジー――今、原点に帰る

この企画と意図を示す助川氏のレジュメには、「これまでの『身体論』的研究は、『物語内容』中心主義に陥っているのでは？」とある。

助川氏の引いたフォーマットでずっと気になったのはここであった。そうだったのだろうか。どう議論するのか。それがずっとひっかかり、ここのところを、ずっと私は聞きながら・見ながら追っていた。

昭和の終わりから平成の始まりにかけて殊に隆盛していた王権論に対して、「大きな物語を撃つばかりでなく、小さな物語からも論じることを」という声とともに、身体や感覚から論じられる論文が、時代状況とあいまって主張性を持って書かれ読まれるようになった。「身体論」的研究はその後も今日まで積み重ねられてきた。当然、個々の論文には個々のめざすところがあったが、読み替えや位置づけもまた、時代状況に応じてなされていくべきだろう。

例えば、三田村雅子氏の『源氏物語　感覚の論理』（有精堂、一九九六年）は、王権論としばしば対比されるが、そのことと同じく重要なのは、三谷邦明氏の論じる話者の問題や、[*8]藤井貞和氏の提示する人称の問題、[*9]高橋亨氏の言うもののけのような視点[*10]などといった彼らの「語り論」と並ぶものとして読まれるはずのものでもあったということである。『源氏物語』研究の語り論において、繰り返し読み返され解釈され直した試金石は、玉上琢弥氏の物語音読論[*11]と、時枝誠記氏の言語過程観や零記号の発想[*12]ではなかったか。それを受けて、それぞれが独自の語り論を切り拓いていった中に、三田村氏の場合は、感覚を通した語りというところに迫っていったと、今なら位置づけることができるのではないか。

視線や聴くということを通した「語り」、身体を通した「語り」というところに関心を向けた論であった。勿論、三田村氏ばかりでなく、身体やしぐさを他者の眼差しとの関わりから論じる論は多数あり、[*13]ここに紹介しきれないことをお詫びしたいが、こうした身体やしぐさに注がれる視線を論じている論とは、語りを論じることと関わってきたはずである。今、改めて「〈身体〉とナラトロジー」を「物語内容」中心主義でなく論じることを模索する提案をしたシンポとは、ある意味、「身体論」的研究の原点に帰れということを主張するものであるかも知れない。

おわりに

文学研究者たちのリングはこれからも、熱く続くだろう。ボクシングの始まりはブラッディスポーツとしてあったということであり、戦うもののどちらかが流血するまで行われたという。[*14]文学研究者たちのリングでの戦いは、誰かを倒し流血させることが最終ではなく、ともに何かを生産してくことが最終の楽しみである。だから、まだリングは終わっていない。生産中であるから。

注

＊1　世間的に「リング」と呼ばれているものの中で、私が会場で生で観たことのあるものは、二〇〇一年七月一日に埼玉スーパーアリーナで開かれたボクシング「畑山 vs. ロルシー」の試合だけである。試合は帰宅後、テレビの録画でも観た。私はその年の三月頃から実際会場に行くまでには、テレビで特集番組があれば観る、『あしたのジョー』を読破する、『近代スポーツの誕生』(講談社現代新書、二〇〇〇)などを読んでボクシング関係の本を読み漁る。さらには、毎日畑山の公式ホームページを確認するという日々であった。試合会場に行くまでには、既に、過剰に私の「畑山 vs. ロルシー」の物語が出来ていた。テレビや新聞やホームページなどによって流布される情報によって、恐らくはある程度観客に共有される物語は作られており、観客は流布する物語によって、リングを観る眼差しもまたある程度規定されていたことになる。リングで流血する畑山の身体は、畑山のものでありながらも、彼だけのものではなく、闘う彼の身体に眼差しを送るあらゆる人々のものでもあった。また「土俵」に関しては、十数年ほど前に、相撲取りの追っかけをしていた友人に連れられて、鬢付け油の匂いを感じたりしながら、両国で観たきりである。その時は、彼女の恋物語の中で闘う身体を眺めた。大きな物語でなく、小さな物語の中で観たとも言い換えられるだろうか。闘う身体と視線については改めて論じたい。

＊2　玉上琢弥『物語音読論』(岩波書店、二〇〇三)参照。

＊3　今回は議論の中に「他者」や「他者性」が話題になっていた。こうしたリングが成立していくさまは、シンポの「内容」と同時に、「対話によって他者がどのように作られていくか、他者があることで何が生まれていくのかの動き」とを示していくので、私はこのシンポのリングをしかけとして楽しく感じた。「何」と「どのように」が同時に意味を生むのは言わずもがなのことではあるが、それがパラレルに示されていくテーマを持つシンポは、改めて楽しかった。勿論、このシンポを入れ子型のリングとして想定して見たり聞いたりしているのは、私の勝手な「現場」の解釈なのであるが。

＊4　メアリー・ルイーズ・プラット「共有された場をめぐるフィールドワーク」(ジェームズ・クリフォード、ジョージ・マーカス編〈文化人類学叢書〉『文化を書く』紀伊國屋書店、一九九六年。)・佐藤郁哉『フィールドワーク』(新曜社、一九九二年)

など参照。また、川田順造『口頭伝承論』（河出書房新社、一九九二）は文字で書かれた物語研究者にも必読の書であり、『事典　哲学の木』（講談社、二〇〇二）なども参照されたい。

＊5　斎藤英喜編『呪術の知とテクネー』（森話社、二〇〇三）。

＊6　「メディア」という語は発表者にも質問者にも使われていない。私は身体をメディアとして論じることもしていくつもりである。鷲田清一「身体のクライシス――『座』が崩れかけるとき――」（『大航海』第五三特集「身体論の地平」、二〇〇五・一）など参照。

＊7　「語る主体」は高木信「感性の『教育』」『平家物語　想像する語り』（森話社、二〇〇一）の＊4を参照のこと。

＊8　「源氏物語における〈語り〉の構造――〈話者〉と〈語り手〉あるいは「草子地」批判のための序章」（『物語文学の方法Ⅰ』有精堂、一九八九）。

＊9　「物語人称」『物語理論講義』（東大出版会、二〇〇四）。

＊10　「源氏物語の心的遠近法」『物語と絵の遠近法』（ぺりかん社、一九九一）。

＊11　＊2に同じ。

＊12　『国語学史』（岩波書店、一九四〇）、『国語学原論』（岩波書店、一九四一）など。

＊13　葛綿正一『源氏物語のテマティスム』（笠間書院、一九九八）、松井健児『源氏物語の生活世界』（翰林書房、二〇〇〇）、石阪晶子『源氏物語における思惟と身体』（翰林書房、二〇〇四）などそれぞれに挑むところが違っていて、その挑み方がまずもって刺激的である。

＊14　＊1松井良明『近代スポーツの誕生』（講談社現代新書、二〇〇二）参照。

付記　本稿は二〇〇四年一一月二〇日、物語研究会例会におけるシンポジウムについての報告記である。

2　Bunkamura リング観戦——春の陣

二〇〇七年一月二日の野田秀樹さん演出の「ロープ」[*1]に続き、二月二十二日には蜷川幸雄さん演出の「ひばり」[*2]を観た。Ｂｕｎｋａｍｕｒａシアターコクーンで上演されたこの二つの舞台が、ともに舞台をリングに見立てているところに、私は強い関心を覚えた。このしかけに、私は強いメッセージを感じた。

「ロープ」はプロレスのリングが舞台中央にあり、そのリングのロープの内と外とに戦いが繰り広げられていく。物語は進むうちに、ロープの内側にプロレスによる流血が生まれていく。物語はさらに、そのリングを舞台に時間が入れ子型になって行き来する。つまり、プロレスの流血場面はいつの間にかそのまま戦争上の殺戮場面へと転換していくのである。リングの流血とそれを伝えること・観ることが、そのまま戦争とそれを報道し伝える・観る構造と重なることを、その演出は示唆するのである。

さらには、リングの内側の流血に対して、その外で宮沢りえさん演じる「タマシイ」の魂の実況と渡部えりさん[*3]が演じる「番組制作者」の視聴率至上主義の報道が繰り広げられる。宮沢さんと渡部さんとがそれぞれ演じる二人は、体格が対照的であるのと同時に、その「実況」の質も対照的で、それが舞台にバランスと臨場感を生んでいた。宮沢りえさん演じる「タマシイ」の台詞に「あったことを無かったことにはできない」というのがあった。「タマシイ」は戦場で生まれて、恐らく無国籍のままに隠れて育った「コロボックル」である。その彼女の言う「あったことを無かったことにはできない」という台詞が私の胸にいつまでもこだまする。舞台の上のリングを観ているのは、劇場内において、観客私たちでもあるのだ。

一方、「ひばり」の演出は、ジャンヌ・ダルクの裁判がリングに見立てられる。リングの上に上るものと、それを下から眺めているものたち。そのリング（裁判）を見ている傍聴席は、私たち観客席へとつながるような舞台の作り方がなされていた。「ひばり」の舞台は、ジャンヌ・ダルクの火あぶりの刑で物語を終わらせていない。ジャンヌ・ダルクが王の戴冠式に晴れやかに旗を持ってその場に現れる形で終える。

「ひばり」の舞台では、物語冒頭で、松たか子さんのジャンヌ・ダルクが母の膝の上で大切に抱きしめられながら、母と語らうシーンと、ラストにジャンヌが晴れやかに旗を持つシーンとが呼応している。既存の枠組みを逸脱して前に進もうとする時、愛してくれている母にも理解されないままに、孤独に突き進んで行かざるを得ないジャンヌ。理解できない母なのか、理解してもその困難な道を思って彼女を叱る母なのか。そして、その母の腕から飛び立っていくジャンヌ。二人の心の痛みとジャンヌの勢いとが私を揺さぶった。

松たか子さんが、ずっと男の子のようで、はつらつと前に進んでいこうとするジャンヌ・ダルクで、それがまた観ていて嬉しいと同時に胸に迫った。彼女が男の子のようにはつらつとしているほどに、同時に彼女が女の子であることが、否応無く思い返されていく。物語は、人々に罵倒されながらジャンヌ・ダルクが処刑されるシーンではなくて、舞台の上で晴れやかな光景を実現させて見せたところで終わった。その終わり方によって、既存の枠組みから抜け出て前に進んで生きようとした一人の女の子の魂が鎮魂されたように感じた。と、同時に、その場しのぎでヒーロー・ヒロインを持ち上げたり、犯罪者にしたてたりしていく民衆の残酷さも、胸をえぐった。自分たちが歴史を作っていること、作ることを放棄している群衆の残酷さ。

舞台（リング）を観ている私は、どうなのであろうか。

『近代スポーツの誕生』（松井良明著、講談社現代新書、二〇〇〇）によれば、ボクシングはブラッディスポーツとして始まったそうで、どちらかが流血するまで戦われたという。Ｂｕｎｋａｍｕｒａシアターコクーンのリングは、誰かを倒し、流血させることが目的ではもちろんないはずだ。ともに何かを生産することが最終の楽しみであるはずだ。

私はこのリングというしかけに、観客へのメッセージを読みたい。[*4]

注

＊1　二〇〇七年一月二〇日渋谷文化村シアターコクーンにて上演。脚本演出野田秀樹。脚本は『新潮』二〇〇七年一月号に掲載。私は舞台を観てから会場で脚本を入手して読んだ。

＊2　脚本ジャン・アイ、翻訳岩切正一郎、演出蜷川幸雄。

＊3　舞台を観たときは、渡部えり子であったが、現在は渡部えりに改名。

＊4　本書は『源氏物語の〈記憶〉』であるため、舞台については、別に改めて表現したい。しかし、この二つの舞台は、「言葉」の力とリアルについて示していて、とても示唆されたので、敬意を評して最後に記しておきたい。これからも、本と、舞台と、そしてさまざまなものから刺激を受け、学び、「言葉」について、「物語」について考えていきたい。

3 『ジゼル』と百合の花道

二〇〇六年六月十六日、オーチャードホールにて、熊川哲也さんの踊る『ジゼル』を観た。『ジゼル』はバレエの中でも、人気のある作品だ。私は『ジゼル』を観ていると、毎回『源氏物語』の夕顔巻が思い出される。『ジゼル』のアルブレヒトは高貴な身分を偽ってたわいなく村娘と恋をするが、その恋がジゼルを死なせてしまうのである。十七歳の光源氏もまた、身分を隠して夕顔と恋をして、誰にも見つからない場所へと逃避行して二人きりの時間を楽しんだその瞬間、夕顔を目の前で死なせてしまう。アルブレヒトも光源氏も、目の前で恋人を死なせて、その場を去ることしかできない。

熊川さんのアルブレヒトはどこまでもノーブルであったので、二人の恋が地上では成就され得ない身分違いのものであることを際立たせて、その恋の切なさをより強く喚起していた。

ラストに、熊川哲也さんのアルブレヒトは百合の花束を両手いっぱいに抱えて、さらにその手から百合を一本一本こぼれるように落としながら、ジゼルの墓から後ずさりして倒れ臥す。ジゼルの墓とアルブレヒトの間には、百合の花で一本の道ができる。アルブレヒトが百合の花を持って墓から後ずさりする場面では、花をぼろぼろ無造作にこぼし落とすダンサーもいるが、熊川さんの演じるアルブレヒトは綺麗な一本の百合の花道を作る。夜明けの鐘の音が聞こえて闇が明けていく中、百合の花で出来た道の端と端とに、ジゼルとアルブレヒトとが視覚的につながれている。しかし、その道は、二人がつながれつつも、闇と夜明け、あの世とこの世で隔てられているというアイロニーを語る。だからこそ、百合の道の向こうのジゼルの墓に手を伸ばして倒れ臥しているアルブレヒトの後悔と孤独と悲しみが、いっそう胸に迫る物語のラストとなっていた。

初出一覧

序　書き下ろし

Ⅰ　パロールとエクリチュールと記憶

1　『源氏物語』における挑発するかぐや姫――パロールとエクリチュールと記憶
日本文学協会第二十七回、二〇〇七度大会にての口頭発表をもとにしている　二〇〇七・七

2　『源氏物語』の中の〈記憶〉と〈恋の鎮魂〉――男と女と母たちの恋
物語研究会二〇〇七年四月例会にての頭発表をもとにしている　二〇〇七・四

Ⅱ　建築空間とメディア

1　「長押」――源氏物語における実践としてのメディア・一
『物語研究会会報』三十物語研究会刊　一九九九・八

2　「なほ持て来や。所にしたがひてこそ」考――実践としてのメディア
『国文学』第四五巻九号　二〇〇〇・七

3　物語と居住空間――塗籠と籠もりの空間
物語研究会二〇〇一年十二月例会にての口頭発表をもとにしている　二〇〇一・十二

4　源氏物語の「塗籠」
『日本文学』第四十八巻第九号　一九九九・九

Ⅲ　〈噂〉との攻防

1　女三の宮の出家をめぐる語らい　『東京女子大学　日本文学』第七十七号　一九九二・三

2　噂と会話の力学――『源氏物語』をおしひらくもの　『東京女子大学　日本文学』第八十二号　一九九四・九

3　噂・会話・伝奏・盗み聞き――源氏物語をフィールドにして　『物語とメディア』有精堂　一九九三・十

Ⅳ　〈声／まなざし〉〈身体／言葉〉

1　〈山里の女〉と〈思ひ寄らぬ隈なき男〉と――『源氏物語』の語りの場、その生成と揺らぎ　『日本文学』第五十三巻第五号　二〇〇四・四

2　抗う浮舟物語――抱かれ、臥すしぐさと身体から　『源氏研究』第二号、翰林書房　一九九七・四

3　身体メディアと感覚の論理　『源氏物語　宇治十帖の企て』おうふう　二〇〇五・十二

Ⅴ　舞台と物語

1　文学研究者たちのリング観戦記――ミニ・シンポ「〈身体〉とナラトロジー」より　『物語研究』第五号　二〇〇五・三

2　Ｂｕｎｋａｍｕｒａリング観戦――春の陣　書き下ろし

3　『ジゼル』と百合の花道　書き下ろし

＊収めた原稿には必要に応じて改稿・訂正している。

あとがき

本書は、沢山の出会いがあって書き上げることが出来た。ギリシャ神話やソクラテス、プラトン、アリストテレス、西田幾多郎、鈴木大拙、久松真一、ゲーテ、ヘッセなどの名前が並ぶ書棚に馴れ親しんだ私が、『源氏物語』に出会ったのは遅く、高校時代であった。これを研究するのだときっぱりと決めて、以来、ずっと読み続けている。

本書の内容と意義については、序で述べたので、ここでは本書を書くまでの出会いに感謝を述べたい。

私が東京女子大学に入学した年に、偶然にも秋山虔先生が新しく文学部にいらして、私は秋山虔先生から『源氏物語』を学ぶことが出来た。先生から厳しく温かくお教えいただいたことは、私の一生の宝物である。なぜ、文学をするのかという問いかけを、常にされた。秋山虔先生にご指導いただいたことに、心から感謝申し上げたい。

その先生から、もっと自分を鍛えなさいと勧められて入ったのが、物語研究会だった。以来、私はそこからまた沢山のことを学ぶことになる。物語研究会では、時代時代の最先端の理論とその実践を知り、自分が言葉にしたい思いを言葉にしていく技術を、学び鍛えることができた。私が物語研究会に入ったばかりの時には、河添房江さんや小嶋菜温子さんらの王権論の厳しい議論の応酬を目の当たりにして、ただただ身の引き締まる思いであった。今もあの場面を鮮明に記憶している。ちょうど一九九〇年前後のことである。そして、私はそこに研究者として新しく「語らう」場を見つけたのだった。

名古屋大学大学院では、高橋亨先生にご指導いただいた。私は名古屋大学大学院に二〇〇二年十一月に博士学位申請論文を提出し、二〇〇三年三月に学位を取得した。本書はその博士学位申請論文をもとにしている。審査をして下さった先生方に感謝申し上げる。

本書の出版にあたり、翰林書房をご紹介して下さって、私を励まし続けて下さった河添房江さん、そして出版を快諾して下さった翰林書房の今井ご夫妻にも心から感謝を申し上げたい。そして、校正と索引作りにご協力下さった東京学芸大学大学院の本橋裕美さんにも心からお礼申し上げる。

最後に私ごとであるが、私を育ててくれた両親に感謝を述べたい。

私の実家がある金沢には、花嫁が嫁入りの時に一度だけくぐる花嫁暖簾というものがある。去年の正月に、故郷である金沢の実家に帰った時、父は暖房もつけず、ひんやりした茶室にその花嫁暖簾を掛けて眺めていた。綺麗だから広げてみたとだけ言う父であったが、どんな思いでその暖簾を眺めていたのであろうか。あの時には、母は病気と闘いながらもまだ生きてくれていた。先日、父と電話で話をして、今年の五月に私の本が出ますと伝えると、父は「あなたは『源氏物語』に嫁入りすればいいよ」と、明るく嬉しそうに言ってくれた。その言葉に、私はとても幸せな気持ちがした。女子でも一人で凛として生きれることを強く望んで育ててくれたことに、感謝している。本書を、母に見せることができなかったことだけが、私の人生一番の悔いである。

本書を完成させるまでに出会った方々と、私を育て、私が研究を続けることをずっと見守り支え続けてくれた父と、昨年の夏に亡くなった母に、本書を心からの感謝とともに捧げます。

二〇〇八年弥生吉日

橋本ゆかり

索引

【あ】

【か】

【さ】

【な】

【は】

【ま】

【や】

【ら】

【わ】

【著者略歴】

橋本ゆかり（はしもと・ゆかり）

1964年生まれ。

石川県出身。

東京女子大学大学院修了。

名古屋大学大学院文学研究科博士課程修了。

博士（文学）

現在は、大妻女子大学、清泉女子大学、桐朋学園芸術短期大学非常勤講師。

共著に『人物で読む源氏物語　花散里・朝顔・落葉の宮』（勉誠出版、2006）など。

源氏物語の〈記憶〉

発行日	2008年４月26日　初版第一刷
著　者	橋本ゆかり
発行人	今井　肇
発行所	翰林書房
	〒101-0051　東京都千代田区神田神保町1-14
	電　話　03-3294-0588
	FAX　03-3294-0278
	http://www.kanrin.co.jp/
	Eメール●kanrin@nifty.com
印刷・製本	アジプロ

落丁・乱丁本はお取替えいたします

ISBN978-4-87737-263-7